本书由山西大同大学基金资助出版

本书为山西省高等学校哲学社会科学项目"当代山西小说创作中的'方言写作'现象研究"（项目编号：2020W103）的研究成果

文学与艺术

从批评到文本：
中国现当代文学研究与方法透视

张 慎 著

吉林大学出版社

·长春·

图书在版编目（CIP）数据

从批评到文本：中国现当代文学研究与方法透视 / 张慎著 . —长春：吉林大学出版社，2022.11
 ISBN 978-7-5768-1090-5

Ⅰ.①从… Ⅱ.①张… Ⅲ.①中国文学—现代文学—文学研究 ②中国文学—当代文学—文学研究 Ⅳ.①I206.6

中国版本图书馆 CIP 数据核字（2022）第 217479 号

书　　名	从批评到文本：中国现当代文学研究与方法透视
	CONG PIPING DAO WENBEN: ZHONGGUO XIAN-DANGDAI WENXUE YANJIU YU FANGFA TOUSHI
作　　者	张　慎
策划编辑	李潇潇
责任编辑	冀　洋
责任校对	李潇潇
装帧设计	中联华文
出版发行	吉林大学出版社
社　　址	长春市人民大街 4059 号
邮政编码	130021
发行电话	0431-89580028/29/21
网　　址	http://www.jlup.com.cn
电子邮箱	jdcbs@jlu.edu.cn
印　　刷	三河市华东印刷有限公司
开　　本	710mm×1000mm　1/16
印　　张	15.5
字　　数	229 千字
版　　次	2023 年 1 月第 1 版
印　　次	2023 年 1 月第 1 次
书　　号	ISBN 978-7-5768-1090-5
定　　价	95.00 元

版权所有　翻印必究

目 录
CONTENTS

上编　研究方法透视

第一章　1980年代文学批评的研究历程与新空间 …………… 3
　一、1980年代：以现象概评与批评家论为主体 …………… 3
　二、1990年代：在理论反思与中西比较中走向深入 …………… 7
　三、21世纪以来：方法的革新与认识的深入 …………… 11
　四、研究1980年代文学批评的新空间 …………… 15

第二章　朦胧诗论争与新时期诗论观念的转型 …………… 18
　一、分歧的出现："统一"的诗论观念的分裂 …………… 18
　二、"懂"与"不懂"：诗歌审美观念的裂变 …………… 22
　三、"表现自我"与"抒人民之情"：诗论价值观念的分歧 …………… 25
　四、新诗道路是否"越来越窄"：新诗史的重新叙述 …………… 29

第三章　1980年代前期人道主义讨论及其观念局限 …………… 33
　一、人道主义的历史境遇与现实处境 …………… 33
　二、"人性"理解的限度与对个人主义的歧视 …………… 37
　三、安放"共同人性"的难题 …………… 40
　四、马克思主义的"发展"与"纯洁性"问题 …………… 42

第四章　"文学是人学"的理论建构与观念博弈 …… 46
一、"主体论"与人道主义、异化观念 …… 47
二、围绕"主体论"的讨论与"阵营"对垒 …… 49
三、现代人本主义的观念视野与"主体论"的分歧 …… 51
四、后现代主义批评的萌芽对"人学"的解构 …… 54
五、"文学是人学"的意义与影响 …… 58

第五章　"寻根文学"接受的文化意识与思想格局 …… 61
一、传统文化的"现代转化"与文学的"民族性" …… 62
二、民族文化心理批判与文学的现实意识 …… 65
三、"原始生命强力"与民族灵魂重铸 …… 69
四、诗化哲学与文学审美价值论 …… 71
　结　语 …… 75

第六章　女性主义文学批评与"新启蒙"思潮的重合差异 …… 76
一、重合："新启蒙"思潮的重要构成 …… 77
二、增益：对"新启蒙"思潮的补充和完善 …… 83
三、错位：女性自我意识的困惑与迷惘 …… 87

第七章　传统谱系学与 21 世纪以来的中国现当代文学研究 …… 93
一、问题的提出：21 世纪以来的"谱系"研究热 …… 93
二、传统谱系学的方法、类型与学术旨归 …… 95
三、"思想谱系"与"版本谱系"研究的思路与方法 …… 98
四、"形象谱系"研究的思路、方法及问题 …… 101
五、"知识谱系"研究的思路、方法及问题 …… 105
六、融会中西谱系学的努力 …… 109

第八章　后现代谱系学与 21 世纪以来的中国现当代文学研究……… **113**
　一、后现代谱系学的理论方法与学术旨归 ……………………… 114
　二、后现代谱系研究的引入和兴起 ……………………………… 116
　三、后现代谱系学与文学作品"再解读" ……………………… 119
　四、后现代谱系学与学术史审视 ………………………………… 122
　五、后现代谱系研究的价值和问题 ……………………………… 127

下编　现当代作家作品研究

第九章　钱玄同与湖州公社、《湖州白话报》等情况新考 ………… **135**
　一、从上海到东京："湖州公社"与《湖州白话报》的编辑出刊 … 136
　二、《湖州白话报》的出刊期数和周期 ………………………… 141
　三、《湖州白话报》的栏目、内容 ……………………………… 144
　附：新见部分《湖州白话报》目录 ……………………………… 148

第十章　王国维与清华学人往来书信考释 ………………………… **151**
　一、王国维与吴宓的交往 ………………………………………… 151
　二、王国维对清华大学人事矛盾的态度 ………………………… 154
　三、王国维与梁启超的通信和交往 ……………………………… 158

第十一章　鲁迅小说服饰描写的时代性、文化性与思想性 ……… **163**
　一、辫子的去留：政治文化变革的尴尬与惨痛 ………………… 164
　二、缠足与衣服等级：文化观念移易的艰难 …………………… 169
　三、改正朔、易服饰：对西方文化的接受与认同 ……………… 171
　四、摒虚纹、崇实用：《故事新编》服饰描写的文化态度 …… 173

第十二章　理想人性与诗意生存的探寻：徐訏剧作思想剖析 …… **177**
　一、"爱"的变奏与人性隐忧 …………………………………… 178
　二、"现代文明"的接受与反思 ………………………………… 182

三、左翼思想的影响与徐訏的女性观 …………………………… 187
结语：终生探寻理想人性与诗意生存 …………………………… 192

第十三章　丰富多样的审美奇遇：毕飞宇中短篇小说的文体意蕴 …… **195**
一、个体生命存在的形而上拷问 …………………………………… 195
二、严密的叙事结构与理性的节奏控制 …………………………… 198
三、在理性与感性之间的细节与意象 ……………………………… 201
四、丰富多样的话语创造 …………………………………………… 203
结　　语 ……………………………………………………………… 206

第十四章　葛亮小说论：兼论葛亮小说与海派文学传统的关联 ……… **207**
一、都市奇情中的孤寂虚无 ………………………………………… 208
二、日常叙事中的价值选择 ………………………………………… 213
三、历史想象中的传统精神风骨 …………………………………… 219

第十五章　借传统艺术　写现代思想：李应该戏曲创作的艺术成就 …… **223**
一、缜密妥帖的戏剧结构 …………………………………………… 224
二、从小冲突发掘大思想 …………………………………………… 226
三、以荒诞、滑稽传达批判性主题 ………………………………… 228
四、荡气回肠地展现人物的情感心理 ……………………………… 230
五、语言创造与场面调度功夫 ……………………………………… 233

后　　记 ……………………………………………………………… **236**

上编 01
研究方法透视

第一章

1980年代文学批评的研究历程与新空间

21世纪以来，1980年代文学渐渐成为当代文学研究的"热点"，1980年代文学批评也成为众多当代文学研究者关注的中心。较之于文学创作，文学批评观点表达的明确性和逻辑性使其在揭示文学创作的审美价值的同时，也可以更直接、更明确地呈现文学作品所蕴含的时代性、社会性、思想性内涵。因此，在文学与时代的关系中，文学批评与社会思潮的关系也更为密切，常常具有思想言说的性质。许多批评家也正是以文学批评的方式，来实现自己的知识分子社会关切，传达自己在社会、文化诸方面的独立判断和思考。正是由于文学批评的这种独特的言说方式与文学、时代、思潮的复杂关系，研究界日益认识到：1980年代文学批评不仅与历史回忆、日记、编辑手记等资料一样，是研究1980年代文学史不可或缺的文献资料，而且其自身也承载着丰富的文学史信息、汇聚着历史转型过程中的历史风云与思想潮流，具有丰富的文学史研究价值。因此，考察文学批评的历史转型、发展、演进，进行文学批评史研究，也是文学史研究的重要组成部分。而分析、梳理1980年代文学批评30余年的研究历程，揭示其研究方法、体例、价值立场的变迁，总结经验，反思不足，是推进1980年代文学批评研究的前提和基础。

一、1980年代：以现象概评与批评家论为主体

早在1980年代文学批评的发生期，一些研究者便已展开对其进行整理、述评、研究的工作。年度文学理论、文学作品争鸣问题的宏观综述与概评，是这一时期最主要的研究方式，并在其后的研究中一直延续下来。这类文章除了在刊物上发表之外，主要收入了各年度的《文学研究年鉴》

和"文学艺术概评"中。例如，朱寨对1980年代前期文学批评摆脱政治化、工具化而走向独立，批评思维走向开放做了宏观的梳理①。白烨则梳理了1980年代前期现实主义问题、文艺与政治关系问题、人性与人道主义问题的论争情况②。

1985年，随着"新潮批评家"的涌现，一些研究者敏锐地感受到了文学批评的新变，开始出现对新潮批评家群体的研究。例如，陈剑晖从"有机整体意识与宏观研究""审美体验与主观介入""哲学倾向与思辨色彩""坦率精神与文体解放"四个角度，肯定了新潮批评的探索③。王蒙的《读评论文章偶记》④"点将"式地对当时涌上文坛的青年批评家的个性、风格和思维方式予以逐一点评。"为展示评论新军的锐进姿容"，《当代文艺思潮》将1986年第3期辟为"第五代批评家专号"，集中发表了一系列研究文章。谢昌余将这些青年批评家命名为"第五代批评家"，从"宏阔的历史眼光""顽强的探索精神""现代理性的自觉""深刻的自由意识"等层面对其给予了肯定⑤。与此同时，该期《当代文艺思潮》的《编辑絮语》也指出了这些批评家对针砭时弊、干预生活作家作品的冷淡，面对"寻根"思潮时把握民族文化乏力等缺点。其后，周介人⑥、陈骏涛⑦等人也对其进行了理论扫描和评析，为之鼓呼。

1986年"新时期十年"到来，复旦大学、中国社科院文学研究所等单位相继召开学术会议。《文学评论》从第1期开始开辟"新时期文学十年"专栏，总结"新时期文学十年"的成就。对十年来文学批评的变化和评

---

① 朱寨：《历史转折中的文学批评：〈中国新文艺大系（1976—1982）理论二集·导言〉》，《文学评论》1984年第4期。
② 白烨：《建国三十五年来文艺思想斗争的一个轮廓》，《当代文艺思潮》1984年第5期。
③ 陈剑晖：《论新的批评群体：兼论当代文学批评的发展》，《当代文艺思潮》1985年第4期。
④ 王蒙：《读评论文章偶记》，《文学评论》1985年第6期。
⑤ 谢昌余：《第五代批评家》，《当代文艺思潮》1986年第3期。
⑥ 周介人：《新潮汐：对新评论群体的初描》，《文学评论》1986年第5期。
⑦ 陈骏涛：《翱翔吧，"第五代批评家"！》，《文学自由谈》1986年第6期。

估,也随之进入了研究者的视野。鲍昌以"新时期十年的文学理论批评"为题发表了一系列文章,梳理了十年来文学批评的话语变化和理论论争过程。而潘凯雄、贺绍俊[1]、黄良[2]等研究者的文章,并不局限于对批评历程的具体描述,还从思维变革的角度对新时期文学批评的转型做了理论肯定。

与此同时,批评家个案研究也成为热点。1985年创刊于山西太原的《批评家》杂志的宗旨之一便是"对评论和评论家加以研究、评论和介绍"[3]。从创刊到1989年终刊,该刊发表了大量的批评家论。此外,陈骏涛的《批评:在通往成熟的道路上:评黄子平的文学批评》、陈燕谷、靳大成的《刘再复现象批判:兼论当代中国文化思潮中的浮士德精神》、白烨的《鼓吹新时代的文学,呼唤文学的新时代:读冯牧的文学评论》和《流自心底的涓流:评李子云的小说评论》、季水河的《宏阔的思维空间:评季红真的文学批评》、王光明的《谢冕和他的诗歌批评》等文章,都对批评家个体的理论话语、批评个性、批评风格进行了深入研究。其中,陈燕谷、靳大成的文章指出刘再复的文论中"人"的观念依旧属于古典人道主义,没有看到二十世纪人类主体性胜利所带来的恶果[4]。王彬彬[5]、吴涛[6]则分别对上海、北京的青年文学批评家群体做了印象式的点评,既评述了他们的批评个性、思维方式,更对他们批评的局限给予了犀利的批评。

1989年初,在"十年意识"的推动下,研究者开始梳理1980年代文学批评的整体状貌。刘再复将1980年代文学批评的发展分为"拨乱反正、

---

[1] 潘凯雄、贺绍俊:《走出思维定势后的选择:论新时期文艺理论批评的新调整》,《文学评论》1986年第4期。
[2] 黄良:《新时期文学批评的思维走向》,《重庆师院学报(哲学社会科学版)》1987年1期。
[3] 《我们的想法:代发刊词》,《批评家》1985年第1期。
[4] 陈燕谷、靳大成:《刘再复现象批判:兼论当代中国文化思潮中的浮士德精神》,《文学评论》1988年第2期。
[5] 王彬彬:《草丛中漫步:上海部分青年评论家印象》,《上海文论》1988年第6期。
[6] 吴涛:《漫画北京青年批评家》,《文学自由谈》1989年第4期。

正本清源""西方思维方法的引入""新探索和评论主体性的建构"三个阶段，从批评的语言符号系统、概念体系、思维方式变革等方面，梳理分析了1980年代文学批评的文体变革。认为1980年代文学批评是一个从摆脱过去语言贫乏、思维独断的"独断型文体"到建构新的批评文体的过程[1]。王干、王蒙则以对谈的方式，对十年来批评家们的个性特点进行了印象式点评，勾勒了十年来文学批评发展的历程，对十年中重要的文学批评现象进行了梳理和评析[2]。陈辽的《回顾与反思：文学批评四十年》[3]、夏中义的《迷失与探寻四十年》都是在对1949年以来文学批评走向回顾中，勾勒了"文革"以来文学批评的重要问题和历史走向。后者在勾勒了1980年代文论方法论、主体论、观念热、本体论的发展过程，肯定了其历史意义之后，指出"当文论从某种政治密谋角色复归为美学思维，文论家也就耻于当御用文人，而只顺从科学逻辑的运演和验证，正是经历了'文的自觉'——'论的独立'——'人的解放'这三层阶梯，中国文坛才可能崛起一个真正独立的、不带任何依附性的精英思想界。"[4] 与此同时，对新时期文学批评进行学术性的反思也开始出现，鲁枢元的《对文学批评的反思》、马俊山的《新潮批评的僭妄与困顿》、夏中义的《新潮的螺旋：新时期文艺心理学批判》，都在对新时期文学批评的探索进行肯定的同时，分别对其走入困境、理论迷误进行了学术反思。

整体而言，1980年代对当时文学批评的同步研究，主要采取综述与概评、批评家群体研究、批评家论的方式，大都是论文的形式，鲜有专著出现。研究的焦点也日益集中在评析1985年之后的"新潮批评"、梳理1980年代文学批评的转型历程之上。这一时期研究的主要成绩，是对新时期文学批评的历次论争、理论转换、思维转换等问题的梳理和评析，勾勒出1980年代文学批评由政治化、工具化到回归自身，科学意识和个性意识的

---

[1] 刘再复：《论八十年代文学批评的文体革命》，《文学评论》1989年1期。
[2] 王蒙、王干：《十年来的文学批评》，《当代作家评论》1989年第2期。
[3] 陈辽：《回顾与反思：文学批评四十年》，《文艺争鸣》1989年第5期。
[4] 夏中义：《迷失与探寻四十年》，《文汇报》1989年6月27日，第4版。

自觉、批评主体意识的确立、新概念新方法的引入和运用等方面的转型。由于这一时期的研究与历史现场较为切近，虽然一些文章因此而缺乏客观的学术审视意识，但所关注的批评事件和理论问题，往往能够凸显出当时批评现象的真正热点，所提及的一些历史细节，也更具鲜活性。

二、1990 年代：在理论反思与中西比较中走向深入

梳理与评述理论论争和批评转型历程，依然是 1990 年代研究 1980 年代文学批评的主要方法和思路。1990 年出版的《新时期文学探索与论争》一书以文献摘编的方式呈现了 1980 年代历次文学理论论争的观点和历程。其后，赵俊贤在《中国当代文学批评史研究刍议》一文中呼吁进行当代文学批评的整体研究，期待批评史面世，并在文中尝试着勾勒了 1949 年以来中国文学批评"模式"演变的历程[①]。宋剑华[②]、赖大仁[③]在梳理 20 世纪中国文学批评理论、方式转型的脉络时，也对 1980 年代文学批评的转型给予了足够的肯定。认为新时期文学批评的变革，是二十世纪中国文学批评的重大转型。赵勇则认为文学批评分别在新时期之初、1980 年代中后期、1990 年代发生了三次转型，并对发生于 1980 年代的两次文学批评转型，做了简要的概括[④]。1997 年，黄曼君主编的《中国近百年文学理论批评史（1895-1990）》出版，书中第六编从文艺政策的调整、理论问题的论争、观念方法的更新、理论体系的建构等方面，勾勒了 1980 年代文学批评的历程。

值得指出的是，这一时期的概评研究开始进一步反思 1980 年代文学批评的不足与局限。季桂起在肯定了 1985 年之后文学批评在确立文学的自觉

---

① 赵俊贤：《中国当代文学批评史研究刍议》，《西北大学学报（哲学社会科学版）》1992 年第 2 期。
② 宋剑华：《批评的自觉与自觉的批评：漫谈 20 世纪中国文学批评的发展流变》，《荆州师专学报》1996 年第 4 期。
③ 赖大仁：《20 世纪中国文学批评的转型》，《中国人民大学学报》1997 年第 6 期。
④ 赵勇：《文化批评：为何存在和如何存在：兼论 80 年代以来文学批评的三次转型》，《当代文坛》1999 年第 2 期。

和批评的自觉、引进和实践多样的批评方法、更新思维方式和批评个性的觉醒等方面的成绩的同时，也指出随着文学批评主体性的真正自觉和批评心态的成熟，新潮批评表面的热情、自信逐渐被冷静、困惑所替代。新潮批评的营养不良从而也表现了出来：真正属于自己的理论的匮乏带来了理论思维的肤浅，批评心态的过分感性化带来了批评的随意，批评文体中空疏的形式主义风气滋长蔓延[①]。赖大仁也指出：文学批评走向了价值多元之后，却陷入了价值的迷乱和相对主义；批评的理论、方式走向了多样，成熟的批评形态却没有确立起来[②]。1998年，姚鹤鸣的《理性的追踪：新时期文学批评论纲》一书出版。书中选择具有代表性和产生过重要影响的理论论争、批评实践、批评著作加以评述、辨析，展现了1980年代理论批评的发展脉络。

与此同时，从各个角度集中反思1980年代文学批评局限的研究也开始涌现。王彬彬的博士论文《却顾所来径：八十年代文学批评思考之一》分析了1980年代文学批评方法热、观念热、西方文艺理论的引入、印象批评盛行等现象背后存在的诸多问题，认为只有在中外文论的基础上建立自己的新文论，才是文学批评的出路。有意思的是，当赖力行为1985年"方法热"以来的文学批评走向科学化而欢呼时[③]，王达敏[④]、张胜冰[⑤]则分别从批评的艺术性和人文性角度，对文学批评理论化、科学化现象进行了反思。另外，由于1990年代商业化大潮的席卷、人文精神的失落，文学批评也陷入了商业化、价值迷失的困境。从1993年开始，就有学者开始反思当时文学批评的处境。在这种"当下"文学批评的问题意识之下，一些学者

[①] 季桂起：《批评的不安与自信：对当代文学批评发展的考察与展望》，《东方论坛》1994年第1期。
[②] 赖大仁：《新时期文学批评的转型与探索》，《江西师范大学学报》1998年第2期。
[③] 赖力行：《走向科学：一条艰难的探索之路——近十年文学批评科学性问题研究综述》，《华中师范大学学报（哲学社会科学版）》1995年第2期。
[④] 王达敏：《论批评的艺术化：对新时期文学批评的批评》，《安徽大学学报》1995年第4期。
[⑤] 张胜冰：《对当代文学批评中科学主义的检讨》，《云南社会科学》1998年第2期。

将问题延伸到1980年代，试图寻找当时文学批评困境的历史根源。刘坤媛的《文学批评价值的失落与重构：评新时期文艺批评的滞后现象》、王洪志的《文学批评的批判品格：失落与寻求》指出，由于以西方新潮理论规范创作实践，造成了文学批评的文化策略的丧失；向古代文化寻根，造成了现代转换意识的匮乏；以功利为目的，造成了科学价值的失落。1985年以来的文学批评最终走向了自身价值、批判品格的失落。文章认为应该重视文学批评的人文主义价值建构，在社会批判与自我批判中，寻求摆脱困境的出路。

1980年代文学批评研究的批评家论，也依旧是这一时期的主要研究方式。同时还出现了由批评家论集合而成的《当代批评家评介》《批评的风采》等研究著作，出现了《中国当代文学批评概观》《新潮学案：新时期文论重估》等以批评家论为主体而构成的批评史与批评理论研究著作。其中，夏中义的《新潮学案：新时期文论重估》选择刘再复、鲁枢元、李泽厚、刘晓波、刘小枫等1980年代的重要文论家为个案，在中西方哲学史、观念史、文论史的脉络中，对各家的理论进行了深入梳理、辨析和反思。在深入认识新时期文论脉络的基础上，对其进行了超越性审视[①]。由周海波执笔的《中国近百年文学体式流变史（下）·批评卷》的第五章，梳理了1980年代文学批评的思维方式、批评方式、批评家的代际变化，考察了1980年代文学批评体式的变革过程。

西方批评理论在1980年代文学批评中的接受和运用研究，是这一时期研究的新方向。林树明的《评当代我国的女权主义文学批评》《女性主义文学批评在中国大陆的传播》、张向东的《解构主义与中国当代文学批评》等文章分别梳理、评析了女性主义、解构主义对当代文学批评的影响。屈雅君主编的《新时期文学批评模式研究》分别研究了心理学批评、比较批评、科学主义批评、人类学批评、女性主义批评、本文批评、接受批评和社会历史批评等八个批评模式的传播、接受、转型和运用情况。陈后诚、

[①] 夏中义：《新潮学案：新时期文论重估》，生活·读书·新知上海三联书店，1996。

王宁主编的《西方当代文学批评在中国》则梳理了12种西方文学批评在中国的传播、接受、运用情况。其中对英美新批评、接受美学与读者反应批评、解构主义、女性主义等批评的接受研究,都涉及了1980年代文学批评对西方文论的引介和借鉴情况。

在这一时期的研究中,程文超的《意义的诱惑:中国文学批评话语的当代转型》[①]一书既梳理了1980年代文学批评话语"沿着人道主义、现代主义—后现代主义两条线索发展"的发展脉络,又在中西理论的比较中注意到了1980年代文学批评在引入人道主义、现代派、后现代主义、非理性话语时,为了反叛传统规范、推动价值标准的"移易"所发生的时代性"变异",注意到了时代的需求、时代的压力与话语的选择、变异之间的关系,对新时期文学批评形成了更为深入、切实的认识。具有相似思路的是陶东风的《80年代中国文艺学主流话语的反思》一文。文章对1980年代文论中"主体性"与"向内转"两大主流话语进行了反思,认为从理论源头来看,这些话语可以追溯到西方启蒙主义现代性,尤其是康德的哲学与美学,"主体性"思潮秉承康德的普遍主体与人的自由解放的思想,"向内转"则是对美学、文艺学学科自主性与独立性的强烈诉求。但是这些理论在1980年代的中国语境中发生了变异:"主体性"思潮成了当时人道主义思潮的集中体现,它的具体政治文化力量在于对改革前的专制主义的批判;而"向内转"的艺术诉求却转化为对于四人帮"工具论"文艺观的否定和批判。1980年代的具体语境一旦不再,这种两种话语便陷入了危机[②]。

总而言之,1990年代的研究从概评和反思、批评家论、中西比较三个主要层面铺展开来。多种思路、角度的运用,使得研究走向了丰富。特别是在文学批评的反思性研究中,夏中义、程文超、陶东风等几位学者注意到文学批评话语转型的时代机制和策略性问题,将1980年代文学批评与时代、社会思潮联系起来,使研究更具历史性,走向了切实和深入。

---

① 程文超:《意义的诱惑:中国文学批评话语的当代转型》,时代文艺出版社,1993。
② 陶东风:《80年代中国文艺学主流话语的反思》,《学习与探索》1999年第2期。

10

三、21 世纪以来：方法的革新与认识的深入

梳理 1980 年代文学批评理论话语、批评方法与模式变革历程，依然是 21 世纪以来研究的重点，并出现了《中国 20 世纪文艺学学术史》（第四部）、《滞重的跋涉：新时期文学批评透视》等从批评论争、理论话语变化的角度，梳理新时期文论发展历程的专著。刘大枫的《新时期文学本体论思潮研究》集中于本体论批评思潮的梳理，勾勒了本体论批评在 1980 年代崛起的脉络，并反思了其中存在的问题。王尧、林建法的《中国当代文学批评的生成、发展与转型：〈中国当代文学批评大系（1949—2009）〉导言》一文[①]，在梳理当代文学批评六十年的发展历程中，论述了 1980 年代文学批评在文学制度中所发挥的功能的变化；批评家身份由读者来信、编者按、集体写作、非职业批评家到个人写作、专业化批评家的变化；新的文学批评秩序、知识结构的形成；作协批评之外的学院批评的出现；批评范式在新的文化、哲学思潮中的新变等诸多问题。

在这一时期，从 1990 年代中期就开始陷入商业化、价值迷失困境的文学批评，"病情"越发严重，出现了文学批评的"信用危机"和价值危机。文学批评如何摆脱困境、找到出路，成为这一时期关注的焦点。每年都有大量的相关文章出现在报刊上。可反讽的是，"药方年年开"，文学批评的病情却似乎越发严重。在这样的背景下，许多"回顾与反思"1980 年代文学批评的文章，大多是为当下的文学批评困境探问病根，找寻出路。景国劲的《20 世纪中国文学批评现象的反思》、杨守森的《缺失与重建：论 20 世纪中国的文学批评》、卢洪涛的《文学文化批评的再批评：中国现当代文学批评方法的回望与反思》、李长中的《当代文学批评转型中的困境与策略选择的思考》、李扬的《对新时期文学批评的回顾与反思》等文章都是这样的思路。其中，卢洪涛将当下文学批评走向"文化批评"的现象和

---

① 王尧、林建法：《中国当代文学批评的生成、发展与转型：〈中国当代文学批评大系（1949—2009）〉导言》，《文艺理论研究》2010 年第 5 期。

问题，探源到 1980 年代中期的"文化热"①。李扬则面对当下文学批评的"文学价值"和"批评价值"双重迷失，从批评心态上反观新时期以来的文学批评，指出 1980 年代文学批评摆脱了"政治投机"，又陷入了"方法论投机"。认为在"方法论热"中，"批评家只知某种方法论的皮毛，而难以领会其精髓，存在着诸多的误读与曲解""当代文学批评形成了一种'理论至上'的文风，最终导致了文学创作界与理论批评界的隔膜。""'方法论'的频繁更迭使他们的'文学标准'也快速变化"。在这种盲目逐新中，文学批评丧失了恒定的价值尺度②。沿着这种探究 1980 年代文学批评"问题"的学术思路，还出现了集中清理其"局限"的博士学位论文③。

这一时期，还出现了从地域角度和刊物角度梳理、研究 1980 年代文学批评的成果。前者如《打开新视阈，创造新空间：辽宁文学批评三十年》《黑龙江当代文学批评的建构与展开：〈龙江当代文学大系（1946—2005）·文学理论批评卷〉导言》《新时期 30 年陕西文学批评研究：以小说批评为中心》等。后者有《80 年代的文学批评：以〈文学评论〉为中心》《新时期〈上海文学〉的文学批评板块研究》《〈上海文学〉的文学批评与文学场的建构》《文学批评深化与文学理论期刊建设：〈当代文坛〉三十年论略》等文章。

批评家论依旧是这一时期重要的研究方法，出现了以批评家论为主体而构成的批评史著作《中国当代文学理论批评史：1949-1989（大陆部分）》。牛学智的《当代批评的众神肖像》虽着力点不全在 1980 年代的批评家，但其中对刘再复、雷达的理论话语和批评方式的论析，也是对 1980 年代批评家研究的成果。针对这种以批评家论来构造批评史的研究"范

---

① 卢洪涛：《文学文化批评的再批评：中国现当代文学批评方法的回望与反思》，《陕西师范大学学报（哲学社会科学版）》2004 年第 6 期。
② 李扬：《对新时期文学批评的回顾与反思》，《广东社会科学》2010 年第 2 期。
③ 彭海云：《突破与局限：1980 年代文学批评研究》，华东师范大学 2013 年文艺学博士学位论文。

式",方岩在《批评家论与当代文学批评史》一文中对其进行了反思,指出这种批评史研究可能会因为缺乏对批评家的具体历史语境的细致考察,而丧失研究的历史性、客观性。认为"论证某个批评家批评话语的独特性,需充分考虑其批评言论发生的具体语境。描述批评行为发生的历史根源,是为批评家在批评史格局中进行定位的必要前提。"只有"区分了批评行为发生的历史语境与研究者所处的历史语境的差别,才能把批评家论带入明确的问题意识之中"[①]。

西方批评理论在1980年代文学批评中的接受、运用研究,在这一时期仍有延续。特别是新时期女性主义文学批评的研究,成绩最为显著。并且受女性主义思路的影响,出现了对新时期文学批评的性别研究。此外,还出现了对新时期精神分析批评的考察、西方话语对新时期以来文学批评影响的分析和评价等研究成果。蓝爱国的《游牧与栖居:当代文学批评的文化身份》一书运用"后殖民主义"和"第三世界文化理论",揭示文学批评中的西方话语霸权和东方化身份,考察了当代文学批评在全球化语境中的身份表征、价值迁徙和主体焦虑等问题。2015年,文艺理论界有关"强制阐释"问题的讨论,再次触及1980年代文学批评与西方理论话语的关系问题,并开始反思西方文论话语在中国文学批评实践中的有效性问题。

2005年以来,"重返80年代"渐渐成为当代文学研究的热点。1980年代文学批评不仅成为"重返"的重要历史文献,而且其自身的文学史意义也被重新认识。程光炜指出了1980年代文学批评的复杂性,认为"在80年代对文学有过特殊惊乍经验的中国人,……会从社会的层面上,而决不会仅仅从文学的层面上来理解它。"认为当代文学批评不仅"作为文学史研究的历史材料,它生动地记录着当时文学创作、活动和发展丰富的细节和基本景观",而且"关系到对当代文艺体制、文学制度的深入认识"[②]。再加上这一时期相关日记、回忆录、编辑手记的出版,都使1980

---

① 方岩:《批评家论与当代文学批评史》,《文艺争鸣》2012年第8期。
② 程光炜:《当代文学批评方式的转移:从1981年〈苦恋〉风波中引出的一些问题》,《文学讲稿:"八十年代"作为方法》,北京大学出版社,2009,第152-170页。

年代文学批评的历史事件、批评机制渐渐"浮出了历史的地表"。因此，从文学制度及其实践的角度来认识1980年代文学批评成为可能。

2012年，吴俊提出当代文学批评研究要关注批评与制度的关系，关注批评"制度的实践"问题①，着眼于"具体的批评现象及其历史关联和发展逻辑的问题研究"，强调对文学批评研究的"历史化"。他指出："当代文学批评史研究中的问题较为显著的是，具体历史现象的描述和叙述不足，即历史面貌的合理呈现和再现难以全面，而判断、立论的动机则过于强烈；客观性嫌弱，主观性偏强。"认为应当关注当代文学批评与"不同时期政治生态演变的关系"，关注当代文学批评与"当代中国人文知识分子的思想和精神探求"的关系，"探讨当代文学批评如何建构、形成自身相对完整、独立的历史逻辑及其价值地位"② 等命题。这无疑是建立在反思既有研究成果、研究方式的基础上，所提出的新的研究思路和方法。

与此同时，1990年代以来出现的新左翼与自由主义知识分子思想立场的分歧也渗透到21世纪的1980年代文学批评研究中。在"重返1980年代"研究的成果中，便体现出"重返"者强烈的批判启蒙主义、反思现代化的理论目的和价值立场③。贺桂梅的《"新启蒙"知识档案：80年代中国文化研究》通过"知识考古学"，对1980年代的文论话语进行了话语权力批判和后殖民批判。而赵黎波的博士论文《新时期文学批评的启蒙话语研究》，则坚守启蒙立场，梳理和辨析了1978年至今的文学批评与启蒙话语关系，清理了1980年代文学批评中"启蒙"话语的特征、局限及其历史根源，又对1990年代以来文学批评中"反思启蒙""反思现代性"潮流进行了批评，指出了"后学""新左派"群体在解构"启蒙""现代化"时，思想资源的误用、知识逻辑的悖论、时代历史的误判等方面存在的

---

① 吴俊：《批评史、文学史和制度研究：当代文学批评研究的若干问题》，《当代作家评论》2012年第4期。
② 吴俊：《中国当代文学批评史研究刍议》，《当代文坛》2012年第4期。
③ 张慎：《"重返八十年代"的"新左翼"立场及其问题》，《当代作家评论》2015年第4期。

问题①。

整体来看，21世纪的1980年代文学批评研究，越来越受到当下文学批评的困境和危机、"新左派"与"自由主义"的思想分野等"当下问题"的干扰，出现了历史判断和知识立场的分歧。然而，可贵的是，研究的历史意识的正在确立，对批评话语与复杂的历史机制关系的认识逐渐形成，这也就为深入1980年代文学批评话语的历史机制深层，去探究其话语的生成、挫折、变异、迷失的过程提供了新的空间。

四、研究1980年代文学批评的新空间

可以看到，21世纪以来，研究界日益重视当代文学研究的"历史化"问题，重视当代文学批评史料的梳理与发掘，强调切实深入历史现场、联系历史文化语境来认识1980年代的文学批评。与此同时，问题视野也有所拓展，不再局限于文学批评文本、理论话语之内来理解文学批评。丁帆、程光炜、吴俊、黄发有等研究者就先后提出，应当重视文学批评与文学制度、政治生态、知识分子思想的密切关系。这些讨论尽管还主要集中于方法论讨论和个别文学批评现象的历史还原、分析，还没有出现系统地采用"历史化"的研究方法来全面研究"新时期"文学批评的成果。但其史学意识的强化、问题意识的拓展，的确为"新时期"文学批评的研究提供打开了新空间。

首先，"新时期"文学批评研究的史学意识有待强化。"新时期"文学批评的已有研究重在宏观概括文学批评转型的结果，而没有重视对"怎样转型"和转型过程的研究。而"新时期"意识形态语境的复杂性决定了文学批评的转型并非仅仅是理论话语、思维方式、价值观念等方面的自律性革新，而是一场场"博弈"、妥协、调整的结果。这种特殊的"转型机制"对文学批评价值观念的选择、理论资源的引进产生了决定性的影响，并引发了一系列值得反思的问题。因此，如果不以"历史化"的方式研究文学

---

① 赵黎波：《新时期文学批评的启蒙话语研究》，中国社会科学出版社，2008。

批评的转型过程，不仅很容易忽略其转型的复杂性，而且无法切实地反思文学批评转型中存在的问题。

其次，"新时期"文学批评研究需要突破"纯文学"研究视野。已有研究对"文学批评"的理解主要集中在批评文本、理论话语和批评家三个层面，其成果主要是对文学批评的话语嬗变、方法革新、理论探索的研究。这些层面固然应当是文学批评研究的主体，但也应当注意到，中国大陆的当代文学批评与文学体制、政治生态存在着极为密切的关系。"新时期"意识形态实践与文学制度的调整对文学批评的功能、理论话语、发表机制、话语空间、争鸣方式等诸多层面，对批评家的身份定位、主体意识、文体选择都有着决定性的影响。如果不从正面入手探究这些问题，很难说把握住了这一时期文学批评的重要特征。因此，"新时期"文学批评研究在重视批评文本、理论话语和批评家等研究对象的同时，同样应该重视文学批评与文学制度、政治生态的关系，重视"新时期"意识形态实践与文学制度的调整对文学批评的功能、理论话语、发表和接受机制、话语空间、争鸣方式以及批评家的身份定位、主体意识、文体选择的影响的研究。

在这种历史意识与问题意识中，"新时期"文学批评研究首先应该重视文学批评的"生产方式"研究。文学批评是一种受特定时期的文学制度影响的生产、传播、接受活动。文学批评的写作、发表、接受，文学批评刊物的选题、组稿、争鸣活动，批评家对文学批评功能的定位、对自己主体身份的认同，都会受到特定文学体制的制约和影响。在1980年代，新旧文学制度的错位、冲突、博弈对文学批评的生产、传播、接受发生了极为重要的影响。"新时期"文学批评的转型与文学制度的转型、文学意识形态政策的调整有着密切的关系，存在着"他律性"的特点。受制于当时特殊的时代语境，文学批评对理论话语和批评方法的引入尝试，有时是为了应对特定社会历史形势而做出的策略性选择。因此，只有关注文学批评生产方式的变化与文学制度调整的复杂关系，研究"新时期"文学制度的调整、文学批评的言说空间的改善与反复、刊物格局的变动、争鸣方式的变化等问题,才能更加准确地认识这一时期文学批评的历史独特性。

此外,还应重视文学批评的思想言说的研究。文学、文学批评之所以能够在1980年代引发一系列的"事件"、产生"轰动效应",恰恰是因为这一时期的文学、文学批评还承担着超出"文学"范畴之外的宣传意识形态、推动文化观念转型、干预社会生活的作用,是推动当时文化观念转型的重要话语形式之一。因此,"新时期"文学批评不仅仅是一种"文学"活动,更是"文化"活动和社会性的思想言说。文学批评张扬人情人性、自我个性、人的主体性,讨论改革文学和文化问题,宣扬"现代意识",大都是具有介入现实发展、重建社会文化观念的重要作用。因此,有必要深入、系统地研究这一时期的文学批评与时代思潮(如新启蒙思潮)、文化讨论(如文化热)的密切关系,深入认识"新时期"文学批评的价值建构与"思想言说"功能。

总而言之,强化历史意识、还原历史语境、理清历史细节,重视"新时期"文学批评"怎样转型"和转型过程的研究;突破"纯文学"的研究视野,研究其生产方式变化与文学体制调整的复杂关系;引入思想史研究的思路,研究文学批评与时代思潮、文化讨论的密切关系,是"新时期"文学批评研究的新空间。①

---

① 本章曾删节后公开发表。见张慎:《理论方法的拓展与史学意识的强化:"新时期"文学批评的研究历程与新空间》,《学术探索》2018年第9期。

第二章

朦胧诗论争与新时期诗论观念的转型

朦胧诗及其论争一直是当代文学研究的"热点",并已产生了相当多的研究成果。这些成果已经对朦胧诗论争的起伏过程、论争阵营的构成、艾青等诗人参与论争的观念原因和人事矛盾等复杂情况,做出了详尽的考察和论述。然而,对朦胧诗论争中诗歌评论的观念格局、历史特点的研究却并不充分①。众所周知,朦胧诗论争主要是围绕"三个崛起"诗论的论争。因而,如果没有详细考察论争中所体现出来的诗论观念分歧、冲突、博弈情况,便很难进一步从诗论嬗变史的角度来深入地认识这场论争的文学史意义。

一、分歧的出现:"统一"的诗论观念的分裂

1978年末,以《今天》为代表的民间诗刊的出现,使得20世纪50—70年代的"地下"诗歌开始浮出历史的地表。而如何认识、评价这些"异质性"的创作,"怎样对待像顾城同志这样的一代文学青年"②,则成为刚刚重建的"新时期"文学体制无法回避的问题。然而,当时的诗论并

---

① 从现有的研究成果来看,2006年,王爱松的《朦胧诗及其论争的反思》虽没有将研究的角度明确确立在文学批评之上,但他在文章中指出了朦胧诗及相关诗论,事实上是"人的文学"对"人民的文学"的一次"造反",是一种观念"革命"和"范式转型"。论争中的分歧,体现出"人本位和阶级本位的对立,文学本位和政治本位的对立"的观念格局(王爱松:《朦胧诗及其论争的反思》,《文学评论》2006年第1期)。2008年,程光炜明确从文学批评的角度重新审视了朦胧诗论争,通过剖析朦胧诗论争双方基于各自某种本质立场而将对方建构为"对立面"的文学批评方式,在一定程度上反思了当时文学批评的思维方式(程光炜:《批评对立面的确立:我观十年"朦胧诗论争"》,《当代文坛》2008年第3期)。
② 《编者按》,《文艺报》1980年第1期。

没有对这些诗歌创作形成"统一"的判断，而是出现了巨大的评价分歧，并随着论争的日趋激烈，出现了"新的崛起"与"沉渣泛起"两种截然相反的评价。更为重要的是，论争渐渐脱离了对具体诗歌创作的评价，反而将焦点转移到"三个崛起"等诗论之上。而这些分歧、论争的出现，恰恰说明50-70年代"统一"的诗歌观念已然发生了分裂。

在50-70年代，主流文坛将"现代派"文学视为"异端"，对其进行了严格的封锁。相关作品只能以"供批判"的"内参读物"的方式出版和流传。在当时仅见的公开讨论"现代派"的《夜读偶记》一文中，茅盾将"现代派"斥之为"为资产阶级服务的""反动的"文艺，对其"抽象的形式主义""非理性""主观唯心主义""不可知论""唯我主义""悲观主义"等艺术、思想特质进行了批判①。在文学史叙述中，也对中国现代文学中具有"现代主义"倾向的作品进行了批判。1955年臧克家的《五四以来新诗发展的一个轮廓》②、1958年邵荃麟的《门外谈诗》③等文，以"主流/逆流""革命/反动"等两条路线斗争的思路叙述新诗史，批判了"五四"以来带有自由主义、现代主义性质的诗人、诗派。内容上个人的、深入内心的，美学上朦胧晦涩的，艺术上带有"现代派"色彩的创作倾向被逐渐"清理"；"革命的""人民大众的""喜闻乐见的""高昂明朗的""现实主义的"诗歌观念成为这一时期诗论及新诗史叙述的主要标准。

朦胧诗恰恰是以其带有个人色彩的、侧重于面向内心的、重视意象和象征、美学上晦涩朦胧的诗歌创作倾向，对既有的诗歌观念形成了挑战。而"三个崛起"等诗论，不仅肯定了这些"新的美学原则"，而且将这些"美学原则"确立为诗论、诗歌史叙述的新标准，开始重新叙述新诗史，颠覆了过去的新诗史叙述，认为六十年来新诗"走着越来越窄的道路"④。在所谓的"保守派"阵营看来，这些诗论对带有"异质性"诗歌探索不仅

---

① 茅盾的《夜读偶记》分别发表于《文艺报》1958年第1、2、8、10期，1958年出版了单行本。本文参考自1979年百花文艺出版社出版的第3版。
② 臧克家:《五四以来新诗发展的一个轮廓》,《文艺学习》1955年第2、3期。
③ 荃麟:《门外谈诗》,《诗刊》1958年第4期。
④ 谢冕:《在新的崛起面前》,《光明日报》1980年5月7日。

不加以"引导",反而视之为"新崛起"而公开"宣扬",实在难以理解①;谢冕等人对过去新诗史叙述的颠覆,更是难以接受。正因此,"三个崛起"等"古怪诗论",不断在朦胧诗论争中掀起"高潮"。从中也可看出,围绕"三个崛起"等诗论的论争,焦点是对50-70年代诗论观念的坚守与调整分歧。

有意思的是,谢冕、孙绍振、刘登翰等"崛起"论者的文学知识同样来源于50-70年代。在1958年底,他们还秉持与臧克家、邵荃麟等人相似的思路,"以'两条路线斗争'为纲,在哲学思想上是唯物主义和唯心主义的对立,在阶级关系上是无产阶级和资产阶级的分野,而在创作方法上是现实主义和反现实主义的斗争"的观念,参与写作了《中国新诗发展概况》②。而且,谢冕在1977年开始写作的《北京书简》中所谈论的也依旧是诗与时代、政治、人民、生活的关系等话题,仍然注重诗歌与"时代气质"相统一,侧重于肯定"发出粗犷的呐喊的诗",不满意"华美的诗"③。在1980年发表的一些诗论中,诗人"是人民的代言人"④"要考虑作品的社会效果"⑤,仍然是谢冕"一贯的观点"。孙绍振在1979年修改《中国新诗发展概况》中相关章节而发表的《阮章竞的艺术道路》《论李季的艺术道路》等文章,同样"基本上延续了1959年的思路"⑥。显然,

---

① 玉茗:《江西召开诗歌创作座谈会》,《文艺报》1981年第13期。
② 1958年底到1959年初,谢冕、孙绍振、孙玉石、殷晋培、刘登翰、洪子诚等6人集体编写了《新诗发展概况》。其中前四章分别刊登于《诗刊》1959年第6、7、10、12期。2007年,原稿以及参与者的回顾结集为《回顾一次写作:〈新诗发展概况〉的前前后后》一书,由北京大学出版社出版。
③ 谢冕:《北京书简》,人民文学出版社,1981。
④ 谢冕:《新诗的进步》,《新诗的现状和展望》,广西人民出版社,1981,第25页。
⑤ 谢冕:《诗人的使命》,《广西日报》1980年4月23日。
⑥ 谢冕、孙绍振、孙玉石等:《〈新诗发展概况〉写作前后》,《文艺争鸣》2007年第6期。

是在评价朦胧诗之时，谢冕、孙绍振等人的诗论观念才表现出一系列新的调整①：呼唤诗歌中"人的价值的复归"，重视诗歌创作的个性意识和艺术变革意识，肯定青年诗人们表现自我心灵与自我情感，强调新诗的发展不能自我封闭，应该借鉴西方传统，认为诗歌的艺术方式和个性风格应该是多样的。

面对谢冕等人诗论观念的这些变化，曾经是"同一阵营"的一些论者觉得不可理解。例如当年《中国新诗发展概况》的组织者之一，"文革"后又多次为该书出版而努力争取的丁力就觉得"为了庇护古怪诗，谢冕同志一反自称'一贯的观点'，把自己过去对新诗研究的成果，把革命的诗歌理论，弃之不顾，在新诗的一系列原则问题上，发表了整套的古怪诗论，使我这个一向关心他的朋友也'瞠目而视'了"②。后来的研究者指出，"支持朦胧诗的谢冕、孙绍振、刘登翰、吴思敬等，与反对朦胧诗的丁力、柯岩、周良沛、郑伯侬、程代熙原本都是认识的，后来就不再'来往'"③。这种文学批评"统一阵营"的分裂现象，显然与50—70年代统一的诗论观念在此时发生了分裂有关。谢冕后来在回顾这场论争时指出了这种评价分歧：当时"不论是赞成者或是反对者，都感到了这一诗潮崛起的挑战性质。反对者从中看到了异质侵入的威慑，赞成者看到了这一反叛带来的全面革新……。"④

---

① 这里需要注意的是，鉴于当时文学批评发表的特殊机制，个人的文学趣味、文学观念发生改变之后，不一定能直接在文学批评中表达出来。在特定的历史形势下，甚至必须与主流的文学观念相妥协。因此，谢冕等人诗论观念新变发生的时间，并不一定是将其公开表达出来的时间。在《回顾一次写作：〈新诗发展概况〉的前前后后》一书中，谢冕、孙绍振、刘登翰、孙玉石都提到他们在参与写作《新诗发展概况》时顺从主流文学观念，压抑个人文学趣味、文学观念的情况。
② 丁力：《古怪诗论质疑》，《诗刊》1980年第12期。谢冕在《北京书简·谈诗与政治》中说"我们这个时代要求于诗人的，不管琴声也好，鼓声也好，都应当真诚地、热烈地、执着地、无限深情地唱出亿万人民献身于社会主义现代化的心声"这个"一贯的观点"。该文在《红旗》1980年第5期上发表。
③ 程光炜：《文学讲稿："八十年代"作为方法》，北京大学出版社，2009，第172页注1。
④ 姚家华：《朦胧诗论争集·序》，学苑出版社，1989，第2页。

二、"懂"与"不懂":诗歌审美观念的裂变

具体来看,当时朦胧诗评价的分歧,主要集中在"懂/不懂""表现自我/抒人民之情"、新诗史是"道路越来越窄"还是"踏上了广阔的道路"等问题上。其中,在"懂"与"不懂"评价分歧背后,隐含着"明白清楚"与"含蓄朦胧"两种不同的诗歌审美标准。而"明白清楚"诗美观念,又与强调诗歌的政治教化等实用功能密切相关,"含蓄朦胧"则侧重于从艺术、审美的角度来评价诗歌。因此,这一分歧背后,还隐含着政治实用与艺术审美两种诗论角度的差异。

众所周知,新中国成立之后,"大众化"的诗歌道路与明白清楚、高昂明朗的诗美规范,成为当时诗论、新诗史叙述的主要尺度。而提倡"大众化"的诗歌创作道路、强调"明白清楚"的审美标准,与在特定的历史时期重视诗歌作为"战斗的号角"等的社会、政治功能有关。然而,在对诗歌实用功能、教化功能的片面强调中,诗歌的审美风格日渐走向单一,诗歌的艺术评价标准日益遭到忽视。例如,1957 年,黎之在诗论中指出"诗应该是时代的声音,应该是战斗的号角""在我们的诗歌创作中应该从各个不同的方面传达出祖国建设事业前进的高亢的声音。这个声音应该是全部交响乐中的主调,如果这个声音减弱,那不是正常的现象",并批判了当时一些描写爱情、山川、草木的诗作的"低沉、忧伤的调子""浓重的小资产阶级情绪"[①]。1960 年,陈山指出:"修正主义的作品,抽象派的作品,自然主义的作品,都是一些忧伤、含糊、神经错乱的东西,我们诗的内容,风格就是清醒、乐观、意气风发。他们越是含糊,我们越明朗。"[②] 这些诗论将含蓄与明朗两种诗歌审美风格对立起来,对前者进行了贬斥与批判。而在现代新诗史的叙述中,正如上文所指出的那样,臧克家、邵荃麟等人积极肯定"朴素"的、"大众化"的诗歌,批判新月派、

---

① 黎之:《反对诗歌创作的不良倾向及反党逆流》,《诗刊》1957 年第 9 期。
② 陈山:《关于诗歌的几个问题》,《诗刊》1960 年第 9 期。

现代派的诗艺探索和审美风格，认为这些诗歌流派代表的是"反现实、反人民的诗风"①。

而朦胧诗则主要通过意象、象征、联想、通感、变形等"含蓄朦胧"的艺术手法来表达诗人的情感体验和历史思索，体现出与当代诗歌传统相异的美学风貌。面对这些诗作，许多论者依旧延续过去"明白清楚"的审美标准，指责其"古怪""朦胧""晦涩"。认为这些诗"朦胧的飘忽不定的形象，闪烁的怪诞的思想，扑朔迷离的诗意，不可捉摸的让人不懂的诗句，处处搞意象，处处搞象征的形式主义，以及伴之而来的颓废的，感伤的诗情，是西方落后的诗歌对我们青年的毒害，这种情况是沉渣的泛起，决不是'新的崛起'。"②批评朦胧诗"专搞象征法、暗示法、隐喻法、悬想法、串珠法等东西，以晦涩难懂为其总特征。"③一些论者依据"喜闻乐见"、明白清楚的审美标准，认为"使读者看来顺眼，听来顺耳，读来顺心。有此三顺，才能成为好诗"④，并依旧采用"主流"与"逆流"的思路，认为朦胧诗"是诗歌创作的一股不正之风，也是我们新时期的社会主义文艺发展中的一股逆流"⑤。

而谢冕、孙绍振、刘登翰、王纪人、徐敬亚等朦胧诗的诸多肯定者们，则反思了过去诗论过分注重诗歌的政治教化功能、忽视诗歌的审美功能的弊端，突破了过去的诗歌审美观念。早在1980年《福建文艺》对舒婷诗歌的讨论中，孙绍振就反思了过去单一地强调诗歌"是时代精神的号角，而号角的声音当然是高昂的"的审美标准，提出"难道时代的旋律只有号角才能演奏，而其它乐器都没有问津的权利吗？"认为舒婷以"温婉端丽的笔触"，"捕捉那些更深、更细、更微妙的心灵的秘密的颤动"的诗

---

① 荃麟：《门外谈诗》，《诗刊》1958年第4期。
② 丁慨然：《"新的崛起"及其它：与谢冕同志商榷》，《诗探索》1980年第1期。
③ 丁力：《古怪诗论质疑》，《诗刊》1980年第12期。
④ 臧克家：《诗要三顺》，《诗刊》1981年第2期。
⑤ 臧克家：《关于"朦胧诗"》，《河北师院学报》1981年第1期。本文引自姚家华编：《朦胧诗论争集》，学苑出版社，1989，第75—77页。

作同样有存在的价值①。其后，他又明确指出"明朗是一种美，朦胧也可能是一种美"，不能因为读者习惯了明朗，而否定朦胧美的存在价值。"二十多年来，我们的读者的趣味不是更宽容了，而是越来越狭隘了"②。正是沿着这些思考，他在《新的美学原则在崛起》一文中反思了过去诗论的单一的政治实用标准："政治的实用价值和情感在一定程度上的非实用性，是有矛盾的。正如一棵木棉树在植物学家和在诗人眼中价值是不相同的一样。如果说传统的美学原则比较强调社会学与美学的一致，那么革新者则比较强调二者的不同"③。强调了不应忽视以艺术的、审美的标准来评价诗歌。

在论争中，许多朦胧诗的肯定者不仅开始包容、肯定"朦胧美"，而且开始注重诗歌评价的艺术标准。例如孙静轩在与章明商榷时指出，"诗中的朦胧是一种美，一种艺术的特色，是一种风格"，不能因为看不懂就批评诗歌"脱离群众""断不可把政治倾向同诗的艺术探索混为一谈"④。王纪人则直接指出，诗歌除了"读得懂或读不懂"这一大众化标准之外，"还有其它的美学要求"。"大众化的诗只能说明诗的通俗易懂，却不能说明诗的整个思想价值和艺术价值"。诗歌不仅要"大众化"，还要在审美习惯和欣赏水平上"化大众"⑤。徐敬亚不仅对朦胧诗具体的艺术手法进行了深入、细致的分析⑥，而且从艺术变革的角度肯定了朦胧诗的探索和诗歌史意义。他从"促进新诗在艺术上迈出了崛起性的一步"的角度，肯定"带着强烈现代主义文学特色的新诗潮"，重视"当直接干预生活的政治性

---

① 孙绍振：《恢复新诗根本的艺术传统》，《福建文艺》1980年第4期。本文引自《新华文摘》1980年第7期。
② 孙绍振：《给艺术的革新者更自由的空气》，《诗刊》1980年第9期。
③ 孙绍振：《新的美学原则在崛起》，《诗刊》1981年第3期。
④ 孙静轩：《诗，属于勇者：从诗的"朦胧"与"晦涩"谈起》，《诗刊》1980年第12期。
⑤ 王纪人：《对〈古怪诗论质疑〉的质疑：与丁力同志商榷》，《文艺理论研究》1981年第1期。
⑥ 徐敬亚：《诗，升起了新的美：评近年来诗歌艺术中出现的一些新手法》，《诗探索》1982年第2期。

兴奋消逝之后，敏感的诗人们便把思考的方向逐步转向了诗歌本身"的新趋向①。徐敬亚的诗论对诗歌艺术本体问题的重视，已然将诗歌的评价标准转换为艺术审美的尺度了。

三、"表现自我"与"抒人民之情"：诗论价值观念的分歧

而在"表现自我"与"抒人民之情"问题上的论争，则体现出了当时"人的文学"观念突破过去单一的"人民的文学"观念，确立自身合法性的艰难历程。

新中国成立以来，"为工农兵服务"的"新的人民的文艺"成为唯一正确的方向，"除此之外再没有第二个方向了，如果有，那就是错误的方向"②。在对文艺的"人民性"强调中，抒写时代精神、代人民立言、抒发集体"大我"的情感成为诗歌创作的主要使命。并将表现时代现实、抒发人民情感与抒发诗人的个人感触、个性体验对立起来。郭小川在《望星空》中流露了个体生命面对浩瀚星空时产生的人生浮想与惆怅，便受到了"个人主义""虚无主义"的批评。而在"文革"之后对朦胧诗的评价中，诗歌的"小我"与"大我""表现自我"与"抒人民之情"问题，是冲突更为激烈的争论焦点。

在1980年《福建文艺》对舒婷诗歌的讨论中，就有论者提出了"为谁写诗"的问题，批评舒婷的诗抒发的个人情感"都是陈旧的，过了时的，'似曾相识'的旧思想旧感情"，是历史的"沉渣"③。这些论者坚持"政治标准第一，艺术标准第二"的诗论标准，认为舒婷的诗"没有唱出人民的心声"，虽然有一定的真实性，"但是，作为一代人的精神面貌以及他们在党的领导下走上新的道路的歌者，舒婷是不足为训的落伍者。"④批

---

① 徐敬亚：《崛起的诗群：评我国诗歌的现代倾向》，《当代文艺思潮》1983年第1期。
② 周扬：《新的人民的文艺》，《周扬文集》（第1卷），人民文学出版社，1984，第512-513页。
③ 王者诚：《为谁写诗》，《福建文艺》1980年第2期。
④ 郭启宗：《抒情诗要抒人民之情》，《福建文艺》1980年第6期。

评舒婷的诗是"一位远离群众的个人主义的'小我',面对流光溢彩的生活海洋在悲吟和哭诉""这种沉迷衰颓的自我形象""绝不能代表我们的时代、我们的人民!"[①] 在后来的论争中,不少论者同样将诗歌"表现自我"与"抒人民之情"对立起来,认为"如果我们的文艺、我们的诗只是为'表现我'而作,别人懂不懂与我无关,那实质上是把文艺工作者奋斗的目标,从为人民服务、建设社会主义退后到资产阶级追求个性解放的年月"[②]。

需要注意的是,也有一些朦胧诗的反对者开始反思过去诗论以"大我"消泯"小我"的弊病,强调诗歌不能忽视"小我"。例如丁力[③]、阿红[④]、敏泽[⑤]、丁永淮[⑥]等论者都认为"'诗中应有我',抒情诗离不开'我'。这个'我',就是我们所说的抒情主人公形象"。然而,他们在肯定诗歌中的"小我"的同时,都强调这个"小我"必须与"大我"结合、统一,才有价值。认为"如果从'自我'中不能折光地反映出人民的情绪、阶级的意志、时代的精神,那么,诗歌也就只能成为孤芳自赏的文字游戏了。"[⑦] 在这种论述逻辑中,诗歌的"表现自我"依旧没有获得独立的合法性。因此,这些论者大都将朦胧诗以及"三个崛起"等诗论所提倡的"表现自我"视为远离时代、远离人民、沉迷于个人小天地的资产阶级个人主义,进行了否定和批判。

而朦胧诗的支持者们则积极肯定诗歌表现自我情感的合法性。在围绕舒婷诗歌的讨论中,就有论者指出论争的焦点事实上是"诗歌作者能不能

---

① 傅子玖、黄后楼:《中国新诗自我形象的演进及其流派初探》,《福建文艺》1980年第9期。
② 闻山:《美和诗的漫话》,《诗刊》1980年第9期。
③ 丁力:《抒情诗中的我》,《广西日报》1980年4月10日。
④ 阿红:《1与10^9:我所想到的关于"大我"与"小我"的笨理》,《诗刊》1980年第12期。
⑤ 敏泽:《也谈诗与"我"》,《诗刊》1981第2期。
⑥ 丁永淮:《论抒情诗中的"我"》,《汉江论坛》1983年第5期。
⑦ 李丛中:《朦胧诗的命运》,《当代文学思潮》1982年第3期。

在作品中抒发个人的独特的感情"问题①。认为不能以"人民之情"否定"个人情感","世上不存在超社会的'纯粹个人'之情。把所谓'纯粹个人'之情排斥在'人民之情'之外,实质上是排斥具有普遍的社会内容和社会意义的人性和人情。"② 在这一时期,孙绍振一直致力于肯定诗歌表现个人情感的合法性。在评价舒婷的诗歌时,孙绍振肯定舒婷的诗"不是从高昂的时代精神出发,也不是把先进人物和英雄事迹的罗列当成艺术创造,而是从具体的有个性的人出发,从溶解在真实心灵中的真实生活出发"③。在《新的美学原则在崛起》一文中,他更明确地指出朦胧诗论争"表面上是一种美学原则的分歧,实质上是人的价值标准的分歧。在年轻的革新者看来,个人在社会中应该有一种更高的地位"④。这种对个人的感情、心灵世界以及个人价值的推崇和肯定,呼应了当时从"人"的角度反思历史、重建人的价值的人道主义思潮。

然而,受当时特殊的社会历史形势的影响,这些争取诗歌"表现自我"的合法性的观点,很快就受到了批判。批判的观点主要集中在三个方面:一、认为"崛起"诗论将"表现自我"与"抒人民之情"对立起来,在提倡"表现自我"时,"否定"了诗歌要"抒人民之情"。并由此而认定这是将个人与时代、个人与社会对立起来,是推崇"个人主义",是"个人至上"。在哲学观念上,便是"唯我论"和"唯心主义"。二、将这种"表现自我"与西方现代哲学、现代主义文学中"表现自我"观念联系起来,认为是后者的"旧调重弹",并由此而认定这是以"现代主义"来"对抗"现实主义。三、"崛起诗论"中对个人情感、情绪的重视,是提倡"非理性主义""否定文艺创作中的理性作用,强调文艺要表现作家个人的直觉、幻觉,描写人的本能和下意识,从而也就取消了先进思想对文艺反

---

① 友本:《诗歌为何不能抒发个人的感情:评〈为谁写诗〉兼谈舒婷的诗》,《福建文艺》1980年第6期。
② 边古:《从舒婷抒什么情说到"善"》,《福建文艺》1980年第11期。
③ 孙绍振:《恢复新诗根本的艺术传统》,《福建文艺》1980年第4期。本文引自《新华文摘》1980年第7期。
④ 孙绍振:《新的美学原则在崛起》,《诗刊》1981年第3期。

映现实的重要指导意义"①。

　　如果认真阅读谢冕、孙绍振、徐敬亚等人的文章就会发现，很难得出以上结论。当时的许多批判文章，事实上存在着无视作者论述的限定词，将作者没有提及的观点视为作者所反对的观点，无视作者所提倡的"表现自我"与西方现代哲学、现代主义文学的"表现自我"的差异等故意歪曲、偷换概念、引申夸大作者观点等不健康的文学批评现象②。

　　例如，徐敬亚为了论证诗歌"表现自我"的合法性，曾指出"社会的、个人的时代局限（或时代的赋予、哺育）决定了我们的'自我'必然带有较强的历史感、民族感和普遍人性"，因而"表现自我"不可能将个人与社会对立起来。一些论者认为"单是这个逻辑就已经把当前的人类（包括个人自身的各种感受）划入了无差别境界：不仅阶级的分野消失了，人性的阶级性不见了，而且连个人的具体感受的正确与否，具体感受的每一点是否都具有社会普遍性（或普遍的社会意义），以及人的自然本能和高级社会属性的不同意义等等，也都可以不问了。"③ 不论徐敬亚是否有消泯"阶级论"的想法，但仅从文章论述来看，是无论如何也不可能从"'自我'必然带有历史感、民族感和普遍人性"中得出徐敬亚否定阶级论、否定人的自然本能与社会属性差异的结论的。再如，缪俊杰的《发展还是排斥：就现实主义问题与徐敬亚同志商榷》一文为了论证徐敬亚否定现实主义观念，对徐的许多原文进行了夸大和引申，将徐敬亚对"诗歌"中的和"我们所理解和常提起的"现实主义看法，扩大为对整个现实主义文学的看法。认为徐的论述"表面看来，这里只涉及诗歌创作问题，其实它涉及了文艺创作的其他领域，也就是涉及了对现实主义在文学发展中的

---

① 彭立勋：《从西方美学和文艺思潮看"自我表现"说》，《文艺研究》1982年第1期。
② 在当时的论争中，江枫曾指出当时一些批判文章的逻辑问题。见江枫：《沿着为社会主义、为人民的道路前进》，《诗探索》1981年第3期。
③ 中岳：《重要的是唯物史观》，《文学评论》1983年第6期。

地位和对文学创作的意义的价值问题。"歪曲了徐敬亚的观点①。这些缺乏正确逻辑的文学批评思路，无疑妨碍着1980年代文学批评的健康发展。

四、新诗道路是否"越来越窄"：新诗史的重新叙述

通过以上分析可以看到，朦胧诗论争发生的重要原因在于，"崛起"论者们的诗歌观念出现了由过去单一的肯定高昂明朗到肯定诗歌审美风格的多样化，由过去单一的政治功利诗论标准到重视诗歌的艺术性和审美性，由过去单一的强调诗歌反映"时代精神"抒写"人民情感"到重视诗歌中的个体情感和个性意识等一系列的调整、变化。当他们以这种艺术审美标准和"人的文学"尺度，重新审视新诗史时，便出现了迥异于50-70年代的"主流/逆流""人民大众/个人情感""无产阶级/小资产阶级"等一系列扬此抑彼的新诗史叙述。

早在1980年4月7日到22日广西南宁召开的"全国当代诗歌讨论会"上，就出现了重新审视、发掘新诗史的声音。不仅谢冕提出了新诗史上"受到西方现代诗歌影响"的诗人，"没有受过应有的评价"，新诗的路向越来越狭窄的观点②。而且在评价朦胧诗时，"带有类似西方现代派的表现特色"的戴望舒及何其芳、卞之琳早期诗作也被重新提及，新诗史上曾被埋没的现代派创作"传统"被重新发掘了出来③。特别是诗人唐祈在发言中指出新中国成立后"对于四十年代诗歌作者没有给予适当的评价"④，提出了重新评价1940年代诗歌特别是"中国新诗"派的问题。

在朦胧诗论争过程中，一直致力于重新审视新诗史的批评家，是谢

---

① 缪俊杰：《发展还是排斥：就现实主义问题与徐敬亚同志商榷》，《当代文艺思潮》1983年第3期。
② 谢冕：《新诗的进步》，《新诗的现状与展望》，广西人民出版社，1981，第30-34页。
③ 孙克恒：《新诗现状管见》，《新诗的现状与展望》，广西人民出版社，1981，第66页。
④ 唐祈：《四十年代诗歌纵横谈》，《新诗的现状与展望》，广西人民出版社，1981，第199页。

冕。在《在新的崛起面前》一文中，他以诗歌创作的是否多样为标准，重新审视新诗史，指出"我们的新诗，六十年来不是走着越来越宽广的道路，而是走着越来越窄狭的道路。"与这种狭窄化历程相伴随的是"片面强调民族化群众化"，出现了"文化借鉴上的排外倾向"①。此后，他又以诗歌是否体现出诗人的个性自我为标准，反思了新中国成立三十年来的新诗史，认为"当我们今天回首总结这三十年的经验，不能不惊异地发现：那种'五四'时期随着个性解放一起来到诗中的鲜明的、各有特色的自我形象，几乎完全消失了"。② 1982 年，他又发表《历史的沉思：建国三十年诗歌创作的回顾》长文，对新中国成立以来的诗歌进行了全面的批判性反思③。这种新诗史反思与重新叙述，显然是从诗歌艺术形式和审美风格的多样性、诗人独立的主体意识和个性风格等层面上展开的④。

  需要指出的是，以艺术审美的标准和"人的文学"尺度重述现代文学史，也是这一时期现代文学研究的新趋向。钱钟书、沈从文、徐志摩、戴望舒等人的作品被重新肯定，评价地位有所提高，而郭沫若、茅盾以及其他"左翼作家"的评价则"越来越低"。文学观念、评价体系的这种变化，对既有的现代文学研究形成了"冲击"，引发了争论⑤。为此，1983 年 5 月《文艺报》编辑部组织召开了"现代文学研究"座谈会，围绕现代文学研究标准的变化进行了专题讨论，并批判了夏志清的《中国现代小说史》⑥。而在"清污"运动展开之后，现代文学史研究中"公然否定新文

---

① 谢冕：《在新的崛起面前》，《光明日报》1980 年 5 月 7 日。
② 谢冕：《让"自我"回到诗中来：对于当代诗歌的探索之一》，《新疆文学》1980 年第 9 期。
③ 谢冕：《历史的沉思：建国三十年诗歌创作的回顾》，《当代文艺思潮》1982 年第 2 期，1982 年第 3 期。
④ 需要指出的是，当时《徐志摩诗集》《戴望舒诗集》《九叶集》《白色花》等过去被新诗史叙述掩盖的诗人诗作的结集出版，使得新诗史上一直遭到贬抑、批判的另一个诗歌"传统"被重新发掘出来，同样起到了突破过去的新诗史叙述的作用。
⑤ 如草云：《关于徐志摩》（《文艺评论通讯》1983 年第 1 期）就认为"最近几年，有些同志对徐志摩的评价越来越高，……几乎是把徐志摩和郭沫若并提了。这确实使人吃惊。"
⑥ 相关讨论的发言情况，见《文艺报》1983 年第 7、8、9 期。

学的革命传统"的现象,也被认为是"文艺理论领域"出现的七种"混乱"倾向之一,进行了批判①。如果说这种"重写文学史"的论争,体现了1980年代前期现代文学史研究范式、评价体系的新变与旧观念体系之间的分歧与冲突的话,那么朦胧诗论争中重述新诗史的冲突,无疑是其重要的组成部分。

因此,谢冕等人对新诗史的重新叙述一经出现便引发了批评。一些论者依旧认为戴望舒等人的诗艺探索不过是"历史的沉渣"②。因而,在他们看来,朦胧诗的出现不是"新的崛起",而是"沉渣泛起"。面对中国现代新诗史的"传统",一些论者认为"值得今天学习的"真正传统是以"革命现实主义为主流的好传统和战斗精神"③;而后期的新月派、象征派、印象派和现代派的现代诗艺探索,"早就被人民摒弃"了④。针对"重写"现代文学史、重述新诗史的新趋向,程代熙认为:"在最近两三年里,在我们文艺界就有一股不正常的风。他们力图否定或者极力贬低'五四'以来,特别是左翼文艺运动的革命传统。从这个意义上说,这股风是带有一点中国大陆的泥土气息的。有的人千方百计缩小以鲁迅、郭沫若、茅盾为代表的革命文艺对资产阶级、小资产阶级的现代派、新月派以及第三种人的批判与斗争的历史意义,甚至处心积虑地要把后者置于中国现代文学史的重要地位;还有人力图把徐志摩和戴望舒当成中国新文学史上的两面旗帜。过去出版的文学史对这两位诗人的评价有无失当的地方,否定过头的地方,我看是有的,也是难免的。但总的来讲还是基本正确的。"⑤ 随着政治形势的变化,这种批评也日趋激烈,认为"是从根本上,全面的否定从

---

① 冯牧:《毛泽东文艺思想是发展社会主义文艺的指针:在毛泽东文艺思想学术讨论会上的发言》,《文艺报》1983年第12期,第14页。
② 傅子玖、黄后楼:《中国新诗自我形象的演进及其流派初探》,《福建文艺》1980年第9期。
③ 丁概然:《"新的崛起"及其它:与谢冕同志商榷》,《诗探索》1980年第1期。
④ 臧克家:《关于"朦胧诗"》,《河北师院学报》1981年第1期。本文引自姚家华编:《朦胧诗论争集》,学苑出版社1989年,第75-77页。
⑤ 程代熙:《给徐敬亚的公开信》,《诗刊》1983年第11期。

古典到现代的诗歌成就和优秀传统","是主张在全面否定过去的基础上'崛起'现代主义诗歌"①,是"把(新诗史上的)这些弱点无限夸大,以至从根本上否定了'五四'以来新诗所走过的革命道路,这是我们完全不能同意的。"② 对"表现自我"观念以及"重写文学史"的这些批判,体现了在1980年代前期"人的文学"文学史研究范式突破过去单一的"人民的文学"研究范式的艰难性。③

---

① 戴翼:《中国现代诗歌发展的基础方向和道路:评徐敬亚同志〈崛起的诗群〉》,《辽宁师院学报》1983年第5期。
② 郑伯农:《在"崛起"的声浪面前:对一种文艺思潮的剖析》,《诗刊》1983年第12期。
③ 本章曾删节后公开发表。见钟义荣,张慎:《朦胧诗论争与"新时期"诗论观念的转型》,《现代中国文化与文学》2019年第3期。

第三章

1980年代前期人道主义讨论及其观念局限

从1979年底到1984年持续多年的人道主义讨论，是1980年代前期最大的论争事件。文学界在历史的控诉和反思中，重新呼唤人性、人情、人的尊严、人的价值。思想理论界也开始重提"马克思主义人道主义""异化"等命题。在"文革"结束之后展开张扬人性、人道主义的讨论，是试图在历史反思中重建以"人"为中心的人道主义价值体系。正是从这一价值尺度出发，重估历史，才将刚刚结束的历史惨剧判定为"人的失落""异化"，从而在新的历史时期呼唤"人的复归"。因此，在重新审视这场讨论时，不可忽视其在时代造成的"价值危机"①中重建"人"的价值的重大启蒙意义。然而，在时隔40年之后重返历史现场，不难发现，"人道主义"在西方、中国的历史遭遇和现实处境，既决定了这场讨论所提出的问题，也决定了其特定的讨论方式，从而使其重建的"人"的尺度，存在着历史局限。一场志在价值重建的讨论，受外在形势的影响在1983年发生"重大转折"，由正常的讨论演化为影响全国的批判"事件"，同样与其此有关。

一、人道主义的历史境遇与现实处境

在西方，源自于文艺复兴时代的"人道主义"价值观念，在19世纪中期便遇到了严重的危机，出现了两股反思、批判人道主义的思潮。其一

---

① 1980年《中国青年》第5期发表了潘晓来信《人生的路啊，怎么越走越窄》，引发了一场关于"人生的意义究竟是什么"的全国性大讨论，事实上就是"文革"后，青年群体人生价值出现了危机感的体现。潘晓：《人生的路啊，怎么越走越窄》，《中国青年》1980年第5期。

是20世纪西方现代哲学中反思人道主义、反思启蒙理性的倾向。其中影响最大的存在主义，质疑传统人道主义的唯理倾向和本质主义人性论，从个体出发关注人、人性、人的存在，可以说是反人道主义的人道主义[1]。其二是对人道主义进行阶级批判，将其视为"资产阶级虚伪本质"的马克思主义哲学。在20世纪，马克思主义出现了东西方分野，在对待人道主义的问题上也产生了截然相反的态度：苏联、东欧、中国等社会主义国家以马克思主义为国家制度的基石，坚守以阶级斗争和无产阶级专政为形式的"正统马克思主义"。"正统马克思主义"以辩证唯物主义、历史唯物主义为哲学根基，强调"社会的发展被视为一种按给定的铁的历史规律演进的'自然历史过程'"。对"客观必然性的过分强调"和对阶级斗争、无产阶级专政的坚持，使其忽略人的主体性，并将人情、人性、人道主义归为资产阶级唯心主义价值观加以批判。而在西方资产阶级国家，则出现了回到青年马克思的"人道主义""异化"观念的"人本主义马克思主义"[2]。以霍克海默、阿尔多诺、马尔库塞等人为核心的法兰克福学派，受西方现代哲学影响，批判启蒙理性，将启蒙认定为人的异化过程，形成了反异化、进行社会批判的批判理论，"是20世纪反近代启蒙人道主义的重要思潮之一"[3]。

20世纪50年代后期，随着苏联、东欧等"社会主义阵营"在斯大林逝世之后的反思，也出现了马克思主义人道主义的理论主张。这些主张，继承了"西方马克思主义"的思想传统，同样以"异化"理论进行社会批判。而在1960年代，阿尔都塞则坚持认为马克思主义是"理论反人道主义"，将西方、苏联、东欧相继出现的马克思主义人道主义潮流视为资产

---

[1] 杜丽燕、尚建新：《回归自我：20世纪西方人道主义与反人道主义》，华夏出版社，2008，第21-22页。

[2] 衣俊卿：《人道主义批判理论：东欧新马克思主义述评》，中国人民大学出版社，2005，第3-5页。

[3] 杜丽燕，尚新建：《回归自我：20世纪西方人道主义与反人道主义》，华夏出版社，2008，第26页。

阶级意识形态的"污染",对其进行了尖锐的批评①。

在 1980 年代之前的中国,人性、人道主义在很长历史时期内都被视为"(小)资产阶级"思想倾向而受到批判。早在 1920 年代末的"革命文学"论争中,"个人主义"便被视为亟待推倒的"魔宫"②,人道主义被视为"假哭佯啼"而遭到嘲弄③。在后来左翼文学阵营与梁实秋等人所展开的"人性与阶级性"论争中,对人的阶级性的强调,显然超过了共同人性的认识。代之而起的是"一切的抗争不得不由阶级意识出发"的"(唯)阶级论"价值视野。其后,不论是 1948 年《大众文艺丛刊》发起的对自由主义文学、胡风"主观现实主义"文艺理论的清算,还是 1949 年以后对《我们夫妇之间》《关连长》《洼地上的战役》等作品进行的批评,人道主义、个人主义、人性、人情都被视为(小)资产阶级世界观而划为异端。

1957 年,在苏联"解冻"思潮的背景下,巴人、钱谷融、王淑明、徐懋庸等人先后写文章呼唤文学中的人情、人性、人道主义④。在当时的历史条件下,他们的思路主要是在肯定"阶级论"的前提下,指出还存在着共同的人性,提出不能"机械地理解"文艺上的"阶级论的原理"。在巴人的文章中,还以"异化"概念来解释阶级性,认为"阶级性是人类本性的自我异化,并不是自古以来就有的,它只是人在阶级社会里的一种特性,不是人的全部,更不能代替人类本性,而阶级斗争终结之后,人类还要回复本性"⑤。然而,这些人道主义探讨随即遭到了批判。1960 年之后,苏联、南斯拉夫等"社会主义阵营"的马克思主义人道主义理论被作为

---

① 杜章智:《阿尔都塞的"理论反人道主义"》,《马列主义研究资料》1983 年第 6 辑。
② 成仿吾:《文学家与个人主义》,《洪水》第 3 卷第 34 期,1927 年 9 月。
③ 成仿吾:《毕竟是"醉眼陶然"罢了》,《创造月刊》第 1 卷第 11 期,1928 年 5 月。
④ 巴人:《论人情》,《新港》1957 年第 1 期;王淑明:《论人情与人性》,《新港》1957 年第 7 期;钱谷融:《论"文学是人学"》,《文艺月报》1957 年第 5 期;徐懋庸:《过了时的纪念》,《文汇报》1957 年 6 月 7 日。
⑤ 巴人:《论人情》,《新港》1957 年第 1 期。

"内参"译介到国内①，将其视为"修正主义言论"进行了批判②。而这种批判，无形中与当时阿尔都塞对"马克思主义人道主义"的批评形成了呼应。

"文革"结束后，中国1950—1970年代"正统马克思主义"国家理论指导下的实践、"阶级论"观念依旧延续下来，成为1980年代人道主义讨论的观念前提。这就决定了在人道主义讨论中，要重新肯定人情、人性，就必须依旧沿着"人性与阶级性的关系"的命题来展开；要确立"人道主义"的价值尺度，就必须探讨人道主义与马克思主义的关系，将其纳入马克思主义的范畴中来，通过解读青年马克思《1844年经济学—哲学手稿》等文献中的"人学""异化"论述，以"回到马克思"的方式来进行。而"马克思主义的人道主义"命题的提出，必然涉及如何重新认识在1960年代被视为"修正主义"的"马克思主义人道主义"的问题。因而在当时，与相关论争相呼应，《哲学译丛》《国外社会科学》《国外社会科学动态》等学术刊物发表了大量译介国外西方马克思主义、东欧各国马克思主义人道主义的文章③。阿尔都塞对"马克思主义人道主义"的批判，也被介绍过来④。

另外不能忽视的历史背景是，在主流文学界、思想界试图在马克思主义范畴内引入人道主义价值观念的同时，那些以1960年代、1970年代

---

① 如：[法]加罗蒂：《马克思主义的人道主义》，三联书店，1963；[美]C. 拉蒙特：《作为哲学的人道主义》，商务印书馆，1963；《人道主义、人性论研究资料（第一辑）》，商务印书馆，1963；《人道主义、人性论研究资料（第二辑）》，商务印书馆，1964；《人道主义、人性论研究资料（第三辑）》，商务印书馆，1963；《苏联文学与人道主义》，作家出版社，1963；等等。
② 《关于人道主义的现代修正主义言论》，人民出版社，1964。
③ 相关的引介情况，见北京大学哲学系资料室编：《1978年以来我国研究和介绍"西方马克思主义"的文章和著作目录》1989年3月；中国人民大学书报资料社：《人道主义、人性论、异化问题研究报刊资料索引》，见《复印报刊资料：人道主义、人性论、异化问题研究专辑（1978.12-1983.4）》。
④ 相关文章如：[法]L. 阿尔都塞：《马克思主义和人道主义》，《哲学译丛》1979年第6期；杜章智：《阿尔都塞的"理论反人道主义"》，《马列主义研究资料》1983年第6辑；等等。

"内参读物"为重要阅读资源的青年作者,在《今天》这样的"地下文学"刊物上表现出对人的"存在主义"式思考①。而且,随着文学界、哲学界对萨特的译介,在这一时期的青年群体中出现了"存在主义热"②。存在主义以个人为核心的"人道主义"价值观念,事实上也是这场"人的价值"重构运动中的重要理论资源。

二、"人性"理解的限度与对个人主义的歧视

在1980年代前期,"阶级论"观念依旧是极为强大的观念性存在。不论是"伤痕""反思"文学作品对"人的重新发现"③,还是思想理论界对人的价值的重新肯定,都不得不考虑避免触碰到"资产阶级抽象人性论"的意识形态底线。

最初的策略是指出无产阶级也有人情、人性,文学不能回避无产阶级"怎样对待爱情,怎样对待家庭,怎样对待生与死的考验等"问题④。其后,则指出在阶级性之外,还有存在人性:"不承认阶级性,鼓吹超阶级的人性是错误的;否认人性,抹杀个性,这样的阶级性也是不存在的",文艺"要写社会的阶级的人性"⑤。1979年10月,朱光潜发表《关于人性、人道主义、人情味和共同美问题》,开始大胆呼吁冲破人性、人道主义、人情味等问题上的观念禁区⑥。在当时的讨论中,不论论者是在哪些层面上来理解人性,大都并不否认文学要表现人情、人性。分歧的焦点在

---

① 亚思明:《"伤痕"深处的存在主义:以〈今天〉(1978—1980)小说为例》,《清华大学学报》2013年第3期。
② 关于当时对萨特译介以及萨特的影响情况,见柳鸣九、钱林森:《萨特在中国的精神之旅:柳鸣九、钱林森教授对话》,《文艺研究》2005年第11期;宋学智:《法国存在主义在我国新时期的影响》,《当代外国文学》2005年第1期;吴格非:《从译介到接受:萨特作品在中国的传播与影响》,《当代外国文学》2002年第4期。
③ 何西来:《人的重新发现:论新时期的文学潮流》,《红岩》1980年第3期。
④ 蒋国忠:《要敢于抒无产阶级之情》,《人民日报》1977年12月25日。
⑤ 丹晨:《文艺与泪水》,《文艺报》1978年第4期。
⑥ 朱光潜:《关于人性、人道主义、人情味和共同美问题》,《文艺研究》1979年第3期。

于，文学表现什么样的人性、怎样表现人性才具有合法性的问题。

在这场讨论中，主流文学界、理论界所确立的"人"的观念，更接近于西方文艺复兴、启蒙运动中对人性尊严、理性的强调。在对人性的认识上，侧重于人的理性、社会性层面。因而，文学表现人的"社会属性"，显然而具有合法性。这种价值观念之下的文学批评，虽然重视深入表现人物的精神世界，也大都强调通过人物的内在精神面貌转变来反映时代社会的变革。爱情题材虽已不是禁区，但并不认同"为爱情而写爱情"，而是强调爱情描写要体现"社会的精神面貌"①，"显示人与人之间新型的社会关系"②。

因而，表现人的"自然属性"，就显得较为"敏感"。虽然在讨论中许多论者承认"自然属性""生物性"是人性的一部分。然而，很少有文学作品敢于尝试从正面表现、思考人性的这一面。即使有作品间接涉及个体欲望，也常常会引起争议，被视为"自然主义""色情"而受到批评。例如：孙步康的短篇小说《感情危机》③写由于工作的关系，龙家骏、苏萌都与妻子、丈夫长期两地分居。两人由相互照顾、同病相怜而产生了亲密情感。杨东明的中篇小说《失去的，永远失去了》④同样涉及魏琮琮由于工作关系与妻子柳茵两地分居，与艾丽丽发生了两性关系。尽管这些作家都没有正面去思考这些涉及个体情欲的问题，并且都对其做了"巧妙"处理。然而，作品在发表之后还是都引发了争议，被批评为"放纵情欲"⑤"表现色情"⑥。杨东明还为之发表了题为《失误和教训》的"检查信"⑦。在1983年人道主义讨论转向批判"抽象人性论"之后，《磨盘庄》《在新

---

① 李英敏：《从人民生活中挖掘爱情的美：关于文艺作品中爱情描写的一点意见》，《作品与争鸣》1982年第2期，第3页。
② 本刊记者：《提高社会责任感，正确描写爱情：记本刊编辑部召开的爱情题材作品座谈会》，《作品与争鸣》1982年第2期，第4页。
③ 孙步康：《感情危机》，《芒种》1980年第10期。
④ 杨东明：《失去的，永远失去了》，《长城》1981年第4期。
⑤ 田志伟：《假如信没有寄错……》，《芒种》1981年第5期。
⑥ 王昌定：《评中篇小说〈失去的，永远失去了〉》，《光明日报》1982年4月29日。
⑦ 《长城》1982年第3期摘发了杨东明给编辑部的题为《失误和教训》的检查信。

开放的浴场上》《失去的，永远失去了》《万花筒》等此类表现了人的自然属性的作品，都被视为"离开人的社会属性，抽象地表现两性关系"，是"抽象人性论"在文艺上的表现之一，受到了批判①。

在当时，"个人主义"价值观念则更是"禁忌"。作为人文思潮的个人主义，在1950-1970年代被与"道德上的利己主义"混同起来审判的境地②，在当时仍然没有改变。文学批评依旧习惯于从"集体""类"的角度来思考人的价值。曾被视为"万恶之源"的"个人主义"仍然是贬义词。即使积极提倡"马克思主义人道主义"的论者，也都要刻意规避"个人主义"概念③，认为"肯定'人的价值'，不等于肯定个人主义"，"'个人价值'也不等于个人主义。我们提倡集体主义；集体主义是和个人主义对立的"④。在这样的价值视野中，20世纪西方现代人本哲学、现代主义文学中对自我、个体、非理性层面的思考和揭示，自然很难纳入其所确立的"人的价值"观念中来。因而，当在存在主义思想的影响下，一些青年作家从个人本位出发，思考人性、人所处的历史和现实境遇问题，创作了带有存在主义色彩的文学作品后。这些作品不是被一厢情愿地误读而得到肯定，就是被视为宣扬"个人奋斗""个人主义""虚无主义"而受到批判。

例如，甘铁生的《聚会》写"文革"结束后的几个插队知青，在返城无望中绝望苦闷，试图苦中作乐，却终不能纵情狂欢，摆脱掉个体在历史转型中的内在痛苦。女知青丘霞最终以自杀的方式了结了一生。小说从个体生命立场出发，展现历史转型给个人生命造成的内在痛苦，表现了个人对世界的绝望情绪。作品发表时《北京文艺》"编后记"的反应便是复杂

---

① 陆贵山：《哲学思潮与人性描写》，《光明日报》1983年7月28日，第3版；白烨：《当前文艺创作中的人性人道主义问题》，《文艺理论研究》1983年第3期。
② 洪子诚：《关于50至70年代的中国文学》，《文学与历史叙述》，河南大学出版社，2005，第12页。
③ 李定春：《对"个人"的刻意规避及其后果：个人主义视角下的1980年代"人道主义讨论"》，《南京师大学报（社会科学版）》2012年第4期。
④ 王若水：《为人道主义辩护》，生活·读书·新知三联书店，1986，第220-221页。

而矛盾的：一方面以反映论的思维，对其进行了"误读"，认为作品表现了"'四人帮'法西斯统治的后期"的深厚生活色彩，应当肯定；另一方面又觉得作品"颓丧之情……异常浓重"，希望作者通过修改"使其透出若干曙光"①。其后的相关评论，也大都对其"沉重压抑""绝望、疯狂和自我沉沦"提出了批评。事实上，当时靳凡的《公开的情书》、赵振开的《波动》、礼平的《晚霞消失的时候》、张辛欣的《在同一地平线上》《我们这个年纪的梦》等作品，大都从个体生命立场思考历史、现实，其人物表现出了存在主义式的自我迷失、自我寻找、自我选择的个体价值取向。然而，这种从个人本位去思考人与世界、人与历史关系的价值尺度，在当时遗留的集体主义化、社会化的人道主义价值视野中，显然是不能接受的。作品出现之后，便被视为"存在主义思潮""虚无主义思潮"在文学上的反映而受到了批评②。到了1983年，这些作品也同样被视为"抽象人性论"在文艺上的表现之一，受到了批判③。在这样的观念背景下，朦胧诗论争中出现大胆主张"自我表现"的观点受到严厉的批判，也就可以理解了。

三、安放"共同人性"的难题

在人道主义讨论中，论者大都承认存在"共同人性"，分歧的焦点在于文学应当怎样表现"共同人性"，以避免沦为"超阶级的人性论"。大部分论者都强调不能忽视人的社会性和阶级身份，要依照生活逻辑，具体地、历史地表现共同人性，应当将"超阶级的思想情感"与"阶级性"相统一。

---

① 甘铁生：《聚会》，《北京文艺》1980年第2期。
② 易言：《评〈波动〉及其他》，《文艺报》1982年第4期。
③ 相关文章如：士林：《失误在哪里：评张辛欣同志一些小说的创作倾向》，《文汇报》1983年12月6日，第3版；敏泽：《坚持思想和文学领域中的历史唯物主义原则》，《光明日报》1983年11月12日，第4版；艾斐：《"人性"的重弹与创作的失误》，《山西日报》1983年12月16日，第3版；白烨：《当前文艺创作中的人性人道主义问题》，《文艺理论研究》1983年第3期；等等。

然而，在讨论的同时，文学创作中出现了突破"阶级""血统""敌我"关系而表现共同人性的创作。1930年代左翼阵营与梁实秋之间展开"人性与阶级性"论争时，鲁迅在《"硬译"与文学的阶级性》一文中以《红楼梦》为例，指出"贾府上的焦大，也不爱林妹妹的"，强调"阶级性"的存在。而刘心武1980年发表的《如意》恰恰是写晚清王府的小厮石义海与贝勒府格格金绮纹之间"超阶级的爱情"，显然是"焦大"与"林妹妹"的爱情故事。而在《妙清》①《晚霞消失的时候》《离离原上草》②等作品中，则表现了楚轩吾、申公秋、陈含诚等国民党军官身上的人性。甚至在《妙清》《孕育在大地之中》③《离离原上草》等作品中的人物之间，表现出消泯阶级、敌我的情感关系。王润滋的短篇小说《内当家》④，写土改中的地主分子刘金贵，三十年后以华侨的身份回乡探家，接待他的恰恰是曾经虐待过的女佣人李秋兰。作品开始思考在新的历史时期，如何对待历史中的"阶级关系"问题。而这些作品都一经发表，便引发了争议。

批评者认为，在《妙清》《啊，人》等作品"把阶级社会中人的爱情当作与阶级性仿佛无甚关涉的抽象的人性、人情，来加以描写和赞美"，把"抗日战争、土改运动也放到维护抽象人性、人权的祭坛上，让读者感到，要没有这样的战争和运动就好了"，导致了思想认识上的"混乱"⑤。而《晚霞消失的时候》《沉思》《爱和恨的故事》《最后一幅肖像》等作品，则"把曾经是敌对的人物描写成天使般的圣洁崇高，具有极其丰富的、'至善至美'的人性美"，脱离了具体社会生活、历史环境、阶级制约，夸大共同人性，是"超阶级超时代的抽象的人性"的表现⑥。张笑天

---

① 李英儒：《妙清》，《钟山》1980年第4期。
② 张笑天《离离原上草》，《新苑》1982年第2期。
③ 孟左恭：《孕育在大地之中》，《江城》1980年第4期。
④ 王润滋：《内当家》，《人民文学》1981年第3期。
⑤ 张炯：《关于人性、人情及其它：文学问题通信》，《文学评论》1981年6期。
⑥ 胡余（陈丹晨）：《略谈人性描写中的几个问题》，《文艺报》1982年第1期。

的《离离原上草》1982年在《新苑》杂志发表之后，便引发了争议①。批评家认为该小说"在探索人性的问题上背离了马克思主义的阶级论"，把人类之爱"视为绝对的至高无上的"②；小说用"仇恨""来解释任何一场现代战争都是不好的，只能掩盖具体战争的真相，模糊是非黑白的界限"；作者在"面对历史事实和社会现象做某种哲学沉思的时候，重犯了一个崇拜抽象的人的历史性错误。"③ 面对种种批评，张笑天在1983年4月发表了反批评文章《索性招惹它一回》④，坚持自己的探索。1983年下半年，人道主义讨论转向批判"抽象人性论"之后，《离离原上草》被视为"表现超阶级的'人性'，造成了'精神污染'"⑤ 的代表之一，受到了批评。1983年8月15日，吉林省作协和《新苑》编辑部联合召开讨论会，张笑天到会并作了"自我批评"⑥。12月12日《吉林日报》刊登了张笑天的"自我批评"文章《永远不忘社会主义作家的职责》，承认自己创作上的错误是"接受了资产阶级文艺理论"的影响，是"为资产阶级人道主义张目"。

四、马克思主义的"发展"与"纯洁性"问题

可以说，在当时的历史条件下，为人性、人道主义正名，重新确立人的价值，并非简单的文学问题。还必须重新讨论人道主义与马克思主义的关系问题，通过将人道主义纳入马克思主义的范畴之内的方式，来获得讨论的合法性。然而，在马克思主义范畴内肯定人道主义，恰恰是1960年代

---

① 《新苑》编辑部还于1983年1月29日召开了《离离原上草》讨论会，讨论会发言摘要《笔谈〈离离原上草〉》见《新苑》1983年第2期。
② 张毓茂：《探求者的得与失：张笑天创作刍议》，《春风》1982年第4期。
③ 王春元：《人性论和创作思想》，《文艺报》1983年第2期。
④ 张笑天：《索性招惹它一回》，《江城》1983年第4期。
⑤ 本刊记者：《近年来我国文学中的人性、人道主义问题：中国社会科学院文学研究所当代文学研究室座谈纪要》，《作品与争鸣》1983年第12期。
⑥ 田明：《1983年文学纪事》，《中国文学研究年鉴1984》，中国文联出版公司，1985，第378页。

所批判的"修正主义"观点。因此,讨论还不得不要涉及如何重新认识西方马克思主义,以及苏联、东欧等国在1950年代后期出现的马克思主义人道主义潮流的问题。在王若水的《谈谈异化问题》《人是马克思主义的出发点》《我对人道主义问题的看法——答复和商榷》等文章中,曾多次提到西方、南斯拉夫等国家的相关讨论,反对将其"笼统地斥之为修正主义"。汝信也发表文章反对将"人道主义"视为"修正主义"[①]。不过"马克思主义人道主义"论者,并没有正面触及如何重新认识这些理论的问题,大都只是通过马克思早期的《1844年经济学—哲学手稿》等文献中的"人学""异化"论述,以"回到马克思"的方式强调"人是马克思主义的出发点"[②]。因而,如何认识马克思的早期思想、如何评价《1844年经济学—哲学手稿》等文献在马克思思想体系中的地位,便成了理论界论争的焦点。在反对者看来,马克思的早期思想是不成熟的,其有关人学的讨论,是"接受了而不久就批判和扬弃了的费尔巴哈的人本主义哲学思想","不能代表以后的整个马克思主义。"[③] "异化论思想并不是成熟的马克思主义的一个组成部分,""青年马克思的异化思想,从根本上说并没有摆脱费尔巴哈的理论范畴"。因而,这些论者认为"马克思主义的人道主义""异化论"的提倡者,并不是"回到马克思",而是"回到费尔巴哈或黑格尔"[④]。这种将青年马克思观点与马克思理论体系区分开来的看法,与阿尔都塞的观点极为相似。

由于讨论涉及人道主义价值观念与马克思主义理论体系的关系问题,因而,一场意在重建"人的价值"的大讨论,只能更多地纠缠于"马克思主义人道主义"的合法性论证之中,无暇详细讨论人道主义观念在国外的

---

① 汝信:《人道主义是修正主义吗?——对人道主义的再认识》,《人民日报》1980年8月15日,第5版。
② 王若水:《人是马克思主义的出发点》,《为人道主义辩护》,生活·读书·新知三联书店,1986,第200-216页。
③ 陆梅林:《马克思与人道主义》,《文艺研究》1981年第3期。
④ 计永佑:《异化论质疑:也谈异化论与当前文艺创作》,《时代的报告》1981年第1期。

遭遇与嬗变。而且，不论成熟的马克思理论与其青年时期的人道主义、异化思想究竟是继承还是扬弃的关系，相关的讨论，势必涉及对当时国内马克思主义理解的"调整"问题。1983年3月，周扬在纪念马克思逝世一百周年学术报告会上的《关于马克思主义的几个理论问题的探讨》的演讲，一开始就提出马克思主义是发展的理论，不是"终极真理"，要用"发展的眼光"对待马克思主义。而在胡乔木的《关于人道主义和异化》中，则将人道主义区分为"作为世界观和历史观""作为伦理原则和道德规范"的两个层面，强调在"伦理原则和道德规范"层面提倡"社会主义的人道主义"的同时，在世界观和历史观上必须以马克思主义为基础。显然是意在保证马克思主义的"纯洁性"①。

在当时的历史语境中，这些问题，都很难仅仅局限于单纯的学术、学理的范畴内来进行讨论。因此，讨论最终受到干涉和影响，也是"历史的必然"。1983年的下半年，在种种批评和干涉下，全国再次出现了以座谈会、学习、检讨、自我批评等方式，"承认错误""统一认识"的"运动"。这一现象，不能不说是1949年之后文学批评"传统"机制的某种延续。在这种机制之下，胡风、丁玲、曹禺、王蒙、唐达成等大量文艺界人士在座谈会上的发言，大多都是表态性的，很难说具有独立的主体思考。

另外，也有研究者指出人道主义讨论的参与者"主要是毕业于50年代的中年文艺理论家"，是马克思主义经典理论的受教者，"他们在试图用新的话语来取代旧的话语时，时常会陷入旧的历史知识的陷阱中不能脱身。"② 因此，讨论者的知识、信念也是这场论争的历史限度的重要原因。在确立"人的价值"时，讳言个人主义，依旧按照"集体主义"观念来约束个体自我；在人性张扬中过分倚重人性的社会属性，人的"自然属性"还没有真正讨论的空间；对人性中非理性、恶的层面也缺乏应有的关

---

① 胡乔木：《关于人道主义和异化问题》，《胡乔木文集》（第二卷），人民出版社，1993，第581-636页。
② 程光炜：《文学讲稿：八十年代作为方法》，北京大学出版社，2009，第150-151页。

注……，诸多观念缺失不能不说与此也有关系。在经历、阅读视野、身份等方面与之存在较大差异的甘铁生、靳凡、礼平、赵振开、张辛欣等出生于1940年代中期以后的青年作者，则表现出从个人本位思考问题的价值立场。主流文艺界、理论界对这些青年作家的探索、对当时在大学生青年群体中出现的"存在主义热"所持的批判态度，事实上显示出这场讨论中人道主义与个人主义、主流与民间、中年与青年之间的价值观念差异与冲突。只不过这些冲突一直被人道主义论争中马克思主义理论内部的分歧所遮蔽。①

---

① 本章曾删节后公开发表。见张慎：《1980年代前期的历史语境与人道主义讨论的观念局限》，《内蒙古大学学报（哲学社会科学版）》2015年第6期。

第四章

"文学是人学"的理论建构与观念博弈

　　第四次作代会提出"创作自由""评论自由"之后，1980年代的文化发展空间再次得到改善，文学创作、文学批评开始获得多样化、多元化的发展局面。更重要的是，尽管在1987年春夏出现过新的曲折，但是从1984年底的第四次作代会"祝词"、1988年的第五次文代会"祝词"到1989年中共中央发布的《关于进一步繁荣文艺的若干意见》，都强调要避免用行政命令、政治运动的方式处理学术矛盾和争端，体现了中共中央进一步调整文艺管理方式的积极态度。正是在这样的文艺政策之下，曾在1980年代前期《苦恋》事件、人道主义讨论中起了决定性作用的政治干预，在此期的理论探索与观念博弈中开始真正隐退，学术论争逐步回归到观念博弈的范畴之内。在1984年曾经一度"终结"的人道主义价值建构，再次获得探讨的空间。这不仅表现在，王若水就人道主义问题与胡乔木商榷的文章，重新获得了发表和出版的机会。而且刘再复、李劼、刘晓波等文艺理论批评家依据各自不同的"人学"视野，开始在文学领域内确立人的价值、探寻人的自我。作为"未完成的预案"的"人道主义"价值论建构，开始在文学理论中重新开始。

　　这一时期围绕"文学是人学"理论探索的观念博弈，不仅延续了1980年代前期人道主义论争中的分歧，而且在"人学"的认识上，刘再复的"古典人道主义"与李劼、刘晓波等人的现代人本主义之间存在着差异；在1987年开始萌蘖的后现代主义文论所宣布的"人的消亡"，也成为"人"的价值建构的解构力量。这些观念分歧和博弈，体现了这一时期文艺理论批评队伍的分化和"多元探索"批评格局的形成。

一、"主体论"与人道主义、异化观念

从1984年发表《论人物性格的二重组合原理》①将人物塑造问题从社会学的"环境决定论"转向人物性格的"内在"复杂性的探讨,到提出"文学研究应当以人为思维中心"②,系统建构"文学的主体性"命题③,刘再复主要是在古典人道主义"人学"价值论基础上来进行一系列的文艺理论体系建构的。在他的"主体性"论述中,尽管一再强调尊重人的个性和"精神主体"的多样化、丰富性,但从他对人的"主体性"及"人性"的乐观理解、对"超我"的强调和对"本我"的无视、将基督教的博爱确立为实现主体价值的最高境界来看,他依旧是从"类"的角度论述人的主体性问题,属于古典人道主义的范畴。西方现代人本主义对人的这种"类本质"的质疑、对启蒙理性的批判、对人的本能及个体自我建构的探求,显然没有进入刘再复的价值论视野。

这一方面与刘再复的知识结构有关。在主体性问题上,刘再复尽管由李泽厚的强调主体的社会历史文化前提偏移向了关注和强调"精神主体",但李泽厚对康德主体性的阐释,依旧是刘再复的重要理论基础。而刘再复从莎士比亚到托尔斯泰的文学阅读结构,也决定了他对人、人性的认识更多地集中在早期人文主义价值立场之上。另一方面,更与刘再复明确的学术针对性、强烈的现实关切密切相关。刘再复的"主体性"文论是对"我国的文学在相当长的一个历史时期,普遍地发生主体性失落的现象"④的反拨。过去的机械反映论,片面强调社会性、阶级性对人物"典型"塑造的决定作用,人物成为没有自身性格、个性和内在丰富性的标本;片面强调客体生活对作家创作的决定作用,忽视了作家在认识、把握客体世界过程中的主观、能动性;而在作者"镜子"式地反映生活的同时,读者和批

---

① 刘再复:《论人物性格的二重组合原理》,《文学评论》1984年第3期。
② 刘再复:《文学研究应当以人为思维中心》,《文汇报》1985年7月8日,第3版。
③ 刘再复:《论文学的主体性》,《文学评论》1985年第6期,1986年第1期。
④ 刘再复:《论文学的主体性》,《文学评论》1985年第6期,第15页。

评家对作品的接受和鉴赏也被认为是"镜子"式地被动接受教育和训诫，缺乏对接受主体复杂性的认识。刘再复正是试图通过对人物主体、作家主体、读者（包括批评家）主体的讨论，来探讨"文学主体性的回归、肯定和实现的途径"。更重要的是，刘再复的文论还有着强烈的现实针对性。他强调文学活动中人的价值、人的主体地位，以"文学的主体性"批判"物本主义"和"神本主义"的学术努力，也是意在时代文化观念中确立以人为中心的价值尺度；他在积极肯定文艺研究中"以社会主义人道主义的观念去代替'以阶级斗争为纲'的观念，给人以主体性的地位"[①] 的重要转折，也是意在推动时代现实中的这种价值转型。他文论所针对的是50—70 年代出现的"把人看作物，看作政治或经济机器中的齿轮和螺丝钉"等人的价值、尊严的失落的历史状况。面对这样的历史现实，首先亟待完成的是重新确立"人"的主体地位和价值尊严的历史任务，而不是引入西方现代人本主义，对人进行批判性反思。因而，在 1986 年召开的"中国新时期文学十年学术讨论会"上，李劼、刘晓波、邹平等具有西方现代人本主义价值视野的青年批评家对刘再复的古典人道主义观念提出批评之后，刘再复反驳道：那种认为"尊重人的尊严的人道主义内容已经过时了"的观点是不了解文化需求的时代落差[②]。

然而，恰恰是在如何处理"文学"与"人学"的关系问题上，刘再复常常陷入将现实生活中的人的性格、精神问题与文学世界中人物的性格、精神问题混为一谈的误区。事实上，"作为历史形态实在的人与作为艺术形态虚构的人"[③] 有着重要的差异，文学人物无论如何也只是作家的审美创造的产物，不能与现实的人简单地等同。而刘再复一方面以现实中的人学、心理学来论述文学中虚构的人物，另一方面，又试图由文学的主体性，来张扬现实生活中人的价值与人格尊严。之所以出现这种逻辑问题，

---

① 刘再复：《文学研究应当以人为思维中心》，《文汇报》1985 年 7 月 8 日，第 3 版。
② 刘再复：《论新时期文学主潮：在"中国新时期文学十年学术讨论会"上的发言（内容摘要）》，《文学评论》1986 年第 6 期。
③ 夏中义：《新潮学案》，生活·读书·新知三联书店，1996，第 6 页。

与刘再复试图以文学（美学）问题来回应时代社会急需的"人学"建构问题的强烈使命意识有关。也即是说，在谈论"文学的主体性"问题时，刘再复念兹在兹的是现实生活中人的主体性问题，甚至现实生活中人的主体性问题，才是刘再复建构"以人为中心的文艺理论体系"的内在动因，这就使他的论述往往将文学问题与现实问题纠缠在一起，忽视了审美世界中的"人"与现实生活中的人的种种差异。

除了古典人道主义"人学"价值论之外，在1980年代前期曾受到批判的"异化"观念也再次回到刘再复的理论中来。他不仅用"人—非人（异化）—人的复归"的历史图式来分析社会历史，认为社会历史"经历了'人的否定'这一曲折的痛苦的历程，最后又回到人自身"。而且刘再复将"异化"观念与康德美学的审美无功利观念相结合，认为"在现实生活中，人由于受制于各种自然力量和社会力量的束缚，因此，往往自我得不到实现，自己不能占有自己的本质，自身变成非自身"。而人在审美过程中，则"从现实世界的各种束缚中超越出来，并以全面、完整的人的资格重新审视现实"。文学（审美）在刘再复这里便成为"实现人的自由自觉的本质，使不自由、不全面的、不自觉的人复归为自由的全面的、自觉的人"的"人性复归的过程"[①]。文学审美便因其"超越性"，便成为人类反抗现实"异化"而实现人性复归的领域。刘再复也正是由此，将作为审美活动的文学与现实生活的"人学"关联了起来。

二、围绕"主体论"的讨论与"阵营"对垒

由于刘再复"文学的主体性"理论接续了曾一度中断的人道主义、异化观念，将其引入到文艺理论研究中，建构了一套从人物塑造、作家创作、读者接受到文学批评和文学史研究等领域全面张扬人的主体地位的文艺理论体系，对既有的文艺理论观念形成了挑战，因而，文章一经发表，便出现了不同意见的讨论。

---

① 刘再复：《论文学的主体性》，《文学评论》1986年第1期。

在讨论中，如何看待刘再复的"主体论"与马克思主义文艺理论的关系，成为争论的焦点。早在 1986 年 2 月 18 日和 3 月 1 日中国社科院文学研究所文艺理论研究室的讨论中，就有论者提出了"强调文学主体性，会不会导致脱离马克思主义的反映论"问题，并强调对于马克思主义"可以'离经'但不'叛道'"①。其后，《红旗》杂志发表的陈涌的《文艺学方法论问题》一文，也正是在这一问题上认为包括刘再复的主体性理论在内的文论探索，是用"'新观念'、'新方法'去代替马克思主义的'传统观念'、'传统方法'"，"不是枝节问题，也不只是个别理论问题，而是直接关系到如何对待马克思主义的基本原理的问题，是关系到社会主义文艺的命运的问题。"② 陈涌的文章引来了王春元、林兴宅、程麻、杨春时、白烨等一批学者的商榷，同时，程代熙、侯敏泽、郑伯侬、陆梅林、陈燊等人也先后著文声援陈涌，俨然形成了"两军对垒"的阵势。由于觉得"陈涌的文章受到围攻"，《红旗》杂志一连三次给姚雪垠写信，"请姚雪垠'出山'参加与刘再复的论争"③。姚雪垠先后发表了两篇长文④，为其后的"姚刘之争"埋下了伏笔。

围绕"主体论"的"两军对垒"，体现出双方在反映论/主体论、外部规律/内部规律、传统/西化、马克思主义/人道主义、一元论/多元论等诸多方面的观念分歧。陈涌"阵营"批判刘再复的重心，主要是认为刘再复的探索背离了马克思主义历史唯物主义，认为"主体性"理论否定了人的"历史性""社会性"，走向了唯心主义和人本主义。针对刘再复将人道主义引入文论体系的做法，批判者力图将马克思主义与人本主义区别开来，并对西方马克思主义用人本主义"补充""发展"马克思主义的思潮进行

---

① 文学研究所文艺理论研究室：《自由地讨论，深入地探索：关于刘再复〈论文学的主体性〉一文的讨论》，《文学评论》1986 年第 3 期。
② 陈涌：《文艺学方法论问题》，《红旗》1986 年第 8 期。
③ 许建辉：《姚雪垠传》，湖北人民出版社，2007，第 329 页。
④ 姚雪垠：《创作实践和创作理论：与刘再复同志商榷》，《红旗》1986 年第 21 期；姚雪垠：《继承和发扬祖国文学史的光辉传统：再与刘再复同志商榷》，《红旗》1987 年第 8、9 期。

了批判①。这种论述，显然是此前批判"马克思主义人道主义"时的观点的延续。不同的是，在1980年代前期，理论探索只能在马克思主义"一元论"前提下进行，因而出现了"马克思主义的现代主义""马克思主义的人道主义"等策略性的提法。而1985年后，文学批评空间的改善为文化的多元化提供了可能。因此，出现了"多元化"的提法，并产生了"多元化"与"多样化"的分歧与博弈。

陈涌"阵营"都坚守反映论文学观，认定"文艺是一定的政治经济的反映"，是"文学艺术的最高层次的本质、规律"。认为"文学观念的更新，只有在马克思主义思想指导下，或者说在马克思主义思想基础上的更新，才可能有正确的方向"②。他们依旧坚守文化发展上的"资/社"之别，认为"作为社会主义国家的文化艺术事业，必须沿着马克思主义的轨道向前发展"，反对将马克思主义"降低"为"多元"中的"一元"③。在他们看来，文艺的发展不应是"多元"的，而应该是在坚持马克思主义"一元论"基础上的"多样化"④。因而，面对1985年以来文艺创作、文艺理论探索中出现的"多元"探索趋势，他们都表现出强烈的"保卫马克思主义"的姿态。

三、现代人本主义的观念视野与"主体论"的分歧

刘再复的"主体性"理论面临的另一挑战，则来自具有西方现代人本主义理论视野的青年论者。

早在1980年代前期，西方现代人本主义对"人"的反思性认识，主要是以一种"民间""地下"的思想形态而存在着。《今天》等"地下"

---

① 程代熙：《对一种文学主体性理论的述评：与刘再复同志商榷》，《文艺理论与批评》1986年第1期。
② 陈涌：《文艺学方法论问题》，《红旗》1986年第8期。
③ 郑伯依：《也谈文艺观念和文艺学方法论问题》，《红旗》1986年第16期。
④ 陆梅林：《方法论访谈：兼论一元论和多样化》，《文艺争鸣》1986年第2期，第56页。

文学刊物以及1980年前后的大学生刊物上，许多具有现代主义色彩的文学创作就表现出西方现代哲学中个体自我失落与寻找的主题。其后，萨特的存在主义思想也在大学生群体和青年作家群体中得到了广泛传播。1985年后，现代主义文学获得了存在的空间，现代主义文学背后所潜含的西方现代哲学观念，开始得到探讨。理论界开始认识到现代派与传统艺术的区别，"从根本上说并不在它们的形式特征或某些特殊创作技巧；而是在这种艺术的文化、哲学精神和价值取向"①。之前对西方现代主义文学"取其形式，弃其内容"的"剥离"式接受被认为是"本末倒置"②，而受到了反思和批判。用西方现代哲学观念来审视1980年代的"现代派"创作，便发现其并"没有西方的哲学基础"、并不"真正具有现代素质"③，于是出现了"伪现代派"的提法与论争。西方现代哲学及其人本主义思想开始进入青年理论批评家的视野，而成为其理论建构和批评实践的理论资源，从而与刘再复的古典人道主义价值立场形成了摩擦与冲突。

在1986年召开的"中国新时期文学十年学术讨论会"上，当刘再复呼吁高举人道主义旗帜之时，李劼便表示对刘再复的"古典人道主义"价值立场有所保留，只是在"面对人道主义和非人道主义的交战"之时，"不愿意踩人道主义一脚""宁可封存自己与刘再复不相同的人道主义立场，以此表示对人道主义的认同和支持"④。而刘晓波则在会上做了题为《新时期文学面临危机》的发言，在对传统的激烈批判中提出了他的非理性文学观，表现出与刘再复对"人"的不同认识⑤。邹平、魏威等人也在会上指出"人道主义毕竟是十九世纪的思想武器，面临二十世纪所遇到的

---

① 何新：《"先锋"艺术与近、现代西方文化精神的转移：现代派、超现代派艺术研究之一》，《文艺研究》1986年第1期，第92页。
② 邹平：《新时期文学中的现代主义渐进》，《文学评论》1987年第1期，第28页。
③ 谭湘：《面向新时期第二个文学十年的思考：〈文学评论〉召开小型座谈会纪要》，《文学评论》1987年第1期，第48页。
④ 李劼：《中国八十年代文学历史备忘》，台北：台北秀威资讯科技股份有限公司，2009年，第43-49页。
⑤ 刘晓波：《新时期文学面临危机》，《深圳青年报》1986年10月3日，第3版。

问题，它毕竟是软弱的"①。

其后，李劼在西方现代人本主义哲学以及现代主义文学的观念基础上确立"文学是人学"的观念，系统地提出了"文学是人学新论"。在他看来"相对于十九世纪的人道主义精神，文学在二十世纪获得了更为深广的人性内容。它不再是对人的一味赞美而是对人的陷入的非人化处境的揭示和抗争，不再仅仅停留在对人的形象性描绘上而趋向了对人的意象性呈现，也不再仅仅把人当作一幅社会历史图景而深入到了人的下意识心理以及与之相应的集体无意识世界"②。人不再是英雄神明和万物灵长，而是实实在在的个体自我。在刘再复论述中具有博爱胸怀、强烈使命意识的人，在李劼这里，一变而为面对"自我生存"的个体的人。刘晓波则提出了非理性文学观，强调"感性、非理性、本能、肉"等对传统文化的挑战意义③。并在对李泽厚"积淀说"的批判中，强调了现代人本主义的"个人本位意识"，张扬"现象、感性、个别，具体"对于"本质、理性、一般、抽象"的重要性，批判了理性对"感性生命"的主宰。"人"在刘晓波这里，不再是"类"的象征物，而是感性的、具有非理性特征的个体生命④。

在这样的理论视野下，一些学者认为面对现实世界出现的新变化，刘再复的古典人道主义价值立场已经"无能为力"，提出了超越刘再复的观点⑤。陈燕谷、靳大成也指出刘再复文化观念的哲学基础依旧是古典人道主义，认为他没有正视现代人本主义对人的主体性的反思与抗议，依旧"对人的力量抱有一种绝对的信心，对人的主体性从道德上给予完全肯定的评价"，仍旧在"'以神或以物为本'还是'以人为本'，'人是手段'

---

① 本报记者：《历史与未来之交：反思 重建 拓展——"中国新时期文学十年学术讨论会"纪要》，《文学评论》1986年第6期，第21页。
② 李劼：《文学是人学新论》，花城出版社，1987，第123页。
③ 刘晓波：《再论新时期文学面临危机：关于〈危机〉一文的几点补充》，《百家》1988年第1期。
④ 刘晓波：《选择的批判：与李泽厚对话》，上海人民出版社，1988，第16-46页。
⑤ 邹平：《呼唤，解脱与超越：对人道主义的思考》，《上海文论》1987年第2期，第51页。

还是'人是目的'"这样的二元对立中认识主体性问题①。

应该看到，在1980年代引入现代人本主义对人的有限性、非理性层面的认识，引入存在主义对主体自我选择、自我建构的探讨，无疑具有推动"人学"走向深入的意义。然而，在当时，确立人的尊严、人的价值还是有待完成的艰难任务，将人视为"手段"和"物本主义"的观念依旧是强大的存在，古典人道主义依旧具有重要的历史意义。在人的尊严、人的价值还有待确立的中国，过早地依恃现代人本主义价值论宣布"古典人道主义"已经过时，并对其进行批判，是得不偿失的。因而，刘再复、王晓明、程文超等人都指出，那种认为"尊重人的尊严的人道主义内容已经过时了"的观念是不了解文化需求的时代落差。

事实上，不论是李劼的"文学是人学新论"，还是刘晓波激进的感性张扬，尽管他们在"人"的认识上体现出了现代人本主义色彩，但都延续了"文学是人学"的命题。在李劼看来，文学是人抗拒异化，向"自我递归"的领域。而在刘晓波这里，审美同样是人"超越"客观法则、理性教条、功利欲求、社会压力、自身局限的领域与活动②。因而，在对文学（审美）与人学关系的理解上，李劼与刘晓波都继承并发扬了李泽厚、高尔泰、刘再复那种强调文学审美的"超越性"、将其视为人性复归的领域的观点。从这一层面来看，李劼、刘晓波与刘再复相似，都意在通过对"文学与人学"的阐释和对传统的批判，推动人的解放，确立人的自由。

然而，令人始料未及的是，正在这些论者努力以不同的方式深化对人的认识，推动人的解放，确立人的价值之时，此时萌生的"后现代主义"批评，却已经开始宣布"人的消亡"了。

四、后现代主义批评的萌芽对"人学"的解构

如果说现代主义文学及现代人本主义哲学，通过揭示世界的荒诞、人

---

① 陈燕谷、靳大成：《刘再复现象批判：兼论当代中国文化思潮中的浮士德精神》，《文学评论》1988年第2期，第30页。
② 刘晓波：《审美与超越》，《文学评论》1988年第6期。

的存在的荒谬、个体自我丧失的焦虑，对古典人道主义的人的价值、人的尊严以及乐观的人的观念形成了挑战的同时，还未丧失对个体自我的寻找，体现出强烈的个体自我意识的话，那么在后现代主义这里，不仅深度被"消解"、历史感消失、意义的追寻化为符号的"游戏"，而且人的主体性也被视为神话而宣判"死亡"，从而对古典人道主义、现代人本主义形成了双重的挑战。

早在1980年代初期，李幼蒸、袁可嘉、董鼎山、张隆溪等人便发表了对西方后现代主义的译介文章。不过"后现代主义"在这一时期并没有引起理论界的关注。1985年9月到12月杰姆逊应邀到北京大学开设当代西方文化理论课，其演讲由唐小兵翻译为《后现代主义与文化理论》一书①，杰姆逊在深圳大学的讲稿也以《现实主义、现代主义、后现代主义》为题发表②。此外，伊格尔顿《二十世纪西方文学理论》、徐崇温《结构主义与后结构主义》的出版，陆扬、王宁、唐小兵、吴晓东、赵一凡等诸多学者的后现代主义、解构主义、后结构主义译介与评述文章的发表，致使后现代主义开始获得关注，并出现了以后现代主义理论来论说文学新潮的文学批评。

1985年后中国社会文化的世俗化、商业化走向，以及文学领域先锋文学、纪实文学、通俗文学、报告文学潮流的涌现，也为后现代主义论者提供了论说的对象。许多论者以后现代主义理论观照1985年以来出现的文学新潮，出现了对后现代主义征兆的不同概括。有论者从方方的《风景》、刘恒的《狗日的粮食》、第三代诗潮中发掘了后现代主义因素③，还有论者将罗中立的《父亲》、张辛欣、桑晔的《北京人》、阿城的《棋王》视为后现代主义艺术④。王宁认为刘索拉、徐星的小说便具有了后现代主义文

---

① 弗·杰姆逊著，唐小兵译：《后现代主义与文化理论》，陕西师范大学出版社，1986年。
② 詹明信：《现实主义、现代主义、后现代主义》，《文艺研究》1986年第3期。
③ 何云波：《西方后现代主义与中国新潮文学》，《理论与创作》1988年第4期。
④ 沈金耀：《试析近年来小说中的后现代主义》，《小说评论》1989年第2期，第10页。

化因子①。而陈晓明则不同意将刘索拉、徐星归入后现代主义，认为应当以1987年马原的出现作为后现代主义的标志②。也正是在对马原、洪峰、残雪、苏童、余华、格非、孙甘露等人受法国"新小说"影响的先锋小说的批评实践中，后现代主义文论开始萌蘖。

在"后现代主义"理论的传播中，一些论者开始接受"后现代主义"观念。1988年，陈晓明将后现代主义"告别实在世界""消解主体""秩序的崩溃""时空错位""真理失踪""整体破裂""永恒消遁""悖论命题""美的破灭"等视为"我们在现代精神的边缘做出的抉择"③。张颐武也在北京大学当代文学研究生的讨论课上，多次提出"人的消亡"④"人的破碎感"，认为"现在的文学潮流是表现从人的确立到人的死亡的主题"，走向了意义的游戏⑤。

不论是刘再复的古典人道主义价值立场，还是李劼、刘晓波等人具有现代人本主义色彩的个体自我寻求，其共同的趋向是都延续了"文学是人学"的命题，都试图通过文学、审美来确立、寻回人的主体自我。然而在后现代主义看来，主体的"人"已经"死亡"。因而，当刘再复呼吁作家、人物、读者的主体性之时，当李劼、刘晓波还将审美视为"个体自我"的实现方式之时，张颐武则在对实验小说的评论中宣告作家主体、人物主体"确定性"的消失。在他看来"几年前，我们的文学曾为'人'的价值和尊严，为人的'主体性'千呼万唤。我们曾为了捍卫这些概念而展开了热烈的争论"，而实验小说对这些概念提出了强烈的质问，"这些问题的出

---

① 王宁：《现代主义、后现代主义与中国现当代文学》，《中国社会科学》1989年第5期。
② 王宁，陈晓明：《后现代主义与中国当代先锋文学》，《人民文学》1989年第6期。
③ 陈晓明：《在现代精神边缘的抉择：文学世界观断想》，《文学自由谈》1988年第2期。
④ 北京大学当代文学研究生：《从"我"的失落到"我"的发现：关于当代文学思潮的对话》，《文学自由谈》1988年第2期。
⑤ 董瑾：《文学潮流与时代选择：关于当代中国文学思潮的对话》，《文艺争鸣》1988年第4期。

现，表现出寻找自我，呼唤自我的激情迸发的时代已经过去"①，"五四"时期的那些时代命题也已经"受到威胁或颠覆"，五四精神已经"死亡"②。

尽管这种从"后现代主义"立场对"人学"的解构，一经出现便引起了争论。在北京大学当代文学研究生的讨论课上，程文超便多次针对张颐武的观点强调："我们今天确实需要马原那样的东西，来促使人们从本质上进一步认识'人'。但是我们现在更需要的是体现人道主义、人的主体性的东西。因为现在许多人还无法与马原产生共鸣。甚至许多人还根本没有意识到他们自己是一个人。"③"刘再复的人道主义主潮论是西方文艺复兴时期的主潮，可对我们仍有用……。"④ 而李书磊也指出西方后现代主义观念引入中国之后已经发生了"变异"，在他看来，"那些放弃英雄主义，放弃社会责任的形象，他们也有一个共同的特征：即反抗性。……他们与五四精神在本质上是一致的，都是要实现自我，只是自我的内容不一样而已"⑤。事实上，一些中国的后现代主义论者，也的确"无意于颠覆一切：他们的颠覆有着针对性"，他们在意义消解的同时追寻着意义，在解构的同时也在进行着建构，甚至其解构本身也都具有强烈的历史使命意识⑥。

然而，无论如何，后现代主义对主体性的消解，对意义追求的摒弃，都是对1980年代文学批评"人学"追求造成了解构。其对"意义""深度"的放逐，也是对文学批评价值论维度的自觉放弃。而这无疑将1980

---

① 张颐武：《人：困惑与追问之中——实验小说的意义》，《文艺争鸣》1988年第5期。
② 《文学潮流与时代选择：关于当代中国文学思潮的对话》，《文艺争鸣》1988年第4期。
③ 北京大学当代文学研究生：《从"我"的失落到"我"的发现：关于当代文学思潮的对话》，《文学自由谈》1988年第2期，第127页。
④ 董瑾：《文学潮流与时代选择：关于当代中国文学思潮的对话》，《文艺争鸣》1988年第4期，第46页。
⑤ 董瑾：《文学潮流与时代选择：关于当代中国文学思潮的对话》，《文艺争鸣》1988年第4期，第46页。
⑥ 程文超：《意义的诱惑：中国文学批评话语的当代转型》，时代文艺出版社，1993，第137-144页。

年代文学批评的转型，导向了价值维度的迷失。

五、"文学是人学"的意义与影响

从 1979 年开始，文学界就开始在历史反思中呼唤人情人性，重新肯定人的价值与尊严；思想理论界则提出"马克思主义的人道主义""异化"等概念，展开了人道主义大讨论。文论界与思想界试图通过这些努力，重建以人为中心的人道主义价值观念体系；文艺理论和文学批评开始突破单一的认识论视域而走向多元格局；主体论思想开始在文艺理论中萌蘖。然而，由于 1980 年代前期中国特殊的历史语境，以及人道主义在 20 世纪中西方的历史遭遇等原因，当时的讨论一方面只能围绕马克思主义与人道主义的关系问题而展开，另一方面也在某种程度上造成了其"人"的观念、人性理解的限度和对个人主义价值尺度的歧视[①]。文论中对"文学是人学"的强调，也主要是为了论证表现文学人物形象情感、欲望的合法性；许多批评家沿袭过去的批评观念，将"文学是人学"的问题仅仅理解为"典型形象"的塑造问题。无论是对"人学"的理解，还是对"文学与人学"的关系的认识，都存在着诸多局限。

1985 年后围绕"文学是人学"文论的建构，是对此前因时代原因而一度"终结"的文学人道主义观念的继续和发展。更重要的是，这些理论探讨不仅确立了"人"在文学创作中的中心地位，而且在"人学"的理解以及"文学与人学"的关系的认识上，出现了多元化的格局。既有的马克思主义"人学"观念、刘再复的古典人道主义、李劼等青年批评家的现代人本主义、张颐武等人的后现代主义对"人之死"的宣判等价值观念的并存，客观上丰富了对"人"的理解、更新了"人学"的内涵。同时，基于这些不同的"人学"视野，形成了对"文学与人学"关系的多元认识：人是文学的主体，文学是实现人主体自由的重要领域；人是文学的本体，文

[①] 见本书第三章以及张慎：《1980 年代前期的历史语境与人道主义讨论的观念局限》，《内蒙古大学学报（哲学社会科学版）》2015 年第 6 期。

学是追寻人的本体自由的"诗意栖居"之地；在后工业时代的工具理性、权力制度"异化"下，人完全丧失了主体性，呈现为碎片化、物化的形态，人与其创造物文学之间也丧失了主客体关系……。文论中对"人"的多元认识，特别是现代人本主义对人性中幽暗部分的关注，促使文学重新思考人物形象的复杂性，开始正视人物的非理性情绪、潜意识等层面，更新了对"个性""性格""典型"等既有文学概念的理解。后现代主义对人的"异化""符号化"现象的关注，也促使文学注意到人在现代社会中主体性丧失的现象。余华等人的先锋小说，恰恰是通过人物形象的符号化、命运的被动性揭示了这种主体性失落的情况——当然，这种揭示并非完全是后现代主义式的"放逐意义""消解深度"的结果，而是与一代人的"文革"遭遇、历史经验有着密切的关系。

1990年代以来，这些对"人学""文学是人学"的不同理解延续下来，并与中国社会的前现代、现代、后现代交织的格局形成了复杂的对应关系。对于中国的前现代社会现象而言，古典人道主义的人学观对人的理性、自由的重视，对人的主体地位、人的独立性、人的尊严的推重，依然具有重要的启蒙价值，依旧是许多坚守启蒙立场的批评家的重要价值尺度；对于在不健全的现代化进程中出现的人的本能欲望日趋泛滥的现象，现代人本主义人学观对人性中的非理性、欲望等幽暗部分的凝视与省思，同样具有重要的揭示、批判意义。许多作家、批评家还从私人欲望的角度反思历史，揭示了历史灾难中欲望与权力共谋的复杂根源；同样，在消费主义盛行而公共情怀缺失、大众文化甚嚣尘上而理性的精英文化惨遭冷落、"娱乐至死"而精神空虚的当下，后现代主义关于人的"主体性"已然死亡的宣告，在某种程度上同样获得了存在的合理性——然而，遗憾的是，1990年代中国的一些后现代主义文论，不是与文化民族主义媾和，就是为消费主义张目，丢掉了福柯所强调的"批判精神"[①]。

更重要的是，随着1990年代以来知识分子阵营的分裂，这种种不同价

---

① [法]米歇尔·福柯：《何为启蒙》，南京大学中国现代文学研究中心：《启蒙文献选编》，上海人民出版社，2010，第497-499页。

值立场之间常常发生新的博弈和交锋，围绕"人文精神""后现代主义文论""中华性"等论题发生了激烈的讨论。知识分了的"左""右"之争也影响了 21 世纪以来的文学研究①，自由主义者"原子式的自由个体"观念受到了质疑。一些论者以福柯知识谱系学、阿尔都塞的主体性理论为工具，反思了 1980 年代文论所建构的"个人""主体性"观念，认为那是超越了具体历史、社会的"先验的主体"；新左翼文论中重新用"阶级"概念批判了 1980 年代文论确立的人学立场，认为当时是以"个人"观念消泯了民众特别是工人、农民的阶级意识②……。

然而，尽管围绕"文学是人学"观念的博弈一直延续至今，并且遭遇到了新的挑战。但是，在一个欲望横行、理性失落、"娱乐至死"、主体空虚的时代，重提"文学是人学"命题，强化文学、文论中的人文精神，不仅具有重要的文学意义，而且有着强烈的时代意义和社会价值。③

---

① 张慎：《"重返八十年代"的"新左翼"立场及其问题》，《当代作家评论》2015 年第 4 期。
② 李静：《新中国工人阶级的形成和消解：从〈百炼成钢〉〈乘风破浪〉到〈乔厂长上任记〉》，《文艺争鸣》2014 年第 12 期。
③ 本章曾删节后公开发表。见张慎：《"文学是人学"的理论建构与观念博弈》，《中国石油大学学报》2018 年第 3 期。

第五章

"寻根文学"接受的文化意识与思想格局

在政治、经济、文化诸层面上追求"现代"、反思"传统"的"新启蒙"思潮是 1980 年代的主要思想潮流。然而,面对 1990 年代学界"从追求现代化到反思现代性"的理论观念转变、新启蒙知识分子阵营的分裂、人文精神的失落等文化现象,同样有必要对 1980 年代思想观念的复杂性进行进一步辨析:在一场场思想论争与文学论争中,究竟出现了哪些思想观念?这些思想观念又与当时的"新启蒙"思潮产生了怎样的关系?1990 年代的观念转型是否可以从中找到某些思想根源?只有把这些问题探究清楚,才能够切实深入地了解 1980 年代的思想格局与观念走向。仅就"寻根文学"而言,"文化热"的勃兴是其发生的重要思想背景。在"文化热"中,传统文化是否都可以归为"封建文化",传统文化在"现代化"进程中发挥着怎样的作用,在追求"现代化"的过程中应该以怎样的态度来对待传统文化……一系列问题成为讨论的焦点。而这种对传统文化的重估,突破了前期在"反封建"思想框架下着力于批判传统文化中的封建思想、推动思想观念走向"现代"的思路,并在"走向未来"丛书编委会、中国文化书院、"文化:中国与世界"编委会等知识群体之间以及各个知识群体内部出现了对待传统文化的不同态度。这些不同的文化态度与思想立场,同样体现在这一时期对"寻根文学"的评价、阐释与期许之中。本章主要以 1980 年代知识界对"寻根文学"的评价、阐释为考察中心,辨别其中所出现的种种文化态度、思想立场与文学观念,分析其与"新启蒙"思潮的关系,以期对当时的思想格局形成更为切实、深入的认识。

一、传统文化的"现代转化"与文学的"民族性"

在对外开放、中西文化交流的过程中，1980年代中期的知识界出现了复杂的文化危机感与焦虑心态：一方面是在追赶"现代"文明的进程中，以"新启蒙"思潮为代表的文化自省意识、文化批判意识，在中西文化的"文明与愚昧""先进与落后"的比照中，出现了"开除球籍"的焦虑。另一方面，则是在世界文化交流、冲突、融合的进程中，出现了中国文化丧失固有的民族特色和文化地位的担心，出现了丧失"民族自我""文化身份"的焦虑。细致考量这两种危机感就会发现，前者将文明的进程理解为线性的先后时间历程，形成了在1990年代备受反思的将"西方与中国"理解为"先进与落后""文明与愚昧"的"中西古今"的文化思路。1990年代学界反思"现代性时间神话""进化论"思维，事实上正是对这种"现代性"方案的批判和解构。后者则开始重视文化、文明的"民族性""地方性"以及"自我身份"问题。特别是"文化热"中"东亚现代化"模式的讨论，事实上开启了1990年代在"东西"地域空间的维度上探寻"另类现代化"方案的思路。而在这种"现代化"探寻中，传统文化不再被简单地视作走向"现代"的"封建文化"障碍，而是具有了"现代转化"的可能。因此，"传统文化的现代转化"成为当时文化讨论的重要思想命题。

正是在后一文化态度的作用下，不仅"文化热"中的诸多学者开始重新认识传统文化的价值与意义，而且文学创作也开始重视文学的文化性、民族性等问题，涌现了"寻根文学"潮流。1985年，韩少功明确提出"寻根""不是出于一种廉价的恋旧情绪和地方观念，而是一种对民族的重新认识"[①]。李陀也提出应该"把学习西方现代文学所有的成就和对文学的认识，建立在对自己本民族文化的深刻认识上，而且发扬本民族文化传

[①] 韩少功：《文学的"根"》，《作家》1985年第4期。

统，产生一种本民族的新文化。"① 可见，文学重视传统文化的取向的重要理由是：通过寻找传统文化之"根"，可以确立文化上的"民族自我"。郑义在提出"寻根"宣言时指出：正是由于"一代作家民族文化修养的欠缺，致使我们难以征服世界"②。在他看来，民族文化的有无是中国文学能否"征服世界"的关键。韩少功对文学"根深叶茂"的期许中，无疑也体现出同样的认识。

不少批评家也从这一层面上肯定"寻根"的文化选择："不能不正视下面的挑战——随着现代化浪潮的扑面而来，中国的传统文化将在一个怎样的位置上？在今日的世界上，有的民族的传统文化正在无可挽回地消失，未来的世界，会不会出现一个大同的世界文化？不得而知。但世界总该是丰富多彩的才好吧。……首先是民族的，才能是世界的。我们正应该从这层意义上去理解那些具有忧患意识的青年人，尽管历史早就证明了我们民族文化那永恒的生命力与同化力。"③ "首先是民族的，才可能是世界的"，在中国文学"与世界对话""走向世界"的过程中，强化"民族性"以"征服世界"，是当时大多数肯定"寻根文学"文化取向的批评家的认识思路："中国文学倘要同世界对话，要加入世界文化的'联合国'，……就必须渗融鲜明的中华民族文化的意识"④；文学"要找到真正属于自己民族的东西，来加入世界总体文学的合奏"⑤。甚至有论者对传统文化寄以很大的"期许"，认为"作为世界大国，我们更要有气壮山河的气概，既要积极地顺应世界意识的前进潮流，又要站在世界意识潮流的前列，以富有自己特色的民族意识，为推动世界意识的发展做出我们民族应有的贡献，不要老是跟在别人屁股后面消极地爬行。"⑥

---

① 刘宾雁等：《花竹园谈心》，《现代作家》1985 年第 5 期。
② 郑义：《跨越文化断裂带》，《文艺报》1985 年 7 月 13 日，第 3 版。
③ 樊星：《根与信念：关于寻根的思考》，《文艺评论》1986 年第 6 期。
④ 仲呈祥：《寻"根"与世界文化的发展同步》，《文艺报》1985 年 9 月 21 日，第 3 版。
⑤ 袁铁坚：《当代寻根文学与魔幻现实主义》，《湘潭大学学报》1986 年第 3 期。
⑥ 古朴：《传统意识当代意识世界意识》，《人文杂志》1987 年第 6 期。

这种文学、文化选择，事实上流露出一种反对彻底否定传统文化、重在发掘传统文化优秀遗产、强调在传统文化的基础上探寻"现代化"的思路。例如，陈思和便肯定"寻根文学""在现代科学发展的基础上重新认识民族力量，重新挖掘民族文化的生命内核，以寻求建设现代化的支撑点"[①]。于是，这种"现代化"方案在对待传统文化的态度上与"新启蒙"思潮发生了龃龉：不仅一些论者反对将"传统意识"与"封建意识"混为一谈，批评"对传统意识执全盘否定的态度是不科学的"[②]，而且"寻根"作家及其支持者们"回顾和反思"中找寻传统文化"断裂"的历史根源，表达了与林毓生相似的批评"五四"全面反传统和"全盘西化"、反思"五四"激进主义的思想。"五四"造成了民族文化的"断裂"[③]，对传统文化"否定得多，肯定得少"[④] 等反思"五四"的声音开始大量涌现。一些批评家也在对"寻根文学"的阐释中，开始肯定中国传统文化医治西方"世纪病"的重要价值[⑤]。甚至出现了从反思工具理性、现代大工业社会造成的异化现象的角度肯定"寻根"思潮的观点，认为"寻根"体现了"作家们对于现代化的热切关注和对于后现代化的严肃思虑——这是注意了'发达国家'所面临的精神困扰的结果"[⑥]，寻根作家们对"文化的无意选择显然基于我们所处的现实境况，即工业文明同农业文明的矛盾冲突以及现代工业文明本身所带来的物质利益原则同人的美学理想的矛盾冲突"，认为"寻根文学"是从精神、心灵的层面上追寻"人的美学解放"[⑦]。

---

① 陈思和：《当代文学中的文化寻根意识》，《文学评论》1986 年第 6 期。
② 古朴：《传统意识当代意识世界意识》，《人文杂志》1987 年第 6 期。
③ 阿城：《文化制约着人类》，《文艺报》1985 年 7 月 6 日，第 2 版。
④ 郑义：《跨越文化断裂带》，《文艺报》1985 年 7 月 13 日，第 3 版。
⑤ 樊星：《根与信念：关于寻根的思考》，《文艺评论》1986 年第 6 期。
⑥ 韩抗：《文学寻"根"之我见》，《芙蓉》1986 年第 1 期。
⑦ 蔡翔：《困惑的寻求：当代小说的文化意识研究之一》，《文学自由谈》1986 年第 1 期。

二、民族文化心理批判与文学的现实意识

在1977年、1978年先后重提"反封建"和"新启蒙"任务①之后,反思中国"封建社会长期延续的原因"、揭示"中国封建社会的超稳定系统"、肃清"封建"文化观念,一直是1980年代的主要思想命题。在这样的思想立场下,许多批评家以强烈的文化批判意识,对"寻根文学"的文化选择进行了种种阐释、建议和反思。

在"新启蒙"思潮的背景下,当时对"寻根文学"的接受和阐释,更多地积极肯定其以"现代意识""当代意识"观照传统文化、批判民族文化心理中落后的"国民性"倾向。这种阐释将韩少功笔下的丙崽形象与鲁迅笔下的阿Q形象联系起来,肯定了其文化批判、民族自省的意义②。《爸爸爸》也被认为是"继《阿Q正传》以后对封建主义的又一次颠覆性冲击"③。不仅韩少功的"释放现代观念的热能,来重铸和锻造民族这种自我"④的观点被不断征引与肯定,而且"寻根文学"的出现也被认为是由"伤痕文学""反思文学"的政治反思、历史反思到文化反思的"深入"过程⑤。

此外,不少批评家还努力引导"寻根文学"强化文化批判精神,提醒作家们"寻'根'不是为了猎奇,不是为了纯客观地展示初始的、落后的、荒蛮的、怪异的……文化形态",其最终目的是"彻底改造民族精神,

---

① 1978年8月,邢贲思在《人民日报》发表了的《哲学的启蒙和启蒙的哲学》一文,提出了"新启蒙"的命题。文章指出"'四人帮'反党集团已经被粉碎,被他们的文化专制主义、新蒙昧主义禁锢了十余年的头脑,毒害了十余年的心灵,迫切需要一个思想大启蒙,精神大解放。思想上的创伤需要用思想来治愈,精神上的扭曲需要用精神来平复。"因此,邢贲思提出"我们需要一个新的启蒙运动"。见邢贲思:《哲学的启蒙和启蒙的哲学》,《人民日报》1978年7月22日,第3版。
② 严文井:《我是不是个上了年纪的丙崽》,《文艺报》1985年8月24日,第2版。
③ 方克强:《阿Q和丙崽:原始心态的重塑》,《文艺理论研究》1986年第5期。
④ 韩少功:《文学的"根"》,《作家》1985年第4期。
⑤ 吴秉杰:《文化"寻根"与"寻根文学":评一股文学潮流》,《小说评论》1986年第5期。

建立一种崭新的文化形态"①。并以启蒙价值立场对"寻根文学"的文化取向提出了建议，认为"借助现代眼光重新发现传统，……站在一个新的角度，用一种新的眼光来反观传统、解释传统、选择传统，通过调整传统的内部结构来创造一种更富有生命力的'新中有旧'的'传统'"才是"寻根文学"正确的文化选择②。王东明、陈平原、李劼等人对"寻根文学"可能出现的"背离当下""崇古慕俗"的文化偏向提出了批评，指出"在民族文化意识强化的同时""可能出现当代意识弱化的倾向"③，并可能导致"寻根文学"走向"对历史启蒙指向的某种反动"。认为"寻根文学"的最终的目的不应该是张扬传统文化特色，而是通过"现代观念"观照传统来重铸"人的自我和个性"④。

正是从强烈的时代意识、现实意识出发，一些论者对"寻根文学"的文化态度提出了激烈的批评，甚至彻底的否定。例如李泽厚批评了"寻根文学"逃避现实的倾向，希望文学反映时代、关切普通人的生活和命运⑤。张韧也担心"寻根"作者"忘掉了时代使命而把自己堕落到生活旁观者的位置"⑥。显然，在这些批评家看来，当下中国急需解决的并不是"寻根"，也不是什么"文化自我""民族身份"问题，而是改革开放进程中所面对的一系列现实问题。

许多论者还对"寻根文学"着力于通过增强文学中的民族文化因素来追求文学的"民族性"，以突显文学的"民族特色"来"走向世界"的思路提出了质疑。认为"寻根文学"的目标应该是"化民族"，而不是简单地追求"民族化"⑦，"过分强调'民族性'，就会忽略大于民族性的人性

---

① 陈骏涛：《寻"根"，一股新的文学潮头》，《青春》1985年第11期。
② 陈平原：《文化"寻根"语码》，《读书》1986年第1期。
③ 王东明：《文化意识的强化与当代意识的弱化》，《文艺报》1985年9月21日，第3版。
④ 李劼：《"寻根"的意向和偏向》，《文学自由谈》1986年第1期。
⑤ 李泽厚：《两点祝愿》，《文艺报》1985年7月27日，第2版。
⑥ 张韧：《超越前的裂变与调整》，《文艺报》1985年11月9日，第3版。
⑦ 李劼：《"寻根"的意向和偏向》，《文学自由谈》1986年第1期。

和小于民族性的个性"①。并对"民族性决定论"、认为"凡是'民族化'的，必是文学价值高的"观念提出了批评。认为首先要看所挖掘的是怎样的"民族性"，如果仅仅是"五品顶戴"后面"再垂一根大辫子"，"'粹'固然'粹'了，然而却与我们国家火热的现实生活无关"。而且文学在"民族性"之外更不可或缺的是"人类性"。决定文学能否"走向世界"的关键也不是文学的"民族性"，而是国家是否强盛。只有国力"水涨"，文学才能"船高"②。过度担心民族文化、"民族性"的丧失，事实上是"一种极度的民族自尊、自强的热望和这热望一直无法实现的焦躁"的心理体现；过分重视"走向世界"的问题，具有"因为我们落后，所以特别害怕被世界遗忘，特别害怕世界不承认我们，特别需要也特别看重世界对我们的首肯"的心理原因③。

　　针对"寻根"作家及其支持者反思"五四""文化激进主义"、批评"五四"造成了中国传统文化"断裂"的观点，一些论者对文化"断裂"的问题及其历史根源进行了更深入的思考和辨析，认为我们不仅存在与传统文化的"断裂"，还存在着"与当代世界文化的断裂"。而且"断裂"也"绝非始于'五四'，而是在第二次世界大战以后，特别是五十年代后半期和六十年代的'左倾'以及随之而来的十年动乱，使我们与传统文化和当代世界文化隔离开了"④。当时为"五四""正名"时，出现了两种具有微妙差异的思路：一是通过分析"五四"时期的知识人的传统文化修养和对传统文化的重视，论证"五四"并没有造成传统文化的"断裂"。认为"中国古典文学、古代文明并未被冲垮，倒是五四以后更加发扬光

---

① 徐英：《寻根的昨天与今天》，《内蒙古社会科学》1986年第4期。
② 以民：《国家与文学：兼谈文学的民族性并与"寻根派"对话》，《温州师院学报》1987年第4期。
③ 李新宇：《再论新时期文学的民族意识：兼及民族化与世界化问题》，《理论与创作》1989年第1期。
④ 刘梦溪：《文化意识的觉醒》，《文艺报》1985年9月21日，第3版。

大"①,"在研究、整理民族传统文化方面做了最多工作的也是他们。"②"'五四'运动提出的反传统的主张所达到的实际效果是对中国传统文化的一种'批判的改造',……'裂'而未'断'"③。另一种思路则是强调并肯定"五四"对传统文化的批判精神,并对这种精神的中断而感到惋惜。认为作为政治运动的"'五四'达到了社会革命政治宣传的目的,却没有完成思想启蒙的任务。……传统文化的幽灵却附在后来兴起的革命文学身上得到了逐步的复归","'五四'中断的不是传统文化而是对传统文化的批判"④,对中断了鲁迅等"五四"知识者"用利斧砍断""中国封建社会"文化之根而表示了遗憾⑤。

针对从西方现代哲学立场肯定"寻根文学"的反思工具理性、现代大工业社会异化现象的价值的观点,一些批评家提出了商榷。认为"寻根是西方社会的一种现代意识。纷纭迷乱的现代生活,使当代西方人产生了一种惶惑,怕丢失自己人的本性,于是便在古朴的历史中寻找感情的寄托。……但从社会发展上来说,我们正在从沉重的封建因袭中往出挣扎,刚刚趔趄着迈开现代化的第一步。福份太浅,还没有得这种富贵病的资格。"⑥"现在的中国连工业化的社会都未建成,他们就恐惧起工业社会甚至后工业社会的痼疾,并焦虑到无法诊断就幻想开药方,其思无论多么高深玄远,只会使国人更执著于古旧的以往,对现在的感觉更加麻木。这种'超前把握',究其实质不是从'未来'来对待'传统',而是企图按照'传统'来设想'未来'"⑦。

---

① 汪晖:《要做具体分析》,《文艺报》1985年8月31日,第2版。
② 王友琴:《我只赞成阿城的半个观点》,《文艺报》1985年8月31日,第2版。
③ 徐英:《寻根的昨天与今天》,《内蒙古社会科学》1986年第4期。
④ 李劼:《"寻根"的意向和偏向》,《文学自由谈》1986年第1期。
⑤ 刘晓波:《新时期文学面临危机》,《深圳青年报》1986年10月3日,第3版。
⑥ 韩石山《〈阴差阳错〉的文化意识》,《文艺研究》1986年第5期。
⑦ 邵华强:《"寻根"者的"轮回"》,《上海师范大学学报》1987年第1期。

三、"原始生命强力"与民族灵魂重铸

有意思的是,这种在不同思想立场、价值观念上对"寻根文学"的不同评价、阐释与规训,还体现在如何认识、评价"寻根文学"作品从远古山林、民间乡野、历史遗风中挖掘出来的"原始生命强力"问题上。

正如上文所言,在强烈的现实意识、时代意识和文化批判意识的思想立场上,许多论者对"寻根"文学面向远古山林、民间乡野、历史遗风等"崇古慕俗""恋旧复古"倾向提出了批评。然而,当时在批判"封建文化意识"、反思民族精神心理和文化人格的过程中,一些作家发现了近现代以来国人的精神人格、生命力日渐衰弱的现象。1985年,《中国青年》发表的《到哪儿去找高仓健?》一文指出了中国男性软弱、屈服、狭隘、琐碎,缺乏追求幸福的勇气和生命魄力的现象,提出了"中国的男子退化了"的问题①。与此同时,张承志、沙叶新、莫言、叶楠、郑万隆等人的文学创作中,也出现了"寻找男子汉"、塑造具有强悍个性和野性生命力的男性形象的作品,表达了对"种的退化"的思考。1986年,沙叶新谈及剧作《寻找男子汉》的创作意图时认为,中国男性的"退化",一方面是由于"解放以来历次以整人为最终目的的政治运动把人(主要是男人)整怕了,整软了";另一方面"中国数千年的封建主义的传统文化的消极影响……极大地戕害了中华民族的国民性。使得国民崇尚中庸之道,缺乏开拓精神……"。而《寻找男子汉》所寻找的正是中国男性所缺乏的"一种情操,是一种气概,是一种精神,是一种理想。这不仅是一个人,而是民族的,也就是说她寻找的是一种民族的性格,是一种民族的气质,他寻找的那本应该充沛在我们民族天地之间的浩然之气、阳刚之气、男子汉气,也可以说他孜孜不倦地在寻找的是那能使我们民族从屠弱转为刚强的一种文化。"②

---

① 水竹:《到哪儿去找高仓健?》,《中国青年》1985年第2期。
② 沙叶新:《沙叶新的鼻子:人生与艺术》,上海社会科学出版社,1993,第231-234页。

在这样的思想文化背景下，一些批评家认为"寻根"文学从原始山林、民间荒野中找寻出来的本能冲动和原始生命强力，可以冲破种种道德伦理、革命教条、现实政治对人性的扭曲和压抑，可以为中华民族业已孱弱的灵魂注入荒蛮强悍的血性，对强健并重铸民族灵魂具有重要的意义。例如，李书磊就认为"阿城等人的创作所代表的'原始寻根'"是"对边远的、非文化的野蛮人格的高度肯定也就是对传统中国被传统文化浸透了的软弱人格的否定"，"寻根"作品中"不开化的野性仅仅是一个躯壳甚至是一个并不重要的躯壳，作家们想要在这里表达的是这个躯壳里关于人的内涵：强健、舒展、开放，充满力量与果敢以及人性的充分实现"[1]。在这样的思路中，"寻根文学"中"野性"的"原始生命强力"，不仅不再被视为启蒙的障碍，相反却成了摆脱民族精神的孱弱病态的重要资源和力量。从表面上看，这是从当下回到原始、从文明反顾荒蛮的"文化的逆向选择"[2]，然而，从其最终目的来看，这种对强悍、野性、放达不羁的生命力量的肯定中，却又有着重铸民族精神的现代意义。当时对《红高粱》等张扬生命强力、反思"种的退化"的文学作品的评价，大都采用了同样的接受逻辑。

然而，另外的论者却对这种以"原始文化"进行民族精神重建的做法提出了商榷，反思了其中的局限。例如李新宇便对当时出现的"原始崇慕情绪"进行了梳理和反思。认为有感于民族精神的弱化和民族生命力的衰退而去"热情礼赞原始的粗犷、剽悍和野性，呼唤原始的生命力"，"不仅是一种生命意识的觉醒，而且不乏民族忧患意识"，"反映出的是对现实的不满。它是对现存文明的一种厌倦和反拨，是对现存文明的一种特殊的批判方式"。但是，"对于一种批判，我们不仅要看批判的对象，而且要看批判的武器"，"原始状态也是美丑善恶的综合体，在'自然人'的美好人情和崇高背后同样包含着令人难以忍受的丑恶"。不能在借助"原始文化"

---

[1] 李书磊：《从"寻梦"到"寻根"》，《当代文艺思潮》1986年第3期。
[2] 李书磊：《文学对文化的逆向选择：评"寻根"文学思潮及其论争》，《光明日报》1986年3月6日，第3版。

解决问题时,忽视其反文明、反理性的因素。因此,他认为"借助原始状态消除罪恶,犹如为治雀斑而把头颅切除"一样得不偿失①。

四、诗化哲学与文学审美价值论

如果说以上对"寻根文学"的评价、阐释更多地聚焦在"寻根"文学的文化选择和文化态度上,所关注的与其说是文学问题,毋宁说是文化、社会、现实问题。其中的分歧,主要体现了当时知识界所存在的思想差异。那么,在相关讨论中所涉及的文学与文化、文学与社会的关系的问题,则涉及如何理解文学自身的问题。其中的分歧,体现了当时文学观念的差异与新变。例如在阿城等人看来,"文化制约着人类","社会学当然是小说应该观照的层面,但社会学不能涵盖文化,相反文化却能涵盖社会学以及其他"②。而在刘火、刘纳等批评家看来,"作品的价值并非只取决于它所包含的文化内容"③,相反"文学里有社会学,这不是文学的罪过,而是责任"④。然而,不能忽视的是,随着对文学的艺术独立性、审美性的强调和文学本体论思潮的发展,出现了从文学的"本体意识""审美意识"的角度认识"寻根文学"的观点。

一些批评家开始从"文学的自觉"和"主体的独立"角度来肯定"寻根文学"的选择。这种肯定,理由主要集中在三个方面:第一,认为较之于之前的"现代派"尝试,"寻根文学"的出现体现了中国文学摆脱模仿西方而走向独立的过程。例如李庆西在评价"寻根"文学潮流时指出"从新时期文坛的'现代派热'到'寻根热',是一部分中国作家自我意识逐渐深化的过程"⑤。然而,吊诡的是,另一些批评文章则集中挖掘了"寻根"文学作品中的西方现代小说技巧及其与魔幻现实主义的关系,以

---

① 李新宇:《论近几年小说创作中的原始崇慕情绪》,《批评家》1987年第6期。
② 阿城:《文化制约着人类》,《文艺报》1985年7月6日,第2版。
③ 刘纳:《"寻根"文学与文学"寻根"》,《文艺报》1986年1月4日,第3版。
④ 刘火:《我不敢苟同……》,《文艺报》1985年8月10日,第3版。
⑤ 李庆西:《"寻根"回到事物本身》,《文学评论》1988年第4期。

证明其具有某种"现代意识"①。而这些看似矛盾的接受思路,事实上都是西方文学"影响的焦虑"的体现。第二,认为"寻根"文学不再从政治的角度认识文学,而是开始重视文学的文化意识。这一转变是"文学从对现实作政治的和社会的把握进而作审美的和心理的把握,也就更深入了文学本体"。第三,文学的"文化意识"的自觉,不再是"耳提面命"而是作家们"自主的觉悟"的结果,从而也体现了作家们主体的自觉②。这样,"寻根文学"的"文化意识"的自觉,恰恰被视为体现了文学走向独立、自觉,深入"本体"的过程。显然,这种对"寻根文学"的接受与阐释暗合了当时的文学观念从他律到自律、从认识论到主体论再到本体论的转变历程。

于是,对"寻根文学"的评价,在一些既坚持文学的社会价值而又无法回避其审美意义的批评家这里出现了分裂、对立的双重判断:"中国传统文化既可作功利观也可作审美观。学术思想界是从推进实现四化的功利目标来评价传统文化,而'寻根'的作家则更倾心于传统文化的审美价值。倘若说,功利的观点是一种理智的观点的话,那么审美观点更多一些感情的成分,常常表现为对逝去时日的留恋"③。从"纯粹的审美意识"来看,"文化寻根"作品"在更高的层次上形成新的文学观念,以指导创作实践,……将推动新时期文学出现质的飞跃";然而如果从文学的社会性角度进行评判的话,则"将失去其积极意义,而与整个时代的开放潮流相左"④。

更重要的是,随着文学"审美意识"的自觉,一些批评家开始偏重于从"审美"的角度重新认识"寻根文学"所描写的山林大泽与文化习俗的审美价值。认为"寻根"作家们以"非理性的审美'顿悟'"、感性"直

---

① 袁铁坚、聂雄前:《当代寻根文学与魔幻现实主义》,《湘潭大学学报》1986年第3期。
② 滕云:《小说文化意识的觉醒》,《文艺争鸣》1986年第3期。
③ 毛时安:《文化的价值和文学的寻根》,《作家》1986年第4期。
④ 宋耀良:《文学·文化·心态:文学中文化寻根问题的探讨》,《福建文学》1986年第3期。

觉"等认知方式来观照传统,在"大漠孤烟、深谷荒原、万古江河……触发起审美主体自由、旷达和神往的意兴",是一种"现代更深刻的意识"①。在这样的价值尺度之下,曾一度被"新启蒙"知识分子视为"历史沉渣"的落后的东西,成了"腐朽中的神奇",具有了"不可替代的美学价值"②。可见,不同于"新启蒙"思潮通过批判传统文化来开拓现代化道路的价值取向,这些批评家不再从历史的、文明的、社会发展的角度来审视、剖析传统文化中的愚昧部分,而是将这种审视、剖析视为"功利性"的价值判断并对其进行了"超越",试图以"审美"的态度来重新认识传统文化的价值。

这种审美价值论事实上在1980年代的美学、文艺学、文学批评中渊源有自,日益鲜明。其中既有宗白华《美学散步》中尝试在机器轰鸣的生活节奏中保持"人间的诗意、生命、憧憬和情思"的审美人生观的因子,也有当时流行的康德美学中"审美无功利"美学观念的影响,更有浪漫主义美学、诗化哲学、存在主义美学所提倡的以纯粹的审美观照来把握世界、通过审美来实现人的精神自由等哲学观念的影响。在一些论者那里,"审美"不再仅仅被视为文学的艺术特质,而且成为一种面对世界的态度,一种"诗意栖居"的方式。这些认识,一方面使文学的"审美"问题走向了哲学化,另一方面也使文学中"人的解放""人的自由"问题完全被限定在了"审美""精神"的范畴之内,缺失了社会性和现实性维度。因此,尽管许多论者仍将这种观念命名为"现代意识",但这一概念的内涵、作用却与"新启蒙"思潮倾向于文化自省、文化批判的"现代意识"有着重大的差异。这种建立在审美价值论基础上的"现代意识",事实上正是后来学者所概括的与"启蒙现代性"相对立的"审美现代性"。

在这一时期的文学批评实践中,积极地提倡这种审美价值论,对文学作品进行审美评价的代表性批评家,是蔡翔。1985年,蔡翔在《文学中的

---

① 向荣:《并非偶然的"恋旧":"寻根热"兴发的心理轨迹》,《当代文坛》1986年第3期。
② 徐剑艺:《论新时期小说中传统文化的价值表现》,《文艺评论》1986年第4期。

社会意识和美学理想》一文中强调，文学除了承担了人类的理性认知、现实关切和社会意识之外，还有具有重要的情感、审美、精神理想的价值功能。后者虽然"对社会作实际的改革中并不能起非常大的作用"，但"它是'诗的真理'……是超功利的，是一种精神的解放而非实际的社会解放"①。在这种浪漫化、审美化的价值尺度之下，"寻根文学"的文化追求也就成为摆脱"启蒙理性"和"现代文明"异化的逆向追求②。在"寻根"小说所描绘的"野蛮的表象之下，我们感受到了一种精神的激荡，……是被我们视之为野蛮的东西中所升腾出来的那种震撼人心的力量"。不仅如此，蔡翔还质疑了"新启蒙"思潮立意批判、反思传统的"当代意识"，认为"把当代性规定为文学的题材，……似乎唯有当代生活，才具有当代性"的观念是"偏狭的"，指出那种认为"在对过去生活的返顾和描写中，应该渗透当代意识的批判性和否定性，过去仅仅是为了证明现在而存在"的观念，不过是一种"现实完善论"的观点。他认为"当代意识"不仅仅应该认识传统的"愚昧、无知和残酷"，而且应该看到"野蛮"的背后有着"人类共同的情性"。从而可以"在美的理想的光照下，返顾过去，在过去中挖掘出我们已有的或失落的或尚没有的心态，从而诉诸于当代生活中的人格—心灵的建构"，从而重新界定了自"当代意识"的内涵。这样的价值视野，认为"在各个文化阶段和各种不同的文化形态中都潜伏着人类共同的精神财富"③，已然走出了"新启蒙"思潮将"传统与现代"理解为"古与今""愚昧与文明""先进与落后"的线性关系的思维框架，具备了后来从"多元""异质"的角度来肯定各种文化的存在合法性、却不对其进行价值评判的观念雏形。

---

① 蔡翔：《文学中的社会意识和美学理想》，《当代文艺探索》1985年第3期。
② 蔡翔：《困惑的寻求：当代小说的文化意识研究之一》，《文学自由谈》1986年第1期。
③ 蔡翔：《野蛮与文明：批判与张扬》，《当代文艺思潮》1986年第3期。

结　语

总而言之，在当时对"寻根文学"的接受、阐释与评价中，出现出了不同思想观念、文学观念和价值立场。其中"新启蒙"思潮强调以"现代意识"审视传统、强化批判传统文化的意识，是当时最主要的文化态度。持有这一立场的知识分子在评价"寻根文学"时大都强调文学要"关切现实"、强化其文化批判意识。而"寻根"作家及其支持者对"民族文化身份"、文学的"民族性"的忧虑与追求，显然与对外开放、文化交流进程的深入密切相关。这种以文化、文学的"民族性"问题取代过去的"资社"对立问题，以民族文化意识取代冷战格局中强烈的政治意识，对文学、文化的发展交流来说无疑是一种重大的进步。然而，不能不说的是，不论是在"寻根文学"发生与接受中出现的文化民族主义思想倾向，还是对其阐释中出现的审美价值论文学观念，都与"新启蒙"思潮存在着在差异和龃龉。如果将这些思想观念与1990年代的"国学热"、文化保守主义、反思现代性以及文学审美论等文化现象、思想观念联系起来考察，就会发现两个十年的思想脉络之间所存在的千丝万缕的关系。[①]

[①] 本章曾删节后公开发表。见张慎：《"寻根文学"接受的文化意识与思想格局》，《中国文化研究》2022年第1期。

第六章

女性主义文学批评与"新启蒙"思潮的重合差异

已有不少研究者对1980年代中国的女性主义文学批评重新"浮出历史的地表"的具体过程、特征和意义做了详尽的梳理和分析①。在1980年代女性文学批评的萌发过程中,"思想解放"潮流、"新启蒙"思潮是其重要的历史前提和思想背景。更重要的是,女性主义文学批评与这些思潮存在着一种"双向催生"的关系:一方面,"新启蒙"思潮对"人的解放"的关注,不仅催动了女性主义批评的萌生,而且其"人"的"主体性"的追求,也必然会对女性主义文学批评的女性自我意识的认定和评判造成影响。另一方面,女性主义批评对女性自我意识、主体意识的强化,以及与此相伴随的历史反思、文化批判,无疑也是"新启蒙"思潮的重要构成。然而,一些女性文学研究者已经注意到一个重要的事实:"在20世纪80年代的启蒙语境中,女性文学创作始终不渝遵循的人道启蒙以及重建个人自主性的努力,与女性自身发展的内在要求并不完全一致;新启蒙主义关于'人'的主体性的知识表达与建立女性主体的目标并非天然契合"。女性主义与启蒙思潮的这种"错位",是"80年代的女性文学始终处在一种紧张

---

① 较早对1980年代女性文学批评进行梳理、研究且用力最勤的学者是林树明,早在1990年他便发表了《评当代我国的女权主义文学批评》(《文学评论》1990年第4期)一文。其后,他还出版了《女性主义文学批评在中国》(贵州人民出版社1995年)、《多维视野的女性主义文学批评》(中国社会科学出版社2004年)等专著。此外,屈雅君、陈骏涛、杨莉馨、周曾、陈志红、任一鸣、王明丽、邓利、王军、贺桂梅等学者都对1980年代的女性主义(女权主义)批评实践有所论析。其中邓利的《新时期女性主义文学批评的发展轨迹》(中国社会科学出版社2007年)一书,对新时期以来女性主义批评的发展脉络做了详尽的梳理。

的冲突之中"的重要原因之一①。那么，由此衍生出来的问题则是：1980年代的女性主义文学批评与"新启蒙"思潮之间存在着怎样的复杂关系？女性主义文学与启蒙思潮的"错位"在女性主义文学批评中有着怎样的体现？1980年代的女性主义文学批评围绕女性"自我意识"的分歧、论争是否也与此有关？而这正是本章所探讨的主要问题。

一、重合："新启蒙"思潮的重要构成

众所周知，确立"人"的价值与尊严，追求"人的解放"与"主体"自由，是1980年代"新启蒙"思潮的主要目标。而在这一目标的追求过程中，"新启蒙"知识分子一方面"向外"，追寻并推动建立更符合人生存的社会制度和文化观念，倡导政治、经济制度和文化观念的全面变革。并由此而批判"非人"的社会制度和文化传统，形成了历史反思、制度反思、文化反思的思想潮流。另一方面则"向内"，以"现代意识"为价值尺度，剖视"人"落后的精神人格与文化心理，以强烈的"人"的审视意识、自我批判意识，推动着新的价值观念的确立。1980年代的女性文学以及女性主义文学批评，正是在这样的思想背景下重新萌生的。

因此，1980年代的女性主义文学批评家大都清楚女性问题与启蒙问题之间的这种密切关系：新时期"妇女解放与社会的解放密不可分，前者是后者的'尺度'，后者是前者的前提"②。"是新时期以来潮涌而起的时代精神带来的对人的自身命运的普遍关注，推动了这些女性自我意识的觉醒"③。

而且由于1980年代前期刚刚萌芽的女性主义文学批评对女性问题的特殊性关注不够，"性别意识"不强，以至于女性的性别特征、性别压抑的

---

① 乔以钢：《"人"的主体性启蒙与女性的自我追求：20世纪80年代女性文学创作侧论》，《中山大学学报（社会科学版）》2007年第2期。
② 吴宗蕙：《闪耀异彩的星群：新时期小说中女性形象概观》，《学习与探索》1984年第6期。
③ 晓舟、夜萍：《张辛欣与张抗抗：不安宁的女性生灵》，《当代文坛》1988年第2期。

问题还没有全面进入女性主义文学批评的视野①，因而不少批评家关注和评说女作家、作品中的女性形象的价值尺度，受"思想解放"潮流的裹挟，与当时的其他文学批评相似，主要关注着批判极"左"历史、反对"封建"伦理观念、确立"人"的价值等问题。因而，在评价书写女性的爱情渴望和爱情理想、揭示女性悲剧命运的作品时，许多女性主义批评与当时带有启蒙色彩的文学批评相似，往往单纯采用同样的"人的觉醒"尺度来肯定其社会批判价值和"反封建"意义。例如吴宗蕙在评价新时期小说中女性形象塑造时，就从反对"封建"道德伦理的角度，肯定张弦②的《被爱情遗忘的角落》《挣不断的红丝线》《银杏树》等小说中所书写的女性遭遇和命运，揭示了女性在爱情婚姻问题上的矛盾和斗争，"控诉了封建思想、旧习惯势力对女性的荼毒和残害"，"触到了历史的深处和社会的某些本质"。并特别肯定了张弦在《银杏树》中对孟莲莲的审视，认为小说揭示了女性"自身受封建思想的毒害已深入骨髓而不自觉"的现象，从而揭露了"封建意识危害之深广"③。其后，吴宗蕙又在评价张洁小说中的女性形象时肯定了"张洁通过对一幕幕人生悲剧的演绎和一个个悲剧形象的塑造，痛心疾首地揭露了我们社会和人们心灵中还存在着的'阴暗面'"。在分析张洁笔下女性悲剧的社会历史、文化观念和个人性格原因时，吴宗蕙指出，"作家通过她们的悲剧命运，愤怒谴责了那场疯狂的闹剧给人民，特别是妇女带来的深重灾难，告诫人们追根穷源，批判极左，铲除悲剧的政治的社会的根源，""尽相穷形地揭露了传统观念、习惯势力和社会庸俗氛围对妇女有形无形的压迫和伤害"。与此同时，还肯定了张

---

① 值得注意的是，较早在女性主义文学批评关注女性以及女性文学的独特性的批评家是吴黛英，在她1983年发表的《新时期"女性文学"漫谈》（《当代文艺思潮》1983年第4期）中就对女性及其文学作品独特性予以了分析评述。
② 需要注意的是，在对"女性文学"的内涵及外延认定的时候，1980年代的女性主义批评中存在着分歧。一些批评家主要讲女性作家的相关创作纳入关注的范围之内，而另一些批评家则认为男性作家对女性问题的思考也应该是"女性文学"的组成部分。
③ 吴宗蕙：《闪耀异彩的星群：新时期小说中女性形象概观》，《学习与探索》1984年第6期。

洁对"女性自身的幼稚、软弱和轻信"等缺点的"较为深广的反映、透视和剖析"①。由此可见,启蒙思潮建立在"人的解放"基础上的历史反思、社会文化批判以及强烈的自审意识,是她的文学批评的主要价值尺度。而这些批评文章,大都汇入了"人"的解放潮流中,成为重新肯定人情、人性,反对"封建"伦理观念的文学批评潮流以及"新启蒙"思潮的重要组成部分。

而随着"性别意识"的日渐觉醒,女性主义文学批评日渐关注"性别压抑"、身份困惑等女性的特殊性问题。并逐渐在批评文章中强调"女性意识"。认为不论"女性文学"的概念如何界定,女性文学都"必须具有'女性意识'","女性意识是女性文学区别于男性文学的根本标志"②。而所谓的"女性意识",是"站在妇女立场,从自己的切身体验出发,表现了妇女的特殊问题与心态"③,"是用女性的眼光打量世界,揭示女性的心灵,表达女性的体验,关注女性的命运,展现女性的生存状态"④,"女性自我意识的觉醒"是"以女性的眼光建立起一种独立的自我评判标准,从而实现对于自身生存价值的确认"⑤。然而,这种对女性问题的独特性的强调,并没有消泯女性文学批评对文学的社会维度、文学的人类性的关注。这就造成了这一时期文学批评的双重尺度:一方面,女性主义文学批评在日渐强化对女性自身独特问题的关注,另一方面,又不断强调女性文学的社会性和人类性。于是我们看到,女性主义批评在关注女性的"小世界"的同时,更强调女性不断拓宽视野,关注身外的"大世界"。在强调关注女性自身的性别问题的同时,更强调关注并书写"人"的问题。例如,尽管李子云将女作家以"超越女性意识"的立场反思历史、关注普遍社会问

---

① 吴宗蕙《一腔激愤,一泓深情:评张洁小说中的女性形象》,《小说评论》1985年第4期。
② 任一鸣:《女性文学的现代性衍进》,《小说评论》1988年第3期。
③ 李子云:《近七年来中国女作家创作的特点》,《当代文艺探索》1986年底5期。
④ 张奥列:《〈竹篱笆〉:知识女性的价值取向:对女性文学的一种理解》,《百家》1988年第1期。
⑤ 晓舟,夜萍:《张辛欣与张抗抗:不安宁的女性生灵》,《当代文坛》1988年第2期。

题的《剪辑错了的故事》《人到中年》《沉重的翅膀》《小鲍庄》等作品排除在了她所关注的"女性文学"范畴之外，但依旧对其社会意义给予了积极的肯定①。刘慧英则在肯定了女性文学书写女性自身遭遇的同时，"提醒女作家不要拘泥于写自身遭遇和情感变化……而要把握和表现'人类普遍共有的情感'，即'人类情感的本质'"②。盛英也指出新时期的女性作家具有双重使命："一方面追逐着人类性，以示自己首先是'人'，其次才是'女人'，一方面寻找回极'左'思潮泛滥时期失落的个性与'自我'"，并肯定了她们"以女性的经验与视角，参与社会，探索人生"的创作姿态③。

可见，即使在强化了"性别意识"之后，"新启蒙"思想观念依旧是女性主义文学批评的重要价值尺度之一：肯定新时期女作家参与时代社会、进行历史沉思、唤醒"人的自我意识"和进行"女人的性别自认"、表现女性"进取人生，向往现代文明的历程"④，依旧是此后的女性文学批评的主要观点。从反对"极左政治对爱情的扼杀""传统观念对爱的窒息""贫穷对爱的践踏"等角度肯定张抗抗的《爱的权力》、向彬的《心祭》等小说，"谴责历史对女性爱情婚姻自主权的剥夺"⑤等体现了"新启蒙"思路的观点，依旧是女性主义文学批评的重要价值维度。

不仅如此，在女性文学的"小世界"与"大世界"的区分中，许多女性主义批评家并不仅仅将二者视为女性文学中的两个同等重要的组成部分，而是将后者视为女性文学的"进步""深化"和"超越"，甚至将其视为"女性文学"的最终归宿。于是，女性文学"不断拓宽的文学视

---

① 李子云：《近七年来中国女作家创作的特点》，《当代文艺探索》1986年5期。
② 刘慧英：《"自我经历"与女性文学》，《语文导报》1987年第12期。
③ 盛英：《她们更向往现代文明：试论新时期女作家对社会人生的思考》，《天津社会科学》1989年第3期。
④ 盛英：《她们更向往现代文明：试论新时期女作家对社会人生的思考》，《天津社会科学》1989年第3期。
⑤ 宋晓英：《困惑·探求·超越：近年来女性文学的发展与嬗变》，《妇女学苑》1989年第1期。

境,……不拘于妇女生活的狭小范围,开始了对于风土人情的普遍关注,对于现代城市心态,青年心态的描述,对于特定状态人的生存方式和潜意识的流动的探索"①的创作趋势受到了积极的肯定。刘索拉等作家笔下的女性形象在"外部世界和内在自我的互补交融"中"几乎消失了自觉的女性意识",也被视为女性超越性别自我而"趋于成熟"的标志②。甚而至于一些批评家认为"女作家关注的不再是女性的体验,作品的主角也不一定再是女性。无论其涉及的题材还是所涉及的人物,都出乎意料地获得了一个更高的视点"的"无性化","才应该是女性文学的发展主向"③。

此外,与"新启蒙"思潮所追求的"人的主体性"相呼应,一些女性主义批评在女性的"女性意识"与"人的意识"的关系问题上,不仅侧重于后者,而且常常忽视了前者的重要性。例如一些女性主义文学批评常常将"女性意识"与"女性主体意识"相混淆,更多地倾向于将"女性的主体意识"的觉醒确立为女性以及"女性文学"觉醒的标志。例如,阮忆便重视"女性主体意识"的复苏对于"真正的女性文学"的重新崛起的重要性,认为"对封建文化意识的反抗和女性独立、自由人格的追求",是新时期女性文学的重要内容;"性爱的问题最能反映一个时代女性主体意识觉醒程度,最'可以判断出人的整个文明程度'",从而由此肯定了新时期女作家对爱情伦理的探索。可见,阮忆之所以肯定新时期女性文学对情爱的探索,主要是由于"这些小说并没有囿于纯粹性爱,而是渗透了人生社会的态度。从个人性爱出发,趋于人生社会,又始终不离性爱婚姻问题"。正是由于将"人"的主体意识的觉醒视为"女性意识"觉醒的旨归,阮忆认为当代中国所需要的女性文学是"以反封建为主题,女性主体意识真正觉醒的文学。女性文学的存在意义就是为彻底打碎架在女性灵魂上的封建枷锁,争取女性的真正平等地位和自由意识。"而"在女性主体

---

① 宋晓英:《困惑·探求·超越:近年来女性文学的发展与嬗变》,《妇女学苑》1989年第1期。
② 孙雅歆:《迈向黎明和自由:从新时期女性文学的发展看中国女性文化意识的演进》,《中国妇女干部管理学院学报》1989年第1期。
③ 张擎:《女性文学的娇弱、雄化和无性化》,《当代作家评论》1986年第5期。

意识彻底觉醒之后"，中国文学便"不会以性别论文学"，"女性文学"也就丧失了存在的意义①。在这样的逻辑思路作用下，不少批评家将"超越性别界限"视为女性文学发展的未来方向，认为"我们不能再仅仅从女性的角度提出问题，或者把研究的目光只盯在女作家的创作上，而应该以人类的历史的角度出发，整体地把握父系文化圈内的女性问题"②。从这种超越女性意识的角度出发，刘索拉的小说得到了女性主义批评的独特的解读和肯定：不再关注女性问题，而是"从总体的意义上体现现代人的窘境"，将"女性意识融于现代意识中"。并由此认定1980年代文学的女性意识"完成了觉醒——确认——深化——超越的发展轨迹"③。

1980年代女性主义文学批评对"新启蒙"思潮的顺应，一个重要的原因在于当代女性所面对的不仅仅是"性别"压抑问题，她们同样遭遇了男性所遭遇的社会历史灾难，面对着男性所面对的种种社会现实、传统观念对"人"的压抑和束缚。因此，在共同的"人"的问题还没有解决的时候，在人的基本生存、生活问题还没有得到解决的时候，女性文学批评所面对的必然是"人的解放"和"女性解放"的双重任务：一方面与启蒙思潮一道，为确立"人"的价值、"人"的自由而反思历史、批判社会文化观念、审视自我，推动社会变革和伦理观念变革。另一方面，随着性别意识的觉醒和性别压抑问题的突显，女性主义文学批评还必须面对男性对女性的歧视和压抑问题，在追求性别平等的同时，将性别自我从男性文化观念的束缚中解放出来，重新寻找、确立女性的性别自我。如果说女性文学批评在前一方面的努力多与启蒙思潮相重合的话，那么在后一方面的实践则提出了被"新启蒙"思潮所忽视的诸多问题，从而为当时的"新启蒙"思潮增益了新的内容。

---

① 阮忆：《女性文学和女性意识：新时期女性文学断想》，《文艺评论》1987年第4期。
② 孙绍先：《从女性文学到女性主义文学》，《当代文艺思潮》1987年第5期。
③ 吴玉柔：《寻找自我：刘西鸿、刘索拉小说的女性意识》，《文论报》1989年2月5日，第2版。

二、增益：对"新启蒙"思潮的补充和完善

在文学批评中较早重视女性的性别意识觉醒，强调、推动女性性别独立的是吴黛英。她1983年发表的《新时期"女性文学"漫谈》一文[①]，认为当时的批评文章大都强调新时期的社会变革、人的觉醒对于"女性文学"复苏的决定性作用，"没有区分出'女性文学'兴起的特殊条件"。她强调是"妇女身受的苦难和妇女的觉醒，直接促成了新时期'女性文学'的繁荣"。这种判断在当时还难以得到普遍的理解，因而受到了王福湘的质疑[②]。但是，吴黛英的观点体现出她已经将研究的视角从社会变革转向了妇女自身的苦难体验和女性意识觉醒等问题之上。更为重要的是，她以独立的女性性别意识为标尺，对遇罗锦的《一个冬天的童话》《春天的童话》以及张抗抗的《北极光》等作品的女性形象所流露出来的对男性的依赖性和软弱性进行了审视和批评，肯定了张洁、张辛欣等人的作品中女性所体现出来的"战胜自己、冲向社会"的反抗性和独立性。1986年，在与张抗抗的通信中，吴黛英再次强化了自己重视女性性别解放、审视女性性别自我的立场。一方面，针对张抗抗侧重于关注男女共同的生存危机和精神危机，认为"当人与人之间都没有起码的平等关系时，还有什么男人与女人的平等"的观念，吴黛英指出："妇女解放是人类解放事业中不可或缺的重要组成部分，而且，它往往成为社会解放的某种先导"；"在两性之间，自夫权制以来，女性一直受到男性的奴役。"另一方面，同意"现在是到了中国女性正确地认识自己，了解自身所具有的种种长处和弱点，以使自己进一步从形形色色的束缚中（包括外在的和内在的）解放出来的时候了"，认为应该强化对女性性别自我的审视意识[③]。

随着女性主义文学批评的这种性别意识的觉醒，批判性别压抑，追求

---

① 吴黛英：《新时期"女性文学"漫谈》，《当代文艺思潮》1983年第4期。
② 王福湘《"女性文学"论质疑：与吴黛英同志商榷兼谈几部有争议小说的评价问题》，《当代文艺思潮》1984年第2期。
③ 吴黛英：《女性世界和女性文学：致张抗抗信》，《文艺评论》1986年1期。

性别独立，审视女性传统性别观念中的依赖性和软弱性，渐渐成为女性主义文学批评的重要话题。之前的文学批评主要从"人"的解放、反叛传统伦理观念的角度来肯定作品中女性人物在爱情、婚姻、家庭问题上的反叛意义，而一些女性文学批评则开始从性别观念变革的角度肯定她们追求女性性别独立的意义。例如，禹燕从当代女作家作品中女性人格观、爱情观、家庭观的更新中看到了"当代的女性观"。在她看来，白峰溪的《风雨故人来》中"女人，不是月亮，不借别人的光炫耀自己"的呐喊，不再仅仅是"人"的独立，也是"女人不是附庸，既不是社会的附属物，也不是男性的附属物，她是一个完全独立的人"的人格观的变化。而这种"独立自尊的人格观是当代女性观最基本的内容"。在女性作家的爱情表现中，"理想的女性不再是爱的奴隶而是爱的主人了，她们不再是仰视恋人的少女，而是与男性同肩而立的女性"。显然女性"自强、自爱、自重"的独立的性别观念，是她所重视的内容①。也正是在肯定女性独立的性别意识的价值立场上，张洁的《方舟》、张辛欣的《在同一地平线上》中"意识和意志的自觉和坚强"的"雄化"女性形象，被视为"一种富于现代意识的女强者"，得到了肯定②。显然，如果说启蒙思潮所关注的主要是"人"的独立和自由的话，那么女性主义文学批评所重视的女性性别独立问题，无疑既是启蒙"人的解放"话题的具体延伸，也是对缺乏性别维度的启蒙意识的重要补充。

此外，与启蒙思潮重视对人的自我审视相似，这一时期的女性主义批评同样强调对女性自我意识的审视和批判。这种批判除了包含有启蒙思潮以"现代人"的价值尺度审视女性身上遗留的"封建"伦理观念之外，还从独立的性别意识角度审视了女性身上遗留的传统性别观念，丰富了启蒙思潮的自审意识。例如，在评价张洁的《爱，是不能忘记的》、航鹰的《东方女性》时，就有批评文章指出，前者依旧遵循"发乎情，止乎礼"

---

① 禹燕：《女性文学的历史与现状：兼论什么是"女性文学"》，《当代文艺思潮》1985年第5期。
② 花建：《社会角色与女性文学》，《上海大学学报（社会科学版）》1986年第1期。

的传统尺度,"所体现的更多是女性的传统意识";后者"囿于传统道德而欠缺女性现代意识"①。再如,在评价女性文学中"寻找男子汉"现象时,有文章指出,尽管这种趋向并非是"封建意识",而是体现了女性的一种择偶观和人生理想追求。但是其中还是隐藏着"男子必须在各方面强于女子的传统意识","似乎没有这样'伟岸'、'真正'的男子汉便是全体女性的不幸""仍然是女性依附观念的不自觉表现,是女性不自觉地要将爱情作为生命支撑点的表现"②。显然,女性主义文学批评的这种自我审视,有助于推动女性摆脱性别依附,确立女性独立的性别意识。

如果说启蒙思潮在追求"人"的独立过程中,所面对的主要是社会历史和文化观念对人的扭曲和压抑,侧重于历史反思和社会、文化批判的话。那么女性主义文学批评对性别压抑揭示,以及对男性作家流露出来的性别歧视、性别压抑的批判,则发现了启蒙思潮所忽视的重要问题,增益并丰富启蒙思潮的批判精神。女性主义文学批评的性别批判意识,主要体现在对男女两性人格、地位不平等的强烈不满,以及对男性作家的女性书写中流露出来的男性中心主义、性别歧视的批判上。李子云就在文学批评中肯定了张洁、张辛欣、张抗抗等作家在处理以爱情、婚姻为题材的作品时所表达的对"男人可以亲密地将女人拉过来或粗暴地推过去,而女人却永远只能被动地接受男人的意愿"的性别不平等所感到的"屈辱与不满"和"反抗的情绪"③。于青则认为:"正是男性远远落后于社会的陈旧观念和不公行为,才生就了日益文明的女性的不满和抗争"。"在某种程度上说,女性文学的日益独立和昌盛,更多地是源于男性意识的落后所使",而女性文学中"宣泄女性对男性的失望和不满,正是为了达成两性之间的理解与合作。"④

---

① 任一鸣:《女性文学的现代性衍进》,《小说评论》1988年第3期。
② 刘慧英:《生存的思索和爱情的内省:谈女性文学的主旋律》,《文学自由谈》1987年第2期。
③ 李子云:《近七年来中国女作家创作的特点》,《当代文艺探索》1986年底5期。
④ 于青:《两性世界的对立与合作:谈女性文学的社会接受与批评》,《小说评论》1988年第6期。

更能展现这一时期的女性文学批评的批判精神的,则是揭示和批判当时男性作家流露出来的落后的性别观念。例如,赵玫指出:"在新时期较为活跃的男性作家笔下,经常会看到一些塑造得极为出色的女性形象。他们或是把女性做为一种献身精神的象征,或是把女性做为一种他们在困顿中依靠的对象,或是在表现男性的英雄主义时把她们当做显示行为的被保护的弱者。这些男人笔下的女人,常常不能够摆脱对于男性的身心的依赖,缺乏一种独立的自我的奋进的意识。"① 也有批评家指出,一些男性作家笔下的女性形象之所以大都具有"依附男人的心理与价值准则","不是作为男性英雄卵翼保护下的弱者,就是作为向男性牺牲奉献、帮助男性摆脱困境的'女神'","总未能脱出对男性的绝对依附",原因在于他们没有察觉传统文化对他们"牵引"②。还有批评家对文学史上经常出现的"女人先来引诱他"③、"贞洁"与"淫荡"等情节"模式"和女性形象"原型"进行了考察,批判了这些原型背后的男性主义对女性的性别歧视。例如,刘慧英批评了在1980年代文学中马樱花、黄香久乃至吴珍、叶倩如、华乃倩等形象塑造中存在着的"女性徘徊于贞洁与淫荡之间、并最终奔向爱情、视爱情为生命的陈旧套式",认为这只是在"迎合或满足男权的'无爱的性'的需要或'无性的爱'的虚荣"④。张贤亮的《男人的一半是女人》发表之后,"在女性读者中激起了愤怒。对这部作品的最初和最严厉的批评就来自女性,其中包括她们过去的代言人——张洁"⑤。1988年,茉莉对张贤亮笔下的女性形象进行了集中的批判,认为在张贤亮对女性形象的书写背后,"隐藏着作者潜意识中对女性的偏见,流露出以男性为本位的文化的痕迹"。在张贤亮的笔下,一方面将"女性物品化","女

---

① 赵玫:《知识女性的困惑与寻求:女性文学在新时期十年中》,《当代作家评论》1986年第6期。
② 沉风:《依附与寻找:对男作家笔下女性形象的思考》,《晋阳学刊》1989年第1期。
③ 王友琴:《一个小说"原型":"女人先来引诱他"》,《上海文论》1989年第2期。
④ 刘慧英:《淫荡乎,贞洁乎:两种传统女性类型的对立和转化》,《文学自由谈》1989年第4期。
⑤ 李洁非、张陵:《〈轻轻地说〉:女性问题思考》,《当代作家评论》1987年第4期。

性形象几乎无一例外地专为男性而设",男人"不把这些'肋骨们'当作具有本体意义的人",而是"更类似具有实用性的器物,……女性是物品,是工具"。另一方面,在张贤亮的小说中,"男人具有崇高的使命感,对世界具有重大的责任","为了履行他们做男人的伟大使命,他们有权要求女人作出牺牲"。因此"在张贤亮为代表的一些男性作家笔下,女性依然只是附庸"。论者最后指出:"父权制的产物——男性本位文化观念经久不衰,为人们所普遍接受,得不到有效的揭示和认识,这种情形不能不使人惊心。"①

女性主义文学批评对男性观念中潜在的性别歧视的揭示,特别是对当时男性作家没有觉察的落后的性别观念的批评,起到了警醒并催促着男性作家重新审视自我,更新自己的性别意识和性别观念的重要作用。因此,有男性批评家从这一意义上肯定了女性文学以及女性文学批评对男性的启蒙意义:"帮助男人们在男性优势熏陶起来近于麻木的自我评价中,看到那一丝生命的本相之光,如何被骄傲的男性历史自我遮蔽了,黯淡地熄灭了,使他们发觉,他们过去对于女性的文学描写,其实纯粹是充满缺憾的男性梦呓,全然是一种下意识的或被理念化、规范化了的描写。那里面没有生命的对抗之灿烂火花,没有切切实实感同心受的证明、体验,有的只是男权压迫之下的怜悯。"② 女性主义批评的这种从性别关系上反思、批判性别压抑和男权观念,启蒙男性的性别平等意识,无疑是对"新启蒙"思潮的平等观念的增益和完善。

三、错位:女性自我意识的困惑与迷惘

然而不论女性主义文学批评与"新启蒙"思潮之间有着怎样的重合、增益关系,一个不容否认的事实是,女性主义批评与启蒙思潮所讨论、关注的问题存在着重要的差异。仅从"女性意识"与"人的主体性"关系而

---

① 茉莉:《男人的肋骨:张贤亮笔下的女性形象》,《文学自由谈》1988年第6期。
② 郭小东:《蛰伏的冲突:论文学中性别冲突的磨合》,《文学自由谈》1988年第6期。

言，不可否认女性必须首先成为"人"，然后才能成为女人。然而问题的复杂性在于，女性的主体构成中并非仅仅具有"共同人性"与"个性"两个部分，女性由于生理条件、文化积淀而形成的性别特征，无疑也是女性主体构成中不可忽视的部分。如果纯然以"人的主体性"来取代女性意识，很容易忽视女性的性别解放与性别观念的自我更新问题，从而导致女性主义文学批评在启蒙思潮的引领之下产生"错位"。

女性主义文学批评的这种"错位"，首先表现在对女性文学的"小世界"与"大世界""女性意识"与"人的意识"的关系处理中，不少女性主义批评受启蒙意识的影响，不能将二者视为女性及女性文学应该关注的两个平等的问题，而是过分强调后者的重要性，甚至将女性文学超越前者走向后者视为一种"拓展""深化"和"超越"。在许多女性主义文学批评者那里，走向社会、走向对女性意识的超越、走向人类意识，甚至实现"无性化"，成为女性文学的最终归宿和发展目标。例如，有批评家认为只有当女性文学"关注的不再是女性的体验，作品的主角也不一定再是女性"，才"出乎意料地获得了一个更高的视点。……才应该是女性文学的发展主向。"① 还有批评家认为"新时期'女性文学'如果仅仅是反映了中国妇女生活本身，或某种女性心理、女性意识，而无有关全社会、全人类的今天和历史的种种，那么这文学最多只是文学化的新中国妇女史料，并非高层次文学"。并以此而提出"女性文学就必须超越女性本身，不仅是妇女题材的超越，而且是女性思想意识的超越和文学审美的超越"②。尽管批评家这种深切的使命意识可以理解，因为女性文学的确不能仅仅局限在女性"小世界"的视野之内，女性意识也不能或缺人类意识，否则将必然损伤女性文学的格局、气魄和价值。然而，如果在对"大世界"、人类意识的追求中忽视性别问题的独特性，甚至引导女性文学最终走向"无性化"，认为关注自身以外的这片沃土才是女性文学的发展主向，走向自我消泯，无疑也是不恰当的。

---

① 张擎：《女性文学的娇弱、雄化和无性化》，《当代作家评论》1986年第5期。
② 徐剑艺：《论新时期"女性文学"的超越》，《文艺评论》1987年第1期。

这种"错位"还体现在"雄化"和"贤妻良母"两种女性形象的评价分歧中。一些批评者肯定了"雄化"体现出了女性性别意识的变革和女性在自尊、自强中追求独立性别地位的价值。然而，也有不少批评文章认为，从"寻找男子汉"到女性"雄化"，都是女性依附心理的体现："真正的'男子汉'寻觅不到，女性只能戴上'男子汉'的理想面具来自我超越。"①认为"雄化""过分强化了女性的感觉"，流露了女性对男性的对抗、"报复"心理。女性文学只有"不再'寻找男人'，也不再使自己'雄化'，摆脱对男人的依赖而独立地、充满自信地审视自己，从事自己富有女性天性和自然美的追求"，才获得了"飞跃"②。与此相关的是如何评价"贤妻良母"形象的问题。在许多文学批评中，"东方女性"的"贤妻良母"形象往往被视为"传统女性观念"受到了批评，而女性摆脱这一形象的行动，则被视为走向了现代和独立的标志。在如何处理"雄化"和"贤妻良母"形象二者的关系上，许多女性主义批评寄托于二者的"和谐"或"整合"：认为"真正的女性应该是丰富的、身心全面发展的个体，她不仅可以是事业的主人，也应该是贤淑的妻子、温良的母亲，因为女性解放的过程实际上就是一个女性自身不断完善的过程"③。"在现代情境下的中国女性，作为一个扶老携幼的贤妻良母与作为一个充满生命感、创造力的女人，她们在人生道路上的追求是双向的，这种双重追求的不可调和曾撕裂了多少女性的身心。实现这双重追求的整合认同，才称得上是具有完整意义的现代女性"④。

事实上，正如一些评论所指出的，"女性雄化"的出现，与职业女性

---

① 彭子良：《理想人格：女性文学的美学内涵》，《当代文坛》1988年第5期。
② 魏维：《在炼狱的出口处：论当前女性文学的理性超越》，《上海文论》1989年第2期。
③ 禹燕：《女性文学的历史与现状：兼论什么是"女性文学"》，《当代文艺思潮》1985年第5期。
④ 姚玳玫：《现代女性双重追求的冲突与互补：从丁玲、冰心早期小说的比较谈起》，《当代文坛》1988年第3期。

的出现相伴随,在某种程度上说是"历史的必然"①。然而,这一时期的女性文学批评大都从女性的性别形象上来认识"雄化"和"贤妻良母"形象的关系,认为"整合"二者的与女性"双性化"是未来女性现象的发展趋势。这种分析,恰恰忽视了当代中国女性所面临的"角色分裂"现象:女性职业化的趋势要求职业女性必须以与男性相似的"强者"形象去面对事业和现实;而家庭中妻子、母亲角色又要求其扮演贤妻良母的形象。张洁、张辛欣等人的一些作品,恰恰也是在这一维度上表现了现代女性在性别角色的选择上的困惑与迷惘。而这也恰恰是"新启蒙"没有关注和无法深入思考的问题。因此,有女性主义批评者指出"女性雄化"既体现了女性的"独立性和进取精神",然而也是"被现代社会的生活异化"的结果②。指出"雄化"女性是女性在现实生活的奋斗中"无可奈何的异化"的结果,是女性"奋斗过程中所伴随的异化现象",体现出现代知识女性自我寻求中的困惑③。这种从女性性别角色的分裂、主体的迷惘与困惑入手,反思现代社会生活对"女性"的异化,显然是"新启蒙"思潮所无法涵盖的新内容。

在启蒙立场上引导女性文学走向"大世界""人类意识"和"无性化",也忽视了"女性文学"书写女性的独特的性别体验的价值。许多女性主义文学批评正是从生理、心理和文化积淀等性别差异中,强调了女性以及女性文学的独特性。认为"女性文学"的一个重要价值,正在于对女性独特的性别体验的揭示和书写。女性文学批评之所以强调"女性文学"应该具有"女性意识",要以女性的眼光来审视、展现自我和社会,恰恰是为了珍视"女性文学"所体现出来的这种性别独特性。例如,吴黛英就强调女性情感、心理对"女性文学"独特风格的重要美学意义④。王绯也

---

① 吴黛英:《女性文学"雄化"之我见》,《文艺评论》1988年第2期。
② 吴黛英:《新时期"女性文学"漫谈》,《当代文艺思潮》1983年第4期。
③ 赵玫:《知识女性的困惑与寻求:女性文学在新时期十年中》,《当代作家评论》1986年第6期。
④ 吴黛英:《新时期"女性文学"漫谈》,《当代文艺思潮》1983年第4期。

指出诸如《女人的力量》这样以女性眼光观照社会生活的作品，可以将"硬性的大题材软化，完成对人本体和人情人性的求索"，从而使作品"既表现了改革题材，又超越了改革题材，或者说赋予并非永恒的改革题材以永恒的魅力。"①

在对王安忆的"三恋"的论争中，面对作品所受到的"脱离社会、文化"而"单纯写性爱"的指责，许多文学批评大都从"新启蒙"的人性探索和文化反抗的角度来肯定作品的价值：或者认为作品正面探索了人性中的性意识和性心理，或者通过小说中所展现的人物在传统性观念作用之下的犯罪感、不洁感，来论证小说并没有脱离社会、文化去单纯地表现性意识，而是揭示了传统性观念对人的束缚和扭曲。这种分析，无疑忽视了小说中所展现出来的独特的女性情感心理和生命体验。而王绯的《女人：在神秘巨大的性爱力面前：王安忆"三恋"的女性分析》一文恰恰从这一维度上肯定了"三恋"的价值。认为"'三恋'的炼狱并不单纯以伦理的仲裁为归结，而是深入到人物心理最隐秘的角落，揭开情欲所酿制的生命难局与永恒困境，揭示出性爱在人类经验里所具有的神秘深度，赋予了作品性爱力之于女界人生的认识价值。"由此，她分析了《小城之恋》的女性在性爱力驱策之下的不可遏制的原始生命的冲动，以及女性为此所承受的比男性沉重得多的"鲜血与生命的代价"，并指出了女性通过"母性的皈依"完成了自我生命的洗涤，达到"从未有过的生命和谐"的生命历程。而在《荒山之恋》的分析中，王绯同样从女性体验出发，指出"女人借性爱力打破与所爱对象的隔离、孤立的僵局，把自己给予对方，并不是为了寻求肉欲的满足，而是希冀在两性合一的统一关系里，在一种新生的共存状态中，实现个人性的充实完满的自体感受，达到精神上的自我肯定"。通过这种分析，王绯肯定了王安忆的这些小说的女性意义：王安忆表达了只有女性作家才可能理解和体悟的性爱之于女性的独特作用；洞穿了许多女子甘愿为不配她们去挚爱的男人去牺牲、奉献的心理奥秘——

---

① 王绯：《女性气质的积极社会实现：读〈女人的力量〉兼谈女性文学的开放》，《批评家》1986年第1期。

"女人爱男人，并不是为了那男人本身的价值，而往往只是为了自己的爱情的理想"①。

总而言之，女性文学批评除了与"新启蒙"思潮相重合、对其具有增益作用之外，还具有"新启蒙"思潮所无法容纳的价值和意义。因此，一些女性主义文学批评单纯依据后者的尺度对"女性文学"做出无论是"超越""无性化"的引导，还是"贵族化"的批评，无疑都忽视了女性主义批评与"新启蒙"思潮的差异，做出了"错位"的判断。而这种"错位"事实上也体现了一些女性主义文学批评在"新启蒙"与"女性主义"价值立场之间的困惑与迷惘。②

---

① 王绯：《女人：在神秘巨大的性爱力面前：王安忆"三恋"的女性分析》，《当代作家评论》1988 年第 3 期。
② 本章曾删节后公开发表。见张慎：《"新时期"女性主义文学批评与"新启蒙"思潮的重合与差异》，《汉语言文学研究》2020 年第 1 期。

第七章

传统谱系学与 21 世纪以来的中国现当代文学研究

一、问题的提出：21 世纪以来的"谱系"研究热

21 世纪以来，以"谱系"研究冠名、作为关键词的中国现当代文学研究论文、专著、科研项目日益增多，呈现出不断"升温"的趋势。谱系研究已然成为中国现当代文学研究最为常见的研究方法之一。在中国知网文献平台对近 30 年来中国文学研究以"谱系"为关键词的文献年度发表趋势进行检索，可以看出以"谱系"为关键词的中国文学研究论文，在 1996 年前后开始增多，从 2000 年开始呈现出迅猛增长的趋势。而在这一学术增长中，中国现当代文学研究所占的比重最大。截至 2019 年 12 月 24 日，以"谱系"为关键词搜索得到 796 篇哲学人文科学研究的中文文献。其中，中国文学学科有 192 篇，占 24.12%，在所有哲学人文学科中，所占比重最大。其他学科依次分别为：考古学 87 篇，占 10.93%；哲学 80 篇，占 10.05%；人物传记 47 篇，占 5.9%；世界文学 46 篇，占 5.78%；中国语言文字 43 篇，占 5.4%；美术书法雕塑与摄影 42 篇，占 5.28%；宗教 42 篇，占 5.28%；文艺理论 41 篇，占 5.15%；余下学科所占比例均在 5%以下。而在 192 篇中国文学研究的中文文献中，现当代文学的研究文献有 130 篇，在中国文学研究中占所占比例最大，达 67.71%。再以"谱系"为篇名检索，得到 1617 篇哲学人文科学研究文献。其中，中国文学研究文献有 388 篇，占 24%，所占比例同样远远高于其他学科。相邻的哲学 196 篇，占 12.12%；考古学 114 篇，占 7.05%；文艺理论 102 篇，占 6.31%。而在 388 篇中国文学研究文献中，现当代文学的研究文献有 272 篇，在中国文

93

学研究中同样所占比例最大，达70.1%。可见，21世纪以来，不论是在以"谱系"为关键词还是为篇名的哲学人文科学研究中，中国现当代文学研究都占有最大的比例。

此外，检索国家社科基金项目数据库可知，从2010年到2018年，国家社科基金项目数据库中以"谱系"为关键词的哲学社会科学立项项目（包含重大项目、重点项目及后期资助项目）共有63项。其中，中国文学研究立项项目共有23项，占36.51%。在23项中国文学研究国家社科项目中，现当代文学研究项目有14项，占60.87%。

更重要的是，21世纪以来，以"谱系"命名的中国现当代文学研究专著大量涌现。如沈卫威的《"学衡派"谱系：历史与叙事》（2007年初版、2015年再版）、王侃的《叙事门与修辞术：中国当代小说的诗学谱系》（2009）、周仁政的《知识拜物教与现代文学谱系：现代文化与中国现代文学研究导论》（2009）、王淑萍的《中国现代诗人谱系》（2010）、杨匡汉等著的《海外华文文学知识谱系的诗学考辩》（2012）、贺昌盛的《晚清民初"文学"学科的学术谱系》（2012）、王本朝的《中国现代文学观念与知识谱系》（2013）、张之帆的《莫言与福克纳"高密东北乡"与"约克纳帕塔法"谱系研究》（2016）等，不胜枚举。

除了以"谱系"为关键词、篇名的研究文献、专著、项目之外，还有大量研究成果虽然不以"谱系"为篇名或关键词，实际上却运用了谱系研究的方法。例如，从方法论来看，2005年开始的"重返八十年代"研究的主要方法资源之一，便是后现代谱系学[①]。此外，李杨的《文学史写作中的现代性问题》（2006）一书，运用后现代谱系学的方法审视了中国现代文学史的史学观念。贺桂梅的《"新启蒙"知识档案：80年代中国文化研究》（2010）一书，运用后现代谱系学的方法，考察了1980年代的人道主义、现代主义、文化寻根、重写文学史等人文思潮的"知识谱系"。旷新年的《中国现代文学理论批评概念》（2014）一书，虽未明确将其研究方

[①] 张慎：《"重返八十年代"的"新左翼"立场及其问题》，《当代作家评论》2015年第4期。

法指认为谱系研究,但实际上是将关键词研究与谱系研究相结合,梳理了中国现当代文学史上重要理论批评概念的谱系,揭示了这些概念的发展变迁及其"与自身发生于其间的现实背景及知识诉求"之间的"因应关系"①。吴秀明等的《20世纪文学演进与"中国形象"的历史建构》(2016)一书,则是对20世纪中国文学中所呈现出来的"中国形象"谱系进行了梳理分析……。

仔细分析这些谱系研究成果,可以发现,许多研究不仅呈现出科学、严谨的谱系学方法论规范,而且还对谱系学的渊源、流变进行了自觉的理论探讨,体现出了方法意识的自觉。还有一些研究虽然宣称要以谱系学为方法论依据,但从实际运用的情况来看,并非科学严谨的谱系研究。也有不少研究者只是以"谱系"替代了原来的"体系""系统"等概念,并没有呈现出谱系学方法论意识。虽然后两种情况并非真正的谱系学研究,却反映了21世纪以来"谱系"概念、"谱系"观念在中国现当代文学研究中广为流行,越来越"热",大有取代"体系""系统"等概念的趋势。

整体来看,21世纪以来中国现当代文学的谱系研究,主要有两种方法论资源:其一是在中国具有悠久历史的传统谱系学,其二是西方导源于尼采、成熟于福柯的后现代谱系学。受篇幅的限制,本章主要对传统谱系学在中国现当代文学中的运用情况进行学术分析,主要探讨的问题有:在21世纪以来的中国现当代文学研究中,传统谱系学呈现出了哪些方法论特征?形成了哪些研究思路?存在着怎样的问题?这些研究,为中国现当代文学研究带来了哪些学术新变?又存在着哪些"盲视"和应该警惕的"误区"?

二、传统谱系学的方法、类型与学术旨归

中国传统的谱系研究,除了较常见的家族、宗族谱系编写之外,还有学派、宗派、文体流变等谱系的研究。例如中国传统的"学案"研究

---

① 旷新年:《中国现代文学理论批评概念》,清华大学出版社,2014,第14页。

（《明儒学案》《宋元学案》）都是以学派为基础，以人物为个案，考镜源流，揭橥递演，考辨梳理各个学派的学术思想传承、演递和嬗变。佛教宗教史研究中的"诸宗谱系"，是"记载佛教各宗派的传承世系以及宗人的言语行事的一类佛教典籍。……是以各宗的来龙去脉为主线而编撰的、有着丰富内涵的宗派史著作。"① 在文学研究中，钟嵘的《诗品》"是文学（诗歌）系谱学研究的开山之作"，其"有关诗歌品第的评判立场和明源流、溯谱系的考察方法昭然于文坛，并影响了其后一代又一代的诗家和文学（诗歌）研究思路"②。

中国传统的谱系研究，主要是呈现家族血缘、门派学缘、思想观念的起源、流布和发展。《释名》中说："谱者，布也，布列其事也。"③ 明代方孝孺指出："谱者，普也，普栽祖宗远近、姓名、讳字年号；又云谱者，布也，敷布远近百世之纲纪，万代之宗派源流。"④《现代汉语词典》释"谱"为："按照对象的类别或系统，采取表格或其他比较整齐的形式，编辑起来供参考的书。"⑤ 而"系"除了有"系统"之意外，还有"世系"的意思。这些解释，都强调了"谱系"的系统性和历史性。也就是说，中国传统的谱系研究，注重通过考据的方法，展现事物发展的系统性、秩序性和历史流变性，包含着纵、横两个向度的追求。在横向共时的维度上，较为"周全地"展现研究对象的类别分布、种属关系和体系结构；在纵向的历时维度上，则展现其"世系"承继与源流演变。正是通过这两个层面，谱系研究可以较为周全地揭示事物完整的系统构成和源流历史，完成对事物发展流变的全面扫描和历史呈现。因此，体系的"周全性"与"历史性"是传统谱系学所追求的两个主要目标。《文心雕龙》中说"谱者，

---

① 陈士强：《佛教宗派史上的谱系》，《复旦学报（社会科学版）》1991年第1期。
② 蒋原伦：《中国文学史谱系学论要》，《上海文化》2011年第3期。
③ 刘熙：《释名·释典艺》，中华书局，1985，第101页。
④ 方孝孺：《方孝孺集（中）》，徐光大点校，浙江古籍出版社，2013，第486页。
⑤ 中国社会科学院语言研究所词典编辑室编：《现代汉语词典（修订本）》，商务印书馆，2001，第989页。

普也，注序世统，事资周普"①。所谓"周普"，便是对"周全性"的追求。

事实上，西方传统意义上的 Genealogy 同中国的谱系研究有着相似的追求。《不列颠百科全书》对 Genealogy 的解释是："家族渊源及历史的研究。系谱学者按祖先传宗顺序列为表谱。其形式不一，历代各国均不乏此类作品。"并且指出"系谱学是一门国际性学科"，近代以来，"专业系谱学家关注的是大量家族史及系谱研究中各种主要原理。"② 此外，英文中的 spectrum（原意为"光谱"或"波普"）一词也常常被译为"谱系"。例如近年来在国内思想界影响较大的佩里·安德森（Perry Anderson）的 spectrum: form right to left in the world of ideas 一书，便被译为《思想的谱系：西方思潮左与右》。安德森说，该书是"通过一把特殊的棱镜"透视"分属于政治领域中的左、中、右三派""把整个谱系透彻分析一遍"，从而完成对当代思潮中"特殊知识景观的全景指南"③。柯林斯词典对 spectrum 的解释是："arrange of a particular type of thing"，指从特定角度分析事物所得到的一系列组成类型。与 Genealogy 兼具"周全性"与"历史性"追求不同，spectrum 侧重于以固定的标准对研究对象进行同一层面的类型划分，主要追求分类的"周全性"。国内的许多中国现当代文学谱系研究，重在从某一固定角度分析研究对象的内部构成，并不追溯其历史脉络，实际上正是 spectrum 意义上的"系列"分析。此外，一些"知识谱系""思想谱系""概念谱系"研究，虽然同样不追溯知识观念的历史演变，但从某一角度分析得到一系列组成类型之后，还要对这些组成类型进行再次类型划分，从而形成了由众多母系列、子系列组成的思想、概念"体系"或"系统"（system）。

---

① 刘勰：《文心雕龙》，中华书局，1985，第 37 页。
② 美国不列颠百科全书公司编著：《不列颠百科全书：国际中文版》第 7 卷，中国大百科全书出版社，1999，第 49-50 页。
③ ［英］佩里·安德森：《思想的谱系：西方思潮左与右》，袁银传、曹荣湘译，社会科学文献出版社，2012，第 1-3 页。

通过以上辨析，我们可以将传统谱系研究勉强分为三种类型：一是仅仅从同一标准进行"周全"的类型划分，而不追溯其历史脉络的构成"系列"（spectrum）研究；二是多次进行由母系列到子系列划分的构成"体系"或构成"系统"（system）研究；三是既进行类型分析，又进行历史追溯的谱系（Genealogy）研究。

21世纪以来的中国现当代文学研究，借鉴、运用传统谱系学的研究方法，正是为了追求研究的周全性、系统性、历史性。一些研究成果之所以名不副实地冠以"谱系"之名，也是为了凸显研究者全面的学术功夫和纵深的学术眼光。因此，从某种程度上说，中国现当代文学谱系研究"热"，体现了"20世纪的中国文学研究已经进入到一个相对而言比较充分和成熟的阶段"，相关研究开始"呈现出逐步深化、完整化、系统化的趋向"[①]。

三、"思想谱系"与"版本谱系"研究的思路与方法

由于传统谱系研究兼有"周全性""体系性""历时性"的追求，许多研究者常常用"谱系"一词来替代过去的"体系""系统""脉络"等概念。例如，许多研究者或将历时梳理文学思潮、流派的发展脉络称为谱系研究，或将分析文学思潮、流派的构成体系、构成系统称为谱系研究。还有研究者将思想观念、理论概念"体系"，称为"谱系"加以研究。例如，吴秀明认为"由文学或学术网站、博客、视频、电子论坛、电子书等新媒体史料构成"的电子化文学史料，"已形成了一套独特而又自洽的知识谱系"[②]。谭桂林则将新中国70年来中国现代文学研究所建构的以文学史编撰为"基础"、以史料整理及史料学为"砖瓦"、以文学的革命性、现代性、民族性、世界性等四大问题的探讨为"支柱"、以"分别与整体的相融、外部研究与内部研究的互织、一元与多维的共存"等方法论博弈为

[①] 刘勇：《中国现代文学的多维阐释》，安徽大学出版社，2013，第367页。
[②] 吴秀明，李一帅：《电子化文学史料的内在形态与知识谱系》，《福建论坛》2016年第1期。

"窗户"的学术体系,称之为"现代中国文学史知识谱系"①。再如,学术界普遍认为中国传统诗学与西方现代诗学是两个异质的"知识谱系",许多研究者便致力于近代"文学"观念由传统到现代的"知识谱系"转型研究。

在21世纪以来的中国现当代文学研究中,思想观念、理论概念的谱系研究,主要形成了两种思路:其一是考察思想话语谱系的起源、发展以及历史演变脉络。例如,何言宏运用"文化领导权"理论研究当代知识分子时,便梳理了这一理论的来源、发展和变迁。并将其称之为"社会主义国家文化领导权的理论谱系"②。刘传霞则梳理了"疯癫话语"在20世纪80年代初期、中期、后期的变迁情况。她联系具体的历史语境,挖掘了"疯癫话语谱系"的历史、思想根源,从而对各个时期"疯癫话语"的历史特征形成了深入的认识③。王本朝的《中国现代文学观念与知识谱系》④ 一书,是对现代文学观念体系中"文以载道""白话文""审美主义""民族主义"等的十余个重要概念的观念史研究。辨析了这些文学观念形成的历史、社会和哲学背景,揭示了各个概念的复杂内涵和历史变迁,从而在整体上呈现了现代文学观念的复杂构成。与这些研究相对照,旷新年的《中国现代文学理论批评概念》⑤ 一书,虽然没有使用"谱系"研究这一称谓,但该书梳理了"文学""典型""人的文学""现实主义"等十余个批评概念在20世纪中国文学史上的变迁情况。实际上也应归于此类谱系研究。第二种研究思路,是通过类型划分来呈现理论话语内部的构成体系。张光芒的《论新世纪的启蒙话语及其思想谱系》一文⑥,一方面分析了21

---

① 谭桂林:《与时代对话中的知识谱系建构:新中国70年现代文学研究成就概述》,《文学评论》2019年第5期。
② 何言宏:《中国书写:当代知识分子写作与现代性问题》,中央编译出版社,2002,第8-11页。
③ 刘传霞:《自我主体的归来与流放:20世纪80年代文学的疯癫话语谱系与文化隐喻》,《晋阳学刊》2011年第1期。
④ 王本朝:《中国现代文学观念与知识谱系》,人民出版社,2013。
⑤ 旷新年:《中国现代文学理论批评概念》,清华大学出版社,2014。
⑥ 张光芒:《在感性与理性之间》,人民文学出版社,2015,第53-72页。

世纪以来的启蒙话语在社会、阶层、个体、人性四个层面的不同思考和观念，较全面地呈现了 21 世纪以来启蒙话语的四个主要思考维度。另一方面，通过各个思考维度中的不同思想观念，呈现了新世纪启蒙思想的复杂构成。以期通过这种纵横交错的梳理，完成对 21 世纪以来的启蒙话语的"全景扫描"。

此外，在中国现当代文学的文献史料研究中，还形成了一种"版本谱系"研究的思路。金宏宇便倡导新文学的"版（文）本谱系"研究。他指出，"版本谱系"研究可以"让我们得以明了一部作品不同版（文）本之间的递进、承传、并列等各种关系，使我们在对校和比较作品的不同版（文）本时有一个应该遵循的正确的顺序，使我们对作品版（文）本本性、版（文）本变迁的缘由等的阐释能放置在一个完整的谱系之中。否则，我们的研究可能是错乱的和残缺的。"他认为，不仅具体作品的研究应该注意版（文）本的精确性，而且新文学史的写作也应该持"叙众本"原则。也就是说，"新文学史的科学性应体现为对一部作品尤其是名著的不同版本作具体的、动态的、历史的叙述。既要注意作品面世的历史时刻，也要述及版本变迁的历史。"① 在对《雷雨》《屈原》《天国春秋》等具体作品的版本批评中，金宏宇有意识地整理了作品的"版本谱系图"，并以之为基础，分析了具体作品在版本流变中的发展变迁。因而，在金宏宇的新文学版本批评中，贯穿着版本谱系的研究思路。与之相似，瑞士的冯铁先生对茅盾《子夜》的草稿手稿、各种版本及相关信息进行了谱系编码，并通过对不同版本的内容、格式、笔迹、字体等信息的对比分析，展示了大量有关这部文学作品的"起源、形成过程和流传资料"。作者意在通过版本"流传史的细节，使一部文字的形成按照谱系批评学的版本规律恰当地、有启发性地呈现出来。"② 冯铁的版本谱系研究是受了"法国谱系校勘编订

---

① 金宏宇：《新文学的版本批评》，武汉大学出版社，2007，第 53-60 页。
② ［瑞士］冯铁：《在拿波里的胡同里：中国现代文学论集》，南京大学出版社，2011，第 456-472 页。

100

学（critique génétique）学派所提出的方法论的指导"①。

与以上研究思路相较，在21世纪以来的现当代文学研究中真正蔚为大观、并形成了丰富多样的学术思路的谱系研究，是"形象谱系"研究与"知识谱系"研究。我们主要通过分析这两类谱系研究，来深入了解传统谱系学在现当代文学研究中的运用情况，审视其存在的问题，探讨完善和发展的途径。

四、"形象谱系"研究的思路、方法及问题

依据文学形象之间的某种"家族相似性""类型相似性"而进行的"形象谱系"研究，是21世纪以来的现当代文学谱系研究中最为常见、成果最多的选题。整体来看，此类研究主要呈现出三种思路。

思路之一，是梳理某一作家或某一时期文学作品的形象类型。例如，靳新来梳理了鲁迅作品中的动物形象谱系，并将其与鲁迅的人学思想、精神世界、艺术创造联系起来，按照动物形象所隐喻的精神人格，划分为象征反抗传统的现代精神界战士的狼、猫头鹰、蛇、牛等形象系列和象征维护传统的现代奴性知识分子的狗、猫、苍蝇、细腰蜂等形象系列两个类型②。这类研究全面发掘形象类型，追求谱系研究的"周全性"。事实上，在全面收罗、建构形象谱系时，也可以引入"历时性"的学术意识。刘艳在梳理鲁迅笔下的孤独者形象谱系时，注意展现其在鲁迅创作中的先后脉络，分析了孤独者形象在鲁迅各个创作时期的不同精神气质和历史遭遇③。与依据作家的创作历程来获得研究的历时维度不同，肖同庆梳理了鲁迅笔下的狂人形象谱系之后，又挖掘了这一形象谱系与中西方文学精神传统的传承渊源，从而超越了研究对象的时空拘囿，获得了历史透视的纵深感：

---

① [瑞士]冯铁：《在拿波里的胡同里：中国现代文学论集》，南京大学出版社，2011，第485页。
② 靳新来：《"人"与"兽"的纠葛：鲁迅笔下的动物意象》，上海三联书店，2010，第1-2页。
③ 刘艳：《中国现代作家的孤独体验》，吉林大学出版社，2006，第63-74页。

狂人谱系"不仅积淀着漫长而深厚的中国知识分子的精神历史,而且表明在中国现代化的历史进程中启蒙者的历史角色和精神状态的演变。"①

思路之二,是分析作家小说中的人物形象(如《朱苏进小说的人物谱系》②)、特定类型小说中的人物形象(如"十七年非革命历史小说人物谱系"③)以及知识分子、女性、农民等形象类型的构成"系列"(spectrum)或构成"体系"(system)。例如,颜敏以面对世俗的态度为标准,将1990年代以来文学中的知识分子形象划分为在世俗欲望中沉浮惶惑、疏离现实沉溺于个人世界、身陷象牙之塔并批判世俗的三类,加以分析论述④。令狐兆鹏以人物的职业,将乡下人进城小说中的人物形象划分出农民工、妓女、保姆三个形象谱系。在分析各个形象类型时,又对其进行了再次分类。例如分析农民工形象谱系时,又依据作家对人物形象的不同处理,将其分为"污名化"和"温情化"两类。⑤

从逻辑学的角度看,对研究对象进行不同层次的分类,标准可以有所不同。但同一层次的分类,标准必须统一。否则,划分出来的子类型就不是并列关系,会出现"类型相容"的情况。此外,划分出来的子类型必须涉及研究对象的全部外延。否则,会出现划分不全、子类型有所遗漏的情况。以此审视相关研究,就会发现,一些研究或者同一次分类的标准不统一,谱系研究沦为了子类型的随意列举;或者划分不全,子类型有所遗漏,没有做到谱系研究的"周全性"。此外,形象谱系建构和类型划分,还应从文学创作的实际情况出发,谱系化的人物形象应当确实存在于文学

---

① 肖同庆:《狂人谱系:在疯狂和理性的边缘——鲁迅与中国士人传统研究之一》,《鲁迅研究月刊》1995年第8期。
② 张春红:《朱苏进小说的人物谱系》,《当代文坛》2002年第6期。
③ 夏文先:《历史真实的想象与重塑:十七年非革命历史小说人物谱系分析》,《当代文坛》2014年第6期。
④ 颜敏:《惶惑·疏离·批判:近二十年知识分子形象谱系论》,《文艺争鸣》2012年第12期。
⑤ 令狐兆鹏:《作为想象的底层当代乡下人进城小说研究》,中国文史出版社,2013,第19-53页。

作品和作家的笔下①。某些形象类型过于单薄，不具备学术透视的价值时，便无法建构形象谱系、进行谱系研究。

事实上，形象谱系研究的目的，并非仅止于形象罗列与分类呈现，而是要挖掘潜藏于形象背后的社会生活、历史文化、思想观念、审美倾向等信息。唯有如此，才能深入洞察文学形象的时代特征、思想意蕴和审美特点。因此，以形象梳理、分类为基础，而进行社会历史文化研究、思想史精神史研究、审美变迁史研究，是形象谱系研究的第三种思路。例如，吴秀明等研究者便透过三十余年中国文学中的"不同类别的人物谱系"，"来窥探整个时代的中国形象"②。刘传霞勾勒、描述、分类、剖析现代中国小说中的底层劳动妇女、新女性、妓女、疯女人等形象谱系，既展现了各类形象的历史流变，又联系时代社会和文学思潮变迁，剖析了形象流变的时代社会、审美追求、思想观念等方面的根源，"对认识中国现代性的建设与社会性别之间的复杂关系有着重要的意义。"③ 南帆考察中国当代文学史上由"粮食生产的乡村、战火燃烧的乡村、精神生产的乡村、城乡对立的乡村、文化根系的乡村以及含义模糊乃至矛盾的乡村"所构建的乡村形象谱系，更由此而揭示了乡村的各个层面在当代中国历史境遇中的遭际和变迁，窥探了"乡村与现代性之间一波三折的历史博弈"。可以说，中国当代文学史中的乡村形象谱系，是"一部隐形的乡村文学史"④。此类研究，在形象谱系的梳理、分析中，体现出研究者广阔的理论视野和深刻的社会问题意识。

以上三种形象谱系研究的思路，都需要从形象谱系中选择一两个代表形象，进行描述剖析，以便具体、形象地呈现谱系的整体特征。这就涉及

---

① 王春荣：《新时期文学的主题学研究：意义的生成与阐释》，辽宁人民出版社，2007，第172页。
② 吴秀明等：《20世纪文学演进与"中国形象"的历史建构》，浙江大学出版社，2016，第44页。
③ 刘传霞：《被建构的女性：中国现代文学社会性别研究》，齐鲁书社，2007，第82页。
④ 南帆：《中国当代文学史的乡村形象谱系》，《文艺研究》2019年第6期。

到谱系取样的问题。严格来说，文学形象都是一个个的独特个体，只有综合考察了每个独特形象的所有情况之后，才能选择出真正具有代表性的谱系样本。否则，谱系研究便会流为随意的列举分析。例如，有研究者仅仅选择了张爱玲、严歌苓、项小米的三个短篇中的阿小、柳腊姐、小白三个人物形象来分析"乡下进城的现代女佣谱系"①，不仅形象类型不全，无法全面呈现"现代女佣谱系"，而且在取样的准确性、代表性上，存在着很大的问题。

此外，在形象谱系研究中，形象类型的选择、分类标准的确立，都应该建立在全面、切实地把握研究对象的基础上，应该有成熟、独到的学术思考。只有能够有效洞见形象特征的谱系建构和类型划分，才真正具有推动学术发展的价值。例如，陈晓明紧紧抓住《永远有多远》中的西单小六形象，从铁凝的小说中挖掘出一个被研究者所忽视的"自我相异性"女性形象谱系。在这类形象中，铁凝寄寓了女性渴望超越自我、身体自由的"爱欲乌托邦想象"。正是这种隐秘的精神渴求，使得铁凝的创作在整体的现实主义风格掩盖下，潜含着主观化、个人化的浪漫主义特质。然后，陈晓明又将铁凝的这一形象谱系追溯到孙犁《铁木前传》中的小满儿等形象，发掘出孙犁小说中与沈从文、废名等人一脉相承的"浪漫主义的情致"。认为正是这种"被压抑的现代浪漫主义的幽灵"，一直为中国当代文学创作提供着内在"活力"②。由铁凝笔下独特的形象谱系，而追溯、发掘了中国现当代文学史上的此类形象谱系；由此类形象为铁凝的创作带来的浪漫主义审美特质，而发掘了整个当代文学史上潜在的浪漫主义美学追求。从形象谱系的发现到审美谱系的发掘，体现了研究者敏锐的学术意识和广阔纵深的学术视野。这类谱系研究，往往具有突破性的学术价值。

从中也可见出，发掘遭到忽视、遮蔽、压抑的形象谱系的研究，往往更能发现文学创作的独特隐秘和文学史中的幽微潜流。而后现代谱系学对

---

① 徐德明，薛小平：《乡下进城的现代女佣谱系》，《小说评论》2008年2期。
② 陈晓明：《自我相异性与浪漫主义幽灵：试论〈永远有多远〉隐含的女性另类谱系》，《当代作家评论》2010年第4期。

本质化历史叙述之外的偶然性、复杂性、异质性现象的特别关注，恰恰可以推动这种学术追求走向方法自觉。海外中国现当代文学研究者王德威，常常从新异的角度发掘近代、现代、当代文学创作中潜在的"家族相似性"现象，将其建构为独特的精神谱系，不能不说与其深谙后现代谱系学的学术背景有关。

五、"知识谱系"研究的思路、方法及问题

建立在血缘承续基础上的家族谱系研究，常常见之于传记研究对作家家族世系的考证梳理。此外，因授业求学而形成的直接学缘传承，以及由此引申出来的间接的思想观念、学术精神的影响接续等方面的谱系研究，也常常见之于文学流派、作家群体、人物思想研究中。这类研究，还形成了逆向溯源作家的思想精神的传承谱系的研究思路。例如，夏中义将王元化的思想学术精神溯源到鲁迅开创的"至刚至健"的中国现代知识分子精神谱系[①]。张国功则考证了"学衡派"中以亲缘、地缘、学缘、业缘以及共同的精神文化认同所建立的"江西学人谱系"，既追溯了其与同光派中赣派诗人谱系的传统渊源，又指出了《学衡》精神在抗战境遇中的流变[②]。在21世纪以来的现当代文学研究中，这类追溯作家作品传统渊源的研究，不仅数量丰富、思路多样，而且出现了许多具有学术突破性的成果。

其思路之一，是考证溯源作家作品的中西方文学传统的影响谱系，深入认识创作特点的形成根源。例如，通过实证性的材料发掘，严锋揭示了莫言小说的感性解放、色彩美学、声音诗学、魔幻主义等特点与中西方文学、文化的影响渊源关系。例如他指出莫言1980年代创作的色彩单纯而鲜明、画面激情而夸张，充满张力与动感等特点，与莫言不断提及的凡·高

---

① 夏中义：《王元化：知识分子谱系的人格见证》，《文艺理论研究》2004年第2期。
② 张国功：《亲缘、地缘、学缘、业缘的叠合：论学衡派谱系中江西学人的交游网络与文化认同》，《江西社会科学》2016年第7期。

绘画有着密切的联系①。王鹏程则通过"沿波讨源"、细密考证，确立了高尔基、肖洛霍夫对柳青《创业史》的影响关系。然后通过比较，分析了高尔基的《母亲》、肖洛霍夫的《静静的顿河》《被开垦的处女地》等作品对《创业史》的影响②。此类研究，发现习焉不察的影响关系，往往能够带来独到的学术突破。例如，李建军通过细密的影响考证和对比分析，发现了茹志鹃的《百合花》与《红楼梦》的谱系渊源关系，得出了《百合花》"是《红楼梦》的孩子"的结论③。这一发现，从谱系传承的角度，解释了在1958年前后那样一个"喧闹、夸张、浮薄"的时代，何以《百合花》呈现出朴实优雅、清纯自然的风格特征的问题。

这种文学谱系研究，实际上是比较文学中的影响研究，需要研究者投入切实的考证功夫来落实其影响关系。有研究者论述张爱玲的《沉香屑第一炉香》与18世纪英国女作家弗朗西斯·伯尼的《伊芙琳娜》等"少女涉世"小说的谱系关系。然而，连研究者自己也说，"很难判断张爱玲是否读过《伊芙琳娜》"，仅从"情节暗合的线索，不必一定得出作者之间影响与被影响的关系"④。这就使得全文的论述只是建立在推断的基础上。由于没有确证影响关系，"谱系"研究也就沦为了平行比较。此外，对作家作品的影响谱系研究，也不应当仅仅止步于"归宗认祖"，考证其中西方传统的影响。而是更应该考察现代中国文学运用这些资源时所要应对的现实问题，以及在这种应对中对这些知识资源所做的转化和变异。

由对作家作品的实证性影响谱系研究，又引申出了对作家思想、精神传统渊源的挖掘和揭示，从而形成了"知识谱系"研究的第二种思路。例如，姚新勇挖掘了知青作家与特定时代的精神谱系关系，指出知青文学中

---

① 严锋：《感觉的世界谱系：重新发现莫言的现代性》，《中国比较文学》2013年第1期。
② 王鹏程：《〈创业史〉的文学谱系考论》，《中国现代文学研究丛刊》2014年第3期。
③ 李建军：《〈红楼梦〉的孩子：论〈百合花〉的谱系、技巧与主题》，李建军：《文学的态度》，作家出版社，2011年，第84-100页。
④ 祝宇红：《〈沉香屑第一炉香〉的多重主题及其英法小说谱系》，《现代中文学刊》2013年第5期。

的英雄谱系"'直接'的文化承继是'文革'式的或红卫兵式的群体理想主义",并分析了知青文学对这一精神谱系的重构和改写情况①。再如,季红真从萧红童年的家庭文化入手,挖掘了她小说创作的精神文化资源。指出萧红童年家庭中生活方式、知识观念向现代文明转变的男性家长,给萧红提供了现代文化精神资源;以祖母为代表的女性家长则"混合着各种实用信仰的民间思想","成为萧红成长晦暗而深厚的底色"。这种文化精神分裂的家庭关系,形成了萧红文学创作的"泛文本知识谱系"②。

考证影响谱系,发掘精神传承,不仅可以深入认识作家作品的思想艺术特征的形成根源,而且可以在广阔纵深的谱系脉络中定位作家作品,通过与同一谱系作家作品的分析比较,揭示谱系传承中的时代变异和个人创造,往往可以获得独到的学术洞见。例如,何平发现了《红旗谱》中冯贵堂、严知孝等知识分子与"五四"以来现代知识分子精神谱系的渊源关系。然而,由于时代语境的改变,作家"只能把他们作为一个没落的阶级,为他们唱一曲葬歌"。作家通过凸显江涛的贫农出身、马克思主义知识谱系,有意从断裂而不是承继的角度来处理江涛与他们精神谱系的关系,"改写了现代知识分子精神史"③。不仅洞见了《红旗谱》中现代知识分子精神谱系的"断裂",而且可以窥见中国现代知识分子精神谱系的历史遭遇。再如,郜元宝发掘了孙犁的《芸斋小说》与其前期"抗日小说"中隐秘的革命文学道德谱系的联系。然后,又发掘了铁凝与以孙犁为代表的这种"表彰柔顺之德"的现代革命文学谱系的"血缘"关系。通过这种谱系学发掘,深入审视了以孙犁、铁凝为代表的两代作家的价值论根基,

---

① 姚新勇:《主体的塑造与变迁:中国知青文学新论(1977—1995)》,暨南大学出版社,2000,第83—85页。
② 季红真:《萧红小说的文化信仰与泛文本的知识谱系》,《中国现代文学研究丛刊》2011年第6期。
③ 何平:《现代知识分子的精神谱系是如何被改写的:以〈红旗谱〉为例》,《人文杂志》2005年第4期。

反思了中国当代文学的价值论问题①。

许多研究者将"知识谱系"研究运用到学人研究、学术史研究和文学史观念研究中,挖掘、审视学术研究的理论资源和知识依据,形成了"知识谱系"研究的第三种思路。例如,李德南考察了谢有顺文学批评的知识谱系,分析了他不同时期文学批评观念的不同知识资源②。吴秀明则从知识学的角度对当代文学研究的"历史化"潮流进行了"谱系考察",梳理了"历史化"研究的"外源性"和"内源性"学术渊源和理论资源。认为当代文学研究的"历史化"潮流,"不仅在外源性上受到詹姆逊等西方马克思主义理论的影响,而且在内源性上与中国汉宋两学诠释系统具有血脉的关联"③。

"知识谱系"研究认为,作家创作、学术研究的具体内容、问题视野、展开思路、价值标准和思想观念,与其所接受的知识资源密切相关。这一认识背后,潜含着一种认识论变革的趋势:知识不再仅仅是主体在客体中发现的普遍"真理",而是特定"知识谱系"影响、作用下的结果。主体不再是"透明"的,而是戴上了因各种"知识谱系"而形成的"有色眼镜",从而使知识带有了特定的"视角性"。这些认识,虽然并不一定是受了后现代谱系学的影响,但确实与后现代谱系学的建构论知识观有着某种相通性。所不同的是,后现代谱系学常常通过考掘思想观念的"知识谱系",来揭示其话语性、建构性,对其进行话语/权力批判。对于后现代谱系学影响下的"知识谱系"研究,笔者将其放在《后现代谱系学与新世纪以来的中国现当代文学研究》一文中进行分析和讨论。

---

① 郜元宝:《柔顺之美:革命文学的道德谱系——孙犁、铁凝合论》,《南方文坛》2007年第1期。
② 李德南:《谢有顺文学批评的知识谱系与话语精神》,《创作与评论》2016年第4期。
③ 吴秀明:《后现代主义语境中的知识重构与学术转向:当代文学"历史化"的谱系考察与视阈拓展》,《文艺理论研究》2016年第4期。

六、融会中西谱系学的努力

可以看到，21世纪以来的中国现当代文学研究对传统谱系学的运用，既有继承，也有拓展和创新。一方面，21世纪以来的中国现当代文学研究，在研究方法上汲取了传统谱系学通过考据、梳理来发掘、呈现研究对象的系统性、秩序性和历史流变性的学术方法；在研究思路上，则延续了传统谱系研究中宗族谱系编写、宗派学派梳理、文体流变研究等主要学术思路。另一方面，21世纪以来的中国现当代文学研究也在研究方法上对传统谱系学有所突破和创新。相对而言，传统谱系研究以"揭橥递演"的历时研究为主，以逆向溯源的"考镜源流"为辅，二者相辅相成。而21世纪以来的中国现当代文学研究，不论是"沿波讨源"，考掘作家创作的影响渊源、思想传承和知识谱系，还是"顺藤摸瓜"，考掘被以往研究所忽视的文学史潜流，都强化了谱系研究的逆向溯源意识。特别是那些建立在全面的学术功夫、纵深的学术眼光、明确的问题意识的基础上，发掘遭到忽视、遮蔽和压抑的独特文学谱系和幽微文学潜流的学术研究，往往能够带来重要的学术洞见。更重要的是，中国现当代文学研究对传统谱系研究的运用，常常综合了逻辑学、类型学、比较文学、社会学、文化学等诸多学科的学术方法，既可以通过科学的类型划分，更加严密、周全地展现谱系的构成体系，也可以借助社会学、文化学的广阔视野，洞见文学谱系所潜含的历史文化、思想观念等信息。不仅拓展了学术视野，而且深化了谱系研究。正是由于学术方法的拓展和创新，中国现当代文学研究在学术思路上也对传统谱系学有所拓展和深化。在传统的传记谱系编写、思潮流派梳理、文体流变研究之外，出现了理论话语谱系、版本谱系、作家作品的知识谱系等诸多学术思路。而且即便是传统的思潮流派谱系梳理，以及与家族宗族谱系研究相近的"形象谱系"研究，也因其学术视野的拓展，获得了广阔纵深的学术视野，取得了更加深入的学术洞见。

整体而言，传统谱系研究意在"辨章学术，考镜源流"。不论是形象谱系的建构、传统渊源的追溯，还是知识资源的发掘，都是以研究对象之间的"家族相似性"为基础,建构复杂有序的历时发展脉络,运用的主要是寻求"同一性"的建构性思维。而在后现代谱系学看来,连续的历史谱系恰恰是某种本质主义的理性目的论所建构的结果。正因此,后现代谱系学质疑进化史观所建构的连续性历史叙述,解构"起源性神话",揭露历史谱系的建构机制,并批判其背后所隐含的话语/权力关系。在解构的同时,后现代谱系学极为重视发掘被连续性谱系叙述所扭曲、遮蔽、删减的断裂、偶然、边缘等异质性"它者"。可以看到,与传统谱系学相反,后现代谱系学恰恰要质疑、解构"同一性"谱系建构,立意打破连续性的历史脉络,挖掘被传统谱系建构所压抑、遮蔽的细枝末节和偶然现象,运用的主要是寻求"差异性"的解构性思维。从表面上看来,这两种谱系研究的思维方式、学术旨归存在着巨大差异,甚至呈现出相互对立的特点。

这种学术差异,在中国现当代文学研究中也确有体现。例如,於可训曾指出:"作家无论属于何种文学派别,持有何种艺术主张,他们之间,不但存在上下传承和相互影响的关系,而且,其创作成就和艺术经验,也因为这种传承和影响的关系,经纬交织,构成了一部完整的文学家族的谱系。"[①] 这显然是运用传统谱系学来研究作家之间的影响传承关系,建构文学史谱系。然而,在具有后现代谱系学知识背景的叶立文看来,这种谱系建构"其实来自于一种本质主义的思维方式"。这一思维方式作用下的当代文学史研究,"建构文学史神话的同时,也陷入了一种本质主义的历史迷思"[②]。两种谱系学的差异,呈现为武汉大学的两位中国现当代文学研究者之间的思维方式、理论方法、学术旨趣的差异。

然而,如果没有总体性观念和连续性建构,那些散乱的事件碎片如何可能成为"历史"?离开了总体性观念和连续性建构,后现代谱系学真的可以建构出"差异的、偶然的而非同一的,零散的、碎片的而非整体的"历史研究吗?事实上,就连福柯自己也无法摆脱对总体性历史叙述的依

---

① 於可训:《中国当代文学概论》,武汉大学出版社,2009,第5页。
② 叶立文、杜娟:《论当代文学史写作中的"知识共同体"与"文学谱系学"》,《天津社会科学》2011年第2期。

傍。例如，1975年1月15日，福柯在法兰学院的演讲中，就沿用"奴隶社会"—"种姓社会"—"封建社会"—"行政君主政体社会"等总体性历史概念和社会线性演进模式，分析了权力的运作方式和功能变迁①。此外，为了反对连续性历史，福柯认为首先应该摆脱"传统""影响""发展""演进""心态""精神"等把分散事件组织为同一性、连续性整体的概念。然而，福柯却又不断提及自己的历史观念的认识论"传统"、康吉莱姆等人对他的"影响"以及他对尼采谱系学的"发展"等传承渊源。福柯自己也不得不承认，将一些建构连续性的总体概念"束之高阁"，并"不是为了最终把它们摈弃，而是……为了指出它们不是自然而就，而始终是某种建构的结果"②。

既然无法摆脱谱系建构，那么，运用后现代谱系学破除了传统谱系研究中可能存在的"本质主义迷思"之后，应该如何重建谱系研究？许多后现代谱系研究者恰恰忽视了这一问题，陷入了含混和暧昧。针对这一问题，一些研究者提出了融会两种谱系研究方法，取长补短，重构谱系研究的思路。例如，刘勇便指出，"从目前的谱系建构来看，无论是就西方福柯所强调的复杂性、差异性而论，还是就中国传统谱系观念中秩序性和关联性而言，都是有欠缺和距离的。"从后现代谱系学的角度看，传统谱系建构"存在着过于强调宏大叙事而失真的问题"。而后现代谱系学恰恰"有助于我们对历史现象丰富意味的重视"。但是，如果完全丢弃传统谱系学对历史性、秩序性和考据性的重视，后现代谱系研究"难免会陷入'只见苍蝇、不见宇宙'的窘境"③，历史也就变为混沌、迷乱的一团，毫无规律可循。因此，只有融会两种谱系学，取长补短，"既注意细节的丰富，又不放弃对历史大方向演变的探索"，才能重铸谱系研究。重铸后的谱系

---

① [法]福柯：《不正常的人：法兰西学院演讲系列（1974-1975）》，钱翰译，上海人民出版社，2003，第52页。
② [法]米歇尔·福柯：《知识考古学》，谢强等译，生活·读书·新知三联书店，2003，第21-26页。
③ 刘勇：《关于20世纪中国文学谱系研究的思考：兼论〈中国新文学大系（1917—1927）〉的历史价值与现实意义》，《北京师范大学学报》2013年第1期。

研究，既要"尊重历史过程的种种偶然、种种的'变量'，需要对这些变化的细节作出尽可能详尽的梳理"，又"不把历史看作无序的堆砌，而是承认在纵横交错、四方融汇、相互关联之中，有着某种清晰的变化发展的流脉，留意于这些事物之间的互动关系，立体地观照着事物多层面的复杂关联"①。古代文学研究者赵辉也辨析了两种谱系学的异同，认为"中西谱系及谱系学的研究对象不同，但存在一些共同点"。通过对二者的融会，赵辉提出了研究中国文学谱系的发生演变机制、建构中国文学谱系、研究中国文学谱系历史变迁等"中国文学谱系研究"的新构想②。

可以看到，融会两种谱系学的努力，大都以传统谱系学为根基，并不放弃发掘、描述和建构文学的历史谱系。而是将后现代谱系学引为文学谱系建构的学术审视意识，关注可能被忽视、遮蔽的复杂历史真相，警惕谱系建构中可能存在的学术盲区。③

---

① 刘勇、李怡：《中国现代文学编年史的理论意义与实践构想》，《北京师范大学学报》2015年第3期。
② 赵辉：《"中国文学谱系研究"的特点与价值》，《中南民族大学学报》2013年第1期。
③ 本章曾删节后公开发表。见张慎：《传统谱系学与新世纪以来的中国现当代文学研究》，《西南大学学报》2020年第2期。

第八章

后现代谱系学与 21 世纪以来的中国现当代文学研究

21 世纪以来，中国现当代文学研究的论文、专著、国家社会科学项目中以"谱系"研究冠名、作为关键词的成果日益增多，呈现出不断"升温"的趋势。在中国知网文献平台搜索近 30 年来以"谱系"为关键词的中国文学研究文献的年度发表趋势，可以看到，以"谱系"为关键词的中国文学研究论文在 1996 年前后开始增多，从 2000 年开始呈现出迅猛的增长趋势。此外，分别以"谱系"为关键词和篇名进行搜索，在所得到的所有文献中，现当代文学的研究文献所占比例最大。而检索国家社科基金项目数据库可知，从 2010 年到 2018 年国家社科基金项目数据库中以"谱系"为关键词的中国文学研究立项项目有 23 项，其中，现当代文学研究项目有 14 项，占 60.87%。此外，21 世纪以来，以"谱系"命名的中国现当代文学研究专著大量涌现。还有大量研究成果虽然不以"谱系"为篇名或关键词，实际上却运用了谱系研究的方法。因此，可以说，21 世纪以来，中国现当代文学出现了谱系研究"热"。

仔细分析可以发现，21 世纪以来中国现当代文学的谱系研究主要有两种方法论资源：其一是在中国具有悠久历史的传统谱系学，其二是西方导源于尼采、成熟于福柯的后现代谱系学。本章主要对后现代谱系学在中国现当代文学中的引入、兴起和运用情况进行学术分析，主要探讨的问题有：在 21 世纪以来的中国现当代文学研究中，后现代谱系学呈现出了哪些方法论特征？形成了哪些研究思路？存在着怎样的问题？这些研究，为中国现当代文学研究带来了哪些学术新变？又存在着哪些"盲视"和应该警惕的"误区"？

一、后现代谱系学的理论方法与学术旨归

事实上，西方传统的 Genealogy 是与中国传统的谱系研究极为相似的学术方式。例如，《不列颠百科全书》对 Genealogy 的解释是："家族渊源及历史的研究。系谱学者按祖先传宗顺序列为表谱。其形式不一，历代各国均不乏此类作品。"并指出："近代系谱学中，专业系谱学家关注的是大量家族史及系谱研究中各种主要原理。"[①] 真正给 21 世纪以来的中国现当代文学研究带来新异的方法论和独特的问题意识的，是导源于尼采、成熟于福柯的后现代谱系学。后现代谱系学虽然同样以 Genealogy 称之，但与西方传统的谱系研究有着极大的差异。

尼采的《论道德的谱系》一书，运用词源学、心理学等方法追问"人类是在何种条件下为自己发明那些善恶价值判断的"，追溯道德的"来源"，揭露了道德的建构性。例如，尼采指出，"好/坏"对立实际上源于不同阶层的价值对立。在贵族走向衰亡的时代，"好/坏"判断就会发生"颠倒"：原来只用在贵族身上的"善良""真诚"等概念便会被用来形容"下等人"，而"高贵者和当权者"则成了"恶人"[②]。在这里，Genealogy 首次成为一种解构、颠覆传统道德价值体系的理论方法。受尼采的影响，福柯将其"认知考古学"补充、完善、深化为"认知谱系学"，运用到了人文社会科学研究中。福柯认为，传统历史研究总是以某种"本质同一性"将充满断裂、差异、偶然的纷乱复杂的事件，建构为连续发展的历史与合目的的意义整体。这种历史叙述，一方面常常建构"创世式"的起源神话，认定"事物在其诞生之际最为珍贵，最为本质"，"在起点上最完美"[③]；另一方面，常常遮蔽、压抑那些不符合某种绝对理念或本质同一性

[①] 美国不列颠百科全书公司编著：《不列颠百科全书：国际中文版》第 7 卷，中国大百科全书出版社，1999，第 49-50 页。

[②] ［德］尼采：《论道德的谱系》，赵千帆译，商务印书馆，2018，第 40-46 页。

[③] ［法］米歇尔·福柯：《尼采·谱系学·历史学》，见汪民安，陈永国编：《尼采的幽灵：西方后现代语境中的尼采》，社会科学文献出版社，2001，第 118 页。

的断裂、偶然等异质性"它者"。而这恰恰暴露了整体性历史叙述中所潜含的话语权力控制机制。

因此，福柯的后现代谱系学的主要思路是：1. 质疑由理性目的论、进化史观所建构的连续性总体历史叙述，发掘被扭曲、遮蔽、删减的断裂、偶然、边缘等异质性"它者"。2. 解构"起源神话"，认为那"都是一点点地从异己的形式中建构出来的"，是某种绝对理念、理性目的论等观念预设下的结果。为此，后现代谱系学倡导研究非本质化的发生源起，认为任何事物都不可能具有纯粹的起源，"在事物的历史开端所发现的，并不是其坚定不移的起源留下的同一性；而是各种异它事物的不一致"[①]。事物的演变也并非连续的线性发展，文化继承也并非不断积累、不断进步的过程，而是"裂痕与断裂的汇集，是不同性质断层的集结"[②]。3. 分析那些纷乱复杂的事件碎片是如何被建构成连续性整体的，揭露知识的建构规则及其出现、发展、变化的情况，发掘特定时期思想文化的深层结构。4. 揭露、批判话语塑形中潜在的权力关系。特别是随着福柯日益介入现实，后现代谱系学的权力批判不再仅仅是观念性的话语批判，而是在明确地"反对现实社会中存在的权力控制"，具有了现实批判的意图[③]。福柯对疯癫、监狱、性等领域的研究，便揭露了权力规训社会、控制主体的实质[④]。

更重要的是，后现代谱系学隐含着一种认识论的变革。在后现代谱系学看来，知识不再是客观普遍的真理，而是特定话语建构的结果，都带有特定的视角性和有限性。这种认知观念由本体论向建构论的转向，知识性质由普遍性向特殊性的转变，认知方式由本质主义向历史主义的转变，对21世纪以来的中国现当代文学研究造成了极大的影响。越来越多的研究者

[①] [法]米歇尔·福柯：《尼采·谱系学·历史学》，见汪民安，陈永国编：《尼采的幽灵：西方后现代语境中的尼采》，社会科学文献出版社，2001，第117-118页。
[②] 李震：《福柯谱系学视野中的身体问题》，《求是学刊》2005年第2期。
[③] 张一兵：《回到福柯：暴力性构序与生命治安的话语构境》，上海人民出版社，2016，第308页。
[④] 胡颖峰：《规训权力与规训社会：福柯政治哲学思想研究》，中央编译出版社，2012，第175页。

不再承认知识观念和历史叙述具有天然的普遍性和真理性,而是将其视为特定历史话语建构的结果;越来越多的研究者日益注重分析知识观念、叙述话语的历史动机、生成机制和建构过程,揭示其中蕴含的权力关系。经过这种反本质主义研究和"历史化"研究,过去被认定为"历史真实"的文学史叙述和价值观念,纷纷"降格"为具有历史性的特定认识,甚至遭到了质疑和否定。从而在强化了学术研究的反思批判意识的同时,也隐含着陷入相对主义、虚无主义的危险。

二、后现代谱系研究的引入和兴起

在国内,较早运用后现代谱系学研究中国现当代文学的著作,是李杨出版于1993年的《抗争宿命之路:"社会主义现实主义"(1949-1976)研究》。该书对"社会主义现实主义"及其叙事、抒情、象征三种话语类型进行了后现代谱系学分析,揭示了形成这些话语类型的意识形态机制:"'社会主义现实主义'的发生发展与中国对西方的回应/反抗有关。文学从叙事到抒情再到象征的变化,显示了意识形态的深刻变革。叙事的目的在于建立一个现代民族国家。抒情是完成了建立国家的任务之后对主体性/人民性的颂歌;而象征则根源于再造他者、继续革命这一最'现代'的幻想。"[①] 此后,李杨一直致力于运用知识考古学、知识谱系学进行文学史研究,并出版了在"知识考古学/谱系学"视阈中审视文学史观念的专著《文学史写作中的现代性问题》。

此外,1993年出版的《再解读:大众文艺与意识形态》一书,也呈现出后现代谱系学的研究思路。在该书的"代导言"中,唐小兵指出:再解读"最深刻的冲动来自于对历史元叙述的挑战,对奠基性话语(关于起源的神话或历史目的论)的超越";再解读"要揭示出历史文本后面的运作机制和意义结构","暴露出现存文本中被遗忘、被压抑或被粉饰的异质、

---

① 李杨:《抗争宿命之路:"社会主义现实主义"1942-1976研究》,时代文艺出版社,1993,第7页。

混乱、憧憬和暴力";再解读的"出发点与归宿必然是意识形态批判",这"决定了解读的解构策略和颠覆性"①。这些思路,完全是后现代谱系学的研究方式。当然,收入该书的文章"志趣各异,错落斑斓",并非都运用了后现代谱系学的研究方法。然而,此书综合运用后现代谱系学、后殖民主义、女性主义、西方马克思主义等理论,对"社会主义文学"进行再解读和文化研究,对此后的中国现当代文学研究产生了重要影响,掀起了再解读和文化研究的潮流。21世纪以来的后现代谱系研究热,与此书的影响有着重要的关系。

另一位对国内的后现代谱系研究形成重要影响的学者,是王德威。早在1983年,王德威便翻译了福柯的《认知考古学》一书。1993年,该书以《知识的考掘》为名在台湾出版。在为该书所写的两篇导读中,王德威详细讨论了福柯的"考掘学"与"宗谱学"的学术旨趣、概念体系及其存在的问题。1997年,王德威在美国出版的《被压抑的现代性:晚清小说新论》一书,便运用后现代谱系学,从晚清文学中重新考掘了丰富、复杂的现代性"源起",批判了"五四"启蒙现代性对这些"多元现代性模式"的压抑和遮蔽,解构了在国内成为主流观念的"五四""起源神话"。虽然此书2005年才在国内翻译出版,但该书的部分内容,特别是其具有方法论性质的导论《被压抑的现代性:没有晚清,何来"五四"》一文,在1998年便收入王德威的《想像中国的方法:历史·小说·叙事》一书在大陆公开出版。"没有晚清,何来'五四'"的说法,对国内的中国现当代文学研究产生了巨大冲击和影响。

在这种学术思潮影响下,许多研究者开始汲取后现代谱系学的研究思路,运用到研究、教学中来。1990年代末,洪子诚开设的"当代文学史研究问题"选修课便呈现出后现代谱系学的问题意识和学术思路。例如,他讨论"学科话语"对文学史写作的规定性,指出到了1980年代,由于"学科话语"的改变,20世纪50-70年代文学史叙述中现代文学与当代文

---

① 唐小兵:《我们怎样想象历史(代导言)》,唐小兵编:《再解读:大众文艺与意识形态》,北京大学出版社,2007,第15页。

学的"学科等级关系"发生了"颠倒"①。这种论述，与尼采揭示"好/坏"道德标准随时代的转型而发生"颠倒"的思路极为相似。再如，他强调文学史研究应该关注"那些我们经常使用，习焉不察的事实、概念、评价，是如何形成的，是通过什么样的办法'构造'出来的？"应该"使过去那些表面看起来很严密、统一的叙述露出裂痕，能够在……看起来很平滑、被词语所抹平的'板块'里头，发现错动和裂缝，……揭露其中的矛盾性和差异"②。这些研究思路，显然是受到了后现代谱系学的启发。

2005年前后，"以程光炜为代表的一批学者强化了'文学知识考古学'式的研究实践，推动了'重返八十年代'的研究"③。李杨、程光炜、贺桂梅等"重返八十年代"研究者，将后现代谱系学与知识社会学、后殖民理论、意识形态批判理论综合起来，"对1980年代的'启蒙'、'现代化'、'人道主义'、'纯文学'等思潮和观念进行了知识权力批判"④。事实上，在2000年发表的《当代文学中的历史文献"解密"问题》一文中，程光炜便已呈现出后现代谱系学的研究思路，审视了1980年前后对20世纪50—70年代批判运动文献的发掘，分析了文献解禁与封存背后的权力机制，揭示了"1980年后当代文学研究面貌、发展走向的根本思想逻辑和知识谱系"⑤。贺桂梅相关研究思路的形成，可能与对洪子诚、李杨等北大老师的学术传承有关。早在1999年出版的《批评增长的危机》一书中，贺桂梅便开始运用后现代谱系学清理批评家、批评群落、批评现象的知识资

---

① 洪子诚：《问题与方法：中国当代文学史研究讲稿》，生活·读书·新知三联书店，2002，第8-9页。
② 洪子诚：《问题与方法：中国当代文学史研究讲稿》，生活·读书·新知三联书店，2002，第89页。
③ 张清华：《变奏与对话：21世纪以来当代文学研究的理论问题及其旨趣》，《文艺争鸣》2015年第6期。
④ 张慎：《"重返八十年代"的"新左翼"立场及其问题》，《当代作家评论》2015年第4期。
⑤ 程光炜：《当代文学中的历史文献"解密"问题》，《文学前沿》2000年第2期，第196页。

源、文化态度和价值立场①。只是在该书中,她还没有呈现出强烈的话语权力批判意识。而在"重返八十年代"文学研究中,她运用后现代谱系学审视、批判了1980年代的人文思潮,出版了《"新启蒙"知识档案:80年代中国文化研究》一书。此外,受程光炜等老师的影响,参与"重返八十年代"研究的中国人民大学等重点高校的中国现当代文学专业博士生也大都展现出后现代谱系学的研究思路。从中也可见出,21世纪以来中国现当代文学后现代谱系研究的发展,与北京大学、中国人民大学等高校的地缘、学缘有着密切的关系。当然,由于《当代作家评论》《南方文坛》《文艺争鸣》《文艺研究》等重要文学研究刊物先后为"重返八十年代"研究开设专栏,相关研究成果也迅速被人大复印报刊资料转载,并很快以"八十年代研究丛书"陆续出版。密集的刊物栏目策划和丛书出版,都使相关研究得到了广泛的传播。再加上学术交流的日益便捷、频繁,这一学术趋势很快对21世纪以来的中国现当代文学研究产生了重要影响。

三、后现代谱系学与文学作品"再解读"

整体来看,中国现当代文学研究对后现代谱系学的运用,主要集中在文学作品"再解读"和学术史(学科史)审视两个方面。我们首先对作品"再解读"研究的情况进行学术分析。

在《抗争宿命之路》一书中,李杨通过考掘交织在"社会主义现实主义"文学中的各类话语,揭示了《青春之歌》《暴风骤雨》等作品的话语塑形机制和意识形态基础。例如他揭示了《青春之歌》中林道静的婚姻选择、个人成长等情节发展的意识形态机制。只不过受其强烈的理论立场的影响,他将林道静的成长历程解读为中国获得现代国家本质的过程,将不同男性对林道静的追求解读为不同意识形态话语对中国的"角逐"②,过分"民族寓言"化了。也许是意识到了这种过度阐释所存在的问题,李杨后

---

① 贺桂梅:《批评增长的危机》,山西教育出版社,1999,第65-70页。
② 李杨:《抗争宿命之路:"社会主义现实主义"1942-1976研究》,时代文艺出版社,1993,第61-72页。

来的再次解读舍弃了"民族寓言"的思路,"把个体的林道静视为整体性的'中国知识分子'的象征",认为林道静对余永泽、卢嘉川、江华等不同男性的选择,体现了中国知识分子的思想道路选择①。可见,后现代谱系学在将话语意识形态化时,如何准确判断其意识形态性质和功能,是需要重视的问题。

而在《再解读》一书中,刘禾"重返"萧红的《生死场》,揭示了小说中的女性性别意识与民族国家话语之间的交锋、纠缠的复杂情况;孟悦挖掘了不同版本的《白毛女》中"不同话语、不同文化传统之间的摩擦、互动乃至相互渗透"的情况,指出《白毛女》的故事是"地方民间信仰的背景""从上而下引导"的"大众文艺"运动、"五四"以来的新文学渊源、"解放区"政治文化和意识形态等多种话语机制合力塑形的结果②。总体而言,"再解读"呈现出"考察同一文本在不同历史阶段的结构方式和文类特征上的变化,剖析不同文化力量在文本内的冲突或'磨合'关系";"讨论作品的具体修辞层面与其深层意识形态功能(或文化逻辑)之间的关联";"试图把文本重新放置到产生文本的历史语境之中,……探寻文本如何通过压抑'差异'因素而完成主流意识形态话语的全面覆盖"③ 等后现代谱系学研究思路。

"重返八十年代"研究对1980年代作品再解读的思路有:第一,揭示文学创作中复杂的话语构成和塑形机制,展现不同话语之间的冲突和磨合。例如,程光炜一方面揭示了伤痕文学的"核心概念、思维方式甚至表现形式"与"十七年文学"话语的内在联系④,另一方面指出伤痕文学"实际上并没有真正掌握表现历史记忆的全部权利。……一种力量在'控制记忆资源',不让更多的读者通过伤痕文学了解到远比文学更为深层次

---

① 李杨:《50-70年代中国文学经典再解读》,山东教育出版社,2002,第127页。
② 孟悦:《〈白毛女〉演变的启示:兼论延安文艺的历史多质性》,唐小兵编:《再解读:大众文艺与意识形态》,北京大学出版社,2007,第51页。
③ 贺桂梅:《历史与现实之间》,山东文艺出版社,2008,第190-192页。
④ 程光炜:《"伤痕文学"的历史局限性》,《文艺研究》2005年第1期。

的东西"①。第二，挖掘文学创作的"知识谱系"，并对其进行"话语/权力"批判。例如，许多研究者揭示了"改革文学"的"现代化"知识谱系及其与国家意识形态权力的关系②，甚至由此认定"改革文学"是"国家文学"，认为"'改革文学'对'国家话语'的'复述'而造成思维方式的单一，最终成为一种'虚假的文学'"③。在进行话语/权力批判之时，也有研究者运用后殖民主义思路，认为1980年代的"现代化"思潮是受到了"美国现代化理论的影响"，"具有鲜明的意识形态特征"④。第三，挖掘被"权力话语"所压抑、遮蔽的异质性成分。例如，程光炜通过考掘王安忆《小鲍庄》的创作"缘起、人物原型和故事原生态"，挖掘了《小鲍庄》中"在批评家的预期和设计之外更多的故事题材、模型和叙述的可能性"。认为当时李劼、陈思和等批评家的解读，受"配合着国家现代化目标"的新启蒙"知识逻辑"的影响，"故意抽取了小说中改造国民性叙述和神话叙述的部分，同时掩盖或扔掉了革命历史题材和农村题材叙述的部分和其他的部分。"⑤再如，他从池莉的《烦恼人生》中发掘出不同于"新启蒙""精英主义""知识分子"文学的"新兴资产阶级"文学脉络，认为当时文学批评对《烦恼人生》的批判，是"80年代所培养出来的文学贵族……压抑新兴资产阶级力量的兴起"⑥。可见，"重返八十年代"研究挖掘被压抑、遮蔽的异质性成分，固然揭示了某种历史复杂性，同时也更在于以之来批判、解构1980年代所形成"现代化"话语及其文学史叙述。

需要指出的是，面对不同时期的文学作品，研究者运用后现代谱系学

---

① 程光炜：《"伤痕文学"的历史记忆》，《天涯》2008年第3期。
② 张慎：《新世纪"改革文学"研究的理论反思》，《江西社会科学》2018年第1期。
③ 张伟栋：《"改革文学"的"认识性的装置"与"起源"问题：重评〈乔厂长上任记〉兼及与新时期文学的关系》，《当代作家评论》2009年第3期。
④ 旷新年：《视阈的转换：从"追求现代化"到"反思现代性"》，《西南民族大学学报》2012年第1期。
⑤ 程光炜：《批评的力量：从两篇评论、一场对话看批评家与王安忆〈小鲍庄〉的关系》，《上海文学》2010年第6期。
⑥ 程光炜：《1987：结局或者开始》，《上海文学》2013年第2期。

进行"再解读"时，呈现出了微妙的策略差异：解读20世纪40—70年代作品，主要是挖掘政治话语之外的"女性性别意识""民间叙事传统"等其他话语力量，呈现其丰富性、复杂性，而非揭示、批判"宰制"其文学叙述的主流意识形态话语；解读20世纪80年代作品时，则致力于揭示其与"现代化"国家意识形态之间的密切关系，对其进行话语权力批判。即便是挖掘异质性成分和历史复杂性，也有着强烈地解构、批判"现代化"知识谱系的学术意图。孟悦曾经谈及这种学术选择的策略性，认为如果仍然运用后现代谱系学挖掘20世纪40-70年代文学中的政治话语运作方式，虽然"有相当深刻的意义"，"却有自身的局限性，……容易流于一种简单的贬斥"，"福柯的权威形象反倒成了对批判者自身'话语'背景的庇护。"① 李杨也认为"如果我们只是在80年代的意义上使用这些概念，那么……这些反思性的概念再度转变成为我们熟知的压抑性范畴"。在他们看来，后现代谱系学的真正价值，在于对1980年代所建立的"主流文学史叙事"的反思和批判②。可见，尽管存在着微妙的策略性差异，但对两个时期文学作品的再解读，却又有着共同的学术旨趣：反思、批判1980年代所形成的"现代化"知识谱系以及由此而形成的学术研究范式。

四、后现代谱系学与学术史审视

事实上，后现代谱系学更多地被运用于中国现当代文学的学科史、文学史、批评史的学术审视中。即便在许多"再解读"研究中，也都贯穿着审视学术史、批评史的学术意图。例如，刘禾对《生死场》的再解读便审视了现代文学批评史上鲁迅等男性批评家使得"国家民族主义的解读"成了萧红作品的"唯一的解读规则"；程光炜对《小鲍庄》《烦恼人生》的重读，同样审视、批判了1980年代文学批评史。整体来看，运用后现代谱系学进行学术史研究的思路主要有：

---

① 孟悦：《〈白毛女〉演变的启示：兼论延安文艺的历史多质性》，唐小兵编：《再解读：大众文艺与意识形态》，北京大学出版社，2007，第48页。
② 李杨：《50-70年代中国文学经典再解读》，山东教育出版社，2002，第366页。

第一，批判"起源神话"，重新认识"现代文学""新时期文学"的发生源起，挖掘、打捞被主流文学史叙述所忽视、压抑、遮蔽的异质性文学话语。众所周知，在"新文学""中国现代文学"等文学史叙述，尽管史学观念、价值尺度曾几经变化，对"五四"性质的认定也存在着极大的差异，但却都是通过"五四"与传统的差异、断裂，来确立"五四"的"新纪元"意义。在王德威看来，恰恰是"五四""引领我们进入以西方是尚的现代话语范畴"，将"线性发展的时间规划、对知识的启蒙与自新的渴求"等单一现代性模式"抬举成一个魔术字眼，预设了种种规定和目标"。而他的晚清小说研究则是通过"傅柯式的探源、考掘工作"，"从典范边缘、经典缝隙间"，"重理世纪初的文学谱系，发掘多年以来隐而不彰的现代性线索。"[①] 而"重返八十年代"研究同样倡导反思"新时期"文学的"起源神话"，重识"新时期"文学的发生源起。为此，李杨借鉴王德威"没有晚清，何来'五四'"的说法，提出了"没有'十七年文学'与'文革文学'，何来'新时期文学'"的观点，认为"'新时期文学'的主潮无不打上了'十七年文学'与'文革文学'的深深的印迹。"[②] 程光炜也认为应该突破"断裂论"，而从"关联论"的角度重新认识"八十年代文学"与"十七年文学"之间的关系[③]。此外，挖掘1980年代文学中被过去的文学史叙述所遮蔽、忽视的复杂性、异质性、关联性，也是"重返八十年代"研究的重要学术目标。

第二，揭示文学史叙述的话语建构性，挖掘文学史叙述背后的"认知装置"和价值立场。李杨的《文学史写作中的现代性问题》一书便运用后现代谱系学的建构论知识观，"挖掘和评估各种文学史写作所依赖的思想规矩""探究不同类别的文学史框架如何在不同时代的知识和制度语境的

---

① 王德威：《被压抑的现代性：晚清小说新论》，宋伟杰译，北京大学出版社，2005，第23-24，第56页。
② 李杨：《没有"十七年文学"与"文革文学"，何来"新时期文学"?》，《文学评论》2001年第2期。
③ 程光炜：《新时期文学的"起源性"问题》，《当代作家评论》2010年第3期。

支配下积累自己的问题意识和表述问题的方式"①。而"重返八十年代"研究的学术目的，也是试图通过揭示1980年代文学的话语建构性及其文学史写作的"认识装置"，来清理学术史，更新1980年代文学研究的思维方式、文学史观念和研究方法，进行"历史重释"。例如，程光炜认为"'80年代文学'是一个与'改革开放'的国家方案紧密配合并形成的文学时期和文学形态。在'改革开放'这一个'认识装置'里'十七年文学'、'文革文学'变成被怀疑、被否定的对象……。久而久之，以上'80年代文学'的历史逻辑，它的高度共识和'成规'就密布在研究者的周边，既成为'当代文学'研究的重要根据，同时也对进一步的研究造成巨大的障碍。"② 事实上，黄修己的中国现代文学史编撰史、温如敏等研究者的中国现当代文学学科史等传统的学术史研究，同样注重揭示不同文学史写作之间的观念、方法、价值立场的差异。后现代谱系学的引入，显然可以强化学术史研究的这种知识学审视意识。

更重要的是，认识到文学现象的话语建构性之后，后现代谱系学常常综合教育学、社会学、政治经济学等各个学科的研究视阈，揭示大学体制、学科建制、文学制度、出版传媒、意识形态等种种话语机制、生产制度对文学现象、文学研究的"塑形"和建构作用。例如，孙桂荣挖掘了建构"韩寒现象"的多元力量：既有"新媒体的推波助澜"，也有大众"对低龄和非职业化写作的推崇""对文坛'边缘人'的热衷"，更与"社会意识的结构性调整"所引发的"知识分子的'再政治化'渴望"密切相关。因此，"韩寒现象""是新世纪文化生产方式、大众热点、媒体权力与知识界的话语需求'合谋'的产物"③。而且，历时分析不同"知识谱系"对同一研究对象的不同"塑形"，能够呈现相关研究的学术变迁，从而成

---

① 李杨：《文学史写作中的现代性问题》，山西教育出版社，2006，第13页，第79-88页。
② 程光炜：《前面的话》，《文学讲稿："八十年代"作为方法》，北京大学出版社，2009，第1-2页。
③ 孙桂荣：《韩寒：新世纪知识谱系中的深度索解》，《文艺争鸣》2011年第4期。

为中国现当代文学学术史研究的一种重要思路。例如，吴翔宇梳理了鲁迅形象历经"启蒙先锋""左翼旗手""鲁迅方向"乃至新时期以来的"再经典化"与"去经典化"等嬗变历程。既展现了不同的历史语境、文化机制和意识形态诉求对鲁迅形象的建构、对鲁迅精神资源的整合历程，又能透过不同文化语境中生成的鲁迅形象，洞悉不同"接受者的心态及期待诉求"，"折射和呈现现代中国的演进轨迹。"①

第三，后现代谱系学虽然也像传统谱系研究那样，挖掘作家作品、思潮现象的传统渊源和知识资源，但并不止步于此，而是还要揭示其知识谱系的"意识形态性"，对其进行"话语/权力"批判。李杨便强调：福柯的"知识谱系学"还要"进而揭示话语与权力之间的关系"，可以"启示我们进一步关注蕴含于'文学史'话语之中的权力要素。"② "重返八十年代"研究揭示了1980年代文学的"现代化""认知装置"之后，同样对其进行了"话语/权力"批判。例如，贺桂梅揭示了先锋小说的"西方现代主义"知识谱系，认为其知识谱系的"'世界主义'（实则是'西方主义'）"立场"使它们悬浮于当代中国的'地点和时间'之外"，忽视了文学创作的民族性、地方性、历史性；先锋小说所确立的"个体自我"，既符合了当时的"纯文学"主流观念，也"呼应着80-90年代之交被市场主义和消费主义所构建的个人主义的主体想象"；先锋小说"并非如自己所想象的那样'自由'和'解放'，而是将'反现实主义'作为了文学的非意识形态化过程的意识形态"③。这些论述分别运用后殖民主义、知识社会学以及"泛意识形态批判"的思路，对先锋小说的知识谱系进行了话语权力批判。事实上，我们从诸多"重返八十年代"研究文章中，都可窥见"钩沉历史细节——揭示知识谱系——话语权力批判"这一共同的研究模式。

---

① 吴翔宇：《20世纪中国文化语境下的"鲁迅形象"研究》，南京大学出版社，2017，第12页。
② 李杨：《文学史写作中的现代性问题》，山西教育出版社，2006，第10-13页。
③ 贺桂梅：《先锋小说的知识谱系与意识形态》，《文艺研究》2005年第10期。

需要指出的是，一些研究者在进行"话语/权力"批判的时候，常常会出现两个应该警惕的问题：其一是将知识谱系过度意识形态化。例如有研究者将21世纪以来的文学创作对传统文学资源的"技术性借鉴"，认定为"与民族主义政治的命意完全重合"，是"把中国文学的发展与民族国家想象及其追求捆绑在一起"，"内质里潜藏着渴望世界/西方文学接纳与承认的奢望。"① 这种过度意识形态化的解读，很难说是切合实际的。其二是在将文学现象"再政治化"的过程中，常常会流露出本质化、简单化的思路。例如，许多研究常常通过"反政治的政治""非意识形态化的意识形态"等逻辑，将1980年代的"纯文学""向内转""先锋文学"等文学思潮的知识话语做"泛意识形态化"处理，却没有辨析两种不同的意识形态在性质、功能上的差别。"纯文学"所反抗的"意识形态"与"纯文学"自身所携带的意识形态性是否是一回事？后现代谱系学揭示了文学话语的意识形态性之后，是否还应该回到具体的历史语境，辨析不同话语的"权力"之间的重要差别？

此外，还应该看到，不同的研究者对后现代谱系学的汲取和运用存在着极大差异。洪子诚的文学史研究便对后现代谱系学进行了非常重要的个人转化。一方面，他将后现代谱系学的运用限定在揭示文学史的话语建构性上，很少进行激烈的话语权力批判。后现代谱系学给他提供的并非是强烈的学术"颠覆"冲动和价值"解构"意图，毋宁是审视文学史观念的有限性的研究方法和警惕研究者"自身限度"的学术意识②。在揭示了文学史的话语建构性之后，洪子诚并不因其都具有建构性，便将不同的话语等同视之。在关于当代文学史"一体化"的讨论中，洪子诚不同意李杨、刘复生等人认为1980年代与50—70年代相比"中国文学在'一体化'上

---

① 甘浩：《新的民族主义政治：新世纪文学重续传统的知识谱系与意识形态》，《河南大学学报》2010年第6期。
② 洪子诚在其《中国当代文学史》中运用福柯的"谱系学"、韦伯的"知识学"方法来处理当代文学现象时，便对"历史化"所强调的研究主体自身的"价值中立"有着自觉的践行，对个体研究者的"自身限度"有所警惕。见洪子诚：《当代文学史写作及相关问题的通信》，《文学评论》2002年第3期。

'没有根本性的变化'"的看法,而是对不同的"一体化"做出了历史区别和价值辨析①。从中也可见出,在后现代主义价值解构思潮的冲击下,洪子诚在对"历史化"研究的"犹豫不决"中,依然有着自己的价值坚守,不愿轻易放弃"对于启蒙主义的'信仰'和对它在现实中的意义"②。正因此,他对后现代谱系学有所反思:"是不是任何的叙述都是同等的?我们是否应质疑一切叙述?……在一切叙述都有历史局限性的判定之下,我们是否会走向犬儒主义、走向失去道德责任与逃避必要的历史承担?"③另一方面,尽管在后现代谱系学看来,一切历史叙述都具有话语建构性。但洪子诚并没有放弃历史研究要接近历史真相的目的,他发掘被文学史叙述所遮蔽的"错动和裂缝""矛盾和差异"等现象,仍然是以呈现丰富复杂的历史细节、还原"历史真相"为旨归。他甚至将后现代谱系学"考掘差异"的意识与自己扎实细密的文献考证功夫结合起来,形成了"材料与注释"的研究方法和学术体例。

五、后现代谱系研究的价值和问题

可见,后现代谱系学对 21 世纪以来的中国现当代文学研究形成了重大的影响。后现代谱系学的反思性、批判性学术立场,有助于审视已有研究中的本质主义、话语遮蔽等弊端,强化了中国现当代文学研究的学术审视意识。后现代谱系学对偶然性、边缘性、异质性的有意发掘,也为中国现当代文学研究提供"求新求异"、寻求突破的学术动力。在其建构论知识观的影响下,研究者不再将知识观念视为"不证自明"的普遍真理,而是将其语境化、历史化、相对化,可以更加客观地认识其价值和限度。在后现代谱系学的影响下,中国现当代文学研究逐渐形成了自觉审视研究对象的知识谱系、价值立场和建构机制的知识学立场,由表面的现象梳理走向

---

① 洪子诚:《序》,刘复生:《历史的浮桥:世纪之交"主旋律"小说研究》,河南大学出版社,2005,第2—3页。
② 洪子诚:《当代文学史写作及相关问题的通信》,《文学评论》2002年第3期。
③ 洪子诚:《我们为何犹豫不决》,《南方文坛》2002年第4期。

了纵深的学术追问。在进行知识学追问时,后现代谱系学常常综合社会学、经济学、思想史、制度史等诸多领域的理论资源和思维方法,形成了广阔、多元的跨学科研究视野。因此,可以说,后现代谱系学为21世纪以来的中国现当代文学研究带来了思维观念的更新、研究方法的蜕变与问题意识的拓展。

然而,也应看到,无论是后现代谱系学自身的理论预设,还是中国现当代文学研究的具体运用,都存在着值得反思的问题。

首先,后现代谱系学无法摆脱自身理论预设的批判和质询。后现代谱系学宣称要反对总体性历史观念和连续性历史叙述。然而,如果没有总体性观念和连续性建构,后现代谱系学真的可以建构出"差异的、偶然的而非同一的,零散的、碎片的而非整体的"历史研究吗?事实上,就连福柯自己也无法摆脱对总体性历史叙述的依傍。为了反对连续性历史叙述,福柯认为首先应该摆脱"传统""影响""发展""演进"等把分散事件组织为连续性整体的概念。然而,福柯却又不断提及自己的历史观念的认识论"传统"、康吉莱姆等人对他的"影响"以及他对尼采谱系学的"发展"等传承渊源。福柯自己也不得不承认,将一些建构连续性的总体概念"束之高阁",并"不是为了最终把它们摈弃,而是……为了指出它们不是自然而就,而始终是某种建构的结果"[1]。正因此,王德威认为福柯的知识考古学"难逃自身预设的局限",质疑了"'考掘学'与传统史学果能一刀两断"的可能性[2]。

中国现当代文学中的后现代谱系研究,同样没有彻底摆脱历史宏大叙述和线性谱系建构。例如,尽管王德威的《被压抑的现代性:晚清小说新论》一书中充满了对线性历史观、历史目的论的警惕,但在具体的研究中,却同样无法摆脱对线性历史的勾勒。从新异的角度发掘近代、现代、当代文学创作中潜在的"家族相似性"现象,将其建构为独特的文学谱

---

[1] [法]米歇尔·福柯:《知识考古学》,谢强等译,生活·读书·新知三联书店,2003,第21-26页。

[2] [法]米歇·傅柯:《知识的考掘》,王德威译,麦田出版有限公司,1993,第6页。

系，恰恰是他的学术追求之一。此外，中国现当代文学的后现代谱系研究，往往从解构"现代性""现代化""民族国家文学"等宏大概念出发，最终却又建构了"反现代的现代先锋派文化运动""反现代的现代性"等本质化的总体性历史概念，同样难逃自身理论预设的自我质询。

其次，后现代谱系学的反本质主义思维和建构论知识观，很容易陷入相对主义的泥淖。众所周知，通过同一性思维来归纳事物的共性、探寻事物的本质，是人类最基本的认知方式。如果彻底取消了对事物本质或本性的归纳，认识将如何成为可能？过去，基于"人类"共通性的认识，我们相信"真理不依赖于人的欲望……，对所有人都一样"。然而，在知识建构论看来，知识与特定群体的特殊利益、特殊需要、特殊愿望联系在了一起。"人类"的共通性被阶级、种族、地域等不同的对立群体所取代。"无论'正确'和'正义'这些抽象的概念过去真正的含义是什么，……都走向了相对主义，进入了一种可怕的阶段，如'真理是相对于阶级而言的'，'正义是相对于种族而言的'"[1]。知识建构论在研究某个观念时，往往过分关注观念的生产机制，而忽视了观念本身。常常在将知识语境化、历史化之后，将知识的特殊性与共通性对立起来，忽视了不同历史语境、人类群体的知识观念也存在着共同有效的可能性。

由此审视21世纪以来的中国现当代文学研究，是否也仅仅揭示知识的建构机制，而忽视了知识内容本身的价值？在揭示了文学观念的建构性之后，是否还应该谨慎考虑这些知识观念的有效性问题？例如，1980年代所建构的"现代化""人道主义"等价值观念，以及由此而衍生出来的文学经验，是否真的已经毫无价值了？在指认了文学"知识谱系"的"西方"来源之后，是否还应该认识到中国文学选择这些知识观念并非仅仅源于"西方话语霸权"，而是要解决本土的现实问题？不同历史语境、人类群体的知识观念是否也具有超越其时间、地域、群体范围的有效性？

最后，"认知考古学"对价值判断的"悬置"，可能会导向价值虚无主

---

[1] ［瑞士］阿隆·古尔维奇：《关于现代虚无主义》，［美］詹姆斯·麦克亚当斯编：《现代危机：政治学评论1939-1962》，曹磊译，新星出版社，2012，第135-140页。

义。福柯宣称"认知考古学"仅作客观描述,而不做价值评判。李杨也指出,"在'知识考古/谱系学'的视阈中讨论文学史问题",是"在不考虑话语'对'与'错'或'是'与'非'的前提下,研究某些类型的特殊话语的规律性以及这些话语形成所经历的变化。"① 这种"悬置"自身的价值立场,将研究对象"推拒为一个审视的对象,……以便有效地审视它,而非或激进或保守地批判之"的"知识学"研究方式②,有助于客观化、历史化地审视研究对象的知识谱系、价值预设和建构机制。然而,并不能因为历史叙述都具有话语建构性和价值预设,便放弃文学批评、文学研究、文学史写作的价值立场。"如果没有衡量认识和道德的基本标准,真假与善恶也就没法区分了"③。正因此,福柯后来的"认知谱系学"并不惮于承认其研究视角和价值立场,"承认历史感并非不偏不倚的体系。它从特定的角度出发观察,带着特有的偏好加以褒贬"④。只不过,需要谨慎处理主体价值立场与历史客体之间的关系问题。

有意思的是,中国现当代文学中存在的问题,还不仅仅是价值虚无,而是常常并不恪守"知识学"研究与"主义话语"之间的学术界限。知识学研究则强调研究者"悬置"自身的价值立场,客观化、历史化地审视研究对象;而"主义话语"是带有"价值论断的社会化思想言论"⑤,强调介入性的价值判断。许多中国现当代文学研究者常常一方面以"知识学"研究揭露已有研究的话语建构性,另一方面却并没有以同样的方式来审视自己的学术话语,而是将"一切历史都是当代史"作为突显自己学术"当下意识"的重要理由。后现代谱系学所潜含的"知识学"研究方法最终沦

---

① 李杨:《文学史写作中的现代性问题》,山西教育出版社,2006,第23-27页。
② 刘小枫:《前言》,《现代性社会理论绪论:现代性与现代中国》,上海三联书店,1998,第3页。
③ 陶东风:《文学理论的公共性:重建政治批判》,福建教育出版社,2008,第72页。
④ [法]米歇尔·福柯:《尼采·谱系学·历史学》,见汪民安、陈永国编:《尼采的幽灵:西方后现代语境中的尼采》,社会科学文献出版社,2001,第131页。
⑤ 刘小枫:《现代性社会理论绪论:现代性与现代中国》,上海三联书店,1998,第198页。

为了解构已有研究、确立自己价值观念的"武器"。

　　总而言之，后现代谱系学的批判性、解构性研究策略具有重要的学术反思价值，却又无法摆脱自身理论预设的批判和质询：反对连续性历史叙述，却建构了另一种连续性；解构宏大概念，却建构了新的宏大概念；反对本质主义，自身却又没有摆脱本质主义思维。其反本质主义思维和建构论知识观，也隐含着相对主义、虚无主义的困境。特别是，既然无法摆脱连续性的历史谱系建构，那么，运用后现代谱系学破除了传统谱系研究中可能存在的"本质主义迷思"之后，应该如何重建谱系研究？针对这一问题，一些研究者提出了融会两种谱系研究方法，取长补短，重构谱系研究的思路①。这种融会的努力，大都以传统谱系研究为根基，并不放弃文学谱系的建构；引入后现代谱系学，关注可能被忽视、遮蔽的历史细节，警惕可能存在的学术盲区，强化了文学谱系建构的学术审视意识。②

---

① 相关研究如：刘勇：《关于20世纪中国文学谱系研究的思考：兼论〈中国新文学大系（1917—1927）〉的历史价值与现实意义》，《北京师范大学学报》2013年第1期；刘勇，李怡：《中国现代文学编年史的理论意义与实践构想》，《北京师范大学学报》2015年第3期；赵辉：《"中国文学谱系研究"的特点与价值》，《中南民族大学学报》2013年第1期。
② 本章曾删节后公开发表。见张慎：《后现代谱系学与新世纪以来的中国现当代文学研究》，《西南民族大学学报》2020年第7期。

下编 02
|现当代作家作品研究|

第九章

钱玄同与湖州公社、《湖州白话报》等情况新考

在现有的钱玄同研究中，研究者大多通过钱玄同的《三十年来我对于"满清"的态度底变迁》和《钱玄同自撰年谱》中所言及的内容，来了解《湖州白话报》的情况。也有部分研究者注意到了《警钟日报》上所刊登的《湖州白话报》广告[1]。但大多只注意到了广告中所言及的《湖州白话报》栏目设置情况，却没有进一步去梳理《湖州白话报》的出刊周期等其他情况。此外，很少有研究者注意到1904年钱玄同参与组织"湖州公社"一事，因此也就没有注意到钱玄同参与创办的《湖州白话报》与"湖州公社"的关系。

另据余连祥先生介绍，"《湖州白话报》，连编《钱玄同文集》的刘思源先生都没有找见过。不过湖州的徐重庆先生还是设法从温州图书馆找到了一份"《湖州白话报》的创刊号。因此，现在对《湖州白话报》的了解，大都限于《湖州白话报》创刊号上的情况[2]。据笔者目力所见，"浙江省新闻志编纂委员会"所编撰的《浙江省新闻志》中对《湖州白话报》的介绍，便是依据《湖州白话报》第1期的情况所撰写，是迄今为止最为详尽的介绍[3]。

---

[1] 如陈万雄先生在介绍《湖州白话报》时说："《湖州白话报》（半月刊）约在1904年7月创刊；由钱玄同、张界定等创办。内容分社论、纪事、教育、实业、历史、地理、传记、小说、杂俎及来稿等十门，全用官话。倾向革命。"在这一介绍的注释中，陈万雄先生指出这些信息分别来自《警钟日报》1904年7月2日的广告和钱玄同的《三十年来我对于"满清"的态度底变迁》一文。见陈万雄：《陈万雄集》，广州：广东人民出版社2015年，第129页。

[2] 见《清末上海主要民办报刊一览表（1899-1911）》，方平：《晚清上海的公共领域 1895-1911》，上海人民出版社，2007，第71页。

[3] 浙江省新闻志编纂委员会：《浙江省新闻志》，浙江人民出版社，2007，第155页。

正是由于《湖州白话报》存留的信息较少，研究者对钱玄同参与创办的《湖州白话报》办刊情况、出版周期大都语焉不详，甚至多有错讹。例如，有研究者将《湖州白话报》错认为《湖州日报》①；将《湖州白话报》的发起人史庚身错写为"史唐身"②；更重要的是，现有研究对《湖州白话报》发行处、出版时间、出版期数大都语焉不详。例如余连祥先生说："随着钱玄同离开湖州，到上海进入洋学堂，《湖州白话报》同仁也就星散了。如今也只发现这份创刊号，找不见第二期、第三期。"③《浙江省新闻志》中说：《湖州白话报》"委托上海开明书店为总售报处，湖州南街中西小学堂为代派处。出版近一年时间停刊"。事实上，《湖州白话报》同仁并未因钱玄同到上海便"星散了"，出版时间也不只"一年时间"。

正因此，本文拟在已有的研究的基础上，依据笔者最近在《警钟日报》所发现的钱玄同等人的《湖州公社章程》及 58 则《湖州白话报》广告，对照《钱玄同日记（整理本）》等材料中的相关信息，进一步梳理、考证钱玄同与"湖州公社""湖州公社"与《湖州白话报》的出版等情况。

一、从上海到东京："湖州公社"与《湖州白话报》的编辑出刊

1904 年 6 月 7 日（甲辰年四月廿四日），《警钟日报》在第 4 版的"专件"专栏刊登了《湖州公社章程》。现将全文辑校如下：

湖州公社章程④

第一章　定名

本社为湖州同人所创立，故名"湖州公社"。

---

① 梁春芳、朱晓军、胡学彦、陈后扬：《浙江近代图书出版史研究》，学习出版社，2014，第 98 页。
② 湖州市地方志编纂委员会编：《湖州市志》（下），昆仑出版社，1999，第 1912 页；董惠民、史玉华、蔡志新著：《崛起沪上大财团：近代湖商研究》，杭州出版社，2007，第 80 页；梁春芳、朱晓军、胡学彦、陈后扬：《浙江近代图书出版史研究》，学习出版社，2014，第 98 页；浙江省新闻志编纂委员会：《浙江省新闻志》，浙江人民出版社，2007，第 844 页。
③ 余连祥：《钱玄同》，黄山书社，2012，第 19 页。
④ 原文未有句读和标点，标点为笔者所加。

第二章　总则

（甲）本社以联合同志、讲求学问、策群力以促进文明为目的，凡教育、实业等事，无不力图实践。

（乙）本社范围以湖州地方自治界为限。

（丙）本社刊发《湖州白话报》，月出两期，以为促进文明之先声。

第三章　职员

（甲）本社暂不设社长。

（乙）本社公举干事二员，分掌书记、会计等事。

（丙）本社干事员出全社社员投票公举，每任一年为限。限满，连举可连任。

（丁）社外人如有协助本社谋公共之利益者，应公推为本社名誉赞成员。

第四章　组织

（甲）入社：（一）凡合于本社趣旨者，不论籍贯，皆得入社。（二）愿入社者，须有本社社员二人以上介绍，方可入社。

（乙）出社：（一）社员如有意见不合，或另有他故自愿出社者，须将出社理由详告书记、干事，由书记、干事报告全社社员，公定去留。（二）社员如有悖谬本社宗旨及损坏本社名誉与个人私德者，经社员二人以上察出，开临时会提议，轻则劝诫，重则除名。（三）凡出社之人，以前所纳捐款概不给还。

第五章　责任

（甲）对于社内：（一）凡社员皆有互相援助之责任。（二）凡社员之子弟，皆当互相设法，使受完全之教育。

（乙）对于社外：凡社外诸团体，不分畛域，但不背于本社宗旨者，皆当力与联络，以图扩张。

第六章　经费

（甲）本社经费由社员担任之，捐款分特别与通常两种。特别捐，无定数，亦不永远持续；通常捐，至少须每月纳银半圆以上。

（乙）社员月捐分四季缴纳，于各季首月预缴。

第七章　会期

（甲）每年开常会两次。会期及地方由书记、干事报告。如有特别事项，可开临时会。但须有社员三分之二以上方可开会。

（乙）凡改良章程、社员入社出社、公举干事、报告收支等，皆于开会时行之。

（附则）

受函处，湖州东门望舟桥，史宅。收支处，乌程县署西首，程宅。

甲辰夏季社员姓氏如左：沈仲阳、张界定、莫伯恒、方青箱、钱德潜、史少兰、汤济沧、朱遇臣、程进之、潘君毅、韦文伯、杨新时。

依据《湖州公社章程》，我们可以获知：

第一，《湖州白话报》实际上是"湖州公社"编发的刊物。正因此，后来在《警钟日报》所刊登的58则《湖州白话报》广告，末尾均署"湖州公社启"。《湖州白话报》原计划"月出两期"（实际上并未实现，详见后文），创刊的目的是为了"促进文明之先声"。《湖州白话报》第1期封面所署的出刊日期是"甲辰年四月初一"（即1904年5月15日），而在《警钟日报》刊登本章程的时间为1904年6月7日。从这些信息可知，"湖州公社"最迟在1904年6月7日之前便已成立。因此，一些研究者认为，1905年钱玄同到日本后，"与一同在东京留学的钱稻孙、张界定、杨莘耜、李蕴人（当为朱蕴人——笔者注）等13名湖州人组织了'湖州公社'"的说法是错误的[1]。

第二，《湖州白话报》的创刊发起人大都为"湖州公社"社员。《警钟日报》刊登的《湖州公社章程》列出了1904年夏季"湖州公社"的12名社员。分别为：沈仲阳、张界定、莫伯恒、方青箱、钱德潜、史少兰、汤济沧、朱遇臣、程进之、潘君毅、韦文伯、杨新时。而钱玄同曾在自述中说，"是年四月，与方青箱、张界定（孝曾）、潘芸生（澄鉴）等办一

---

[1] 余连祥：《钱玄同》，黄山书社，2012，第23页。

杂志，曰《湖州白话报》。"①《浙江省新闻志》中说《湖州白话报》"发起人有史庚身、汤济沧、杨莘耜、张稼庭、潘芸生、程晋和、姚巨川、汪铁群、韦作民、钱德潜（钱玄同）、朱瑞甫、潘如江等。"② 将这些叙述与1904年夏季"湖州公社"的12名社员名单相对照，可以发现，《湖州白话报》的发起人与"湖州公社"1904年夏季的社员多有重合。其中，可以确定重合的人员有6人，分别是：张界定（即张孝曾、张稼庭）、方青箱、钱德潜（钱玄同）、史少兰（即史庚身）、汤济沧、杨新时（即杨莘耜）。疑为重合，未能确证者有3人，分别为韦作民（韦文伯？）、潘芸生（潘君毅？）、程晋和（程进之？）。

其中，方青箱（方于笴）对钱玄同这一时期的思想转折影响甚巨。据钱玄同在《三十年来我对于"满清"的态度底变迁》和《钱玄同自撰年谱》中所述，钱玄同此前一直坚持尊清保皇思想。1903年冬，方青箱到李垲（崧明）家教读西文，钱玄同从学。钱玄同在与方青箱的交往中，"始知今年四月间被束之章、邹宗旨确乎不错"，思想发生了转变。方青箱还将章太炎先生的《驳康有为论革命书》、邹容的《革命军》两书送给钱玄同阅读，促使钱玄同转向了激烈的反清立场。此外，从《湖州公社章程》第三章第二条"本社公举干事二员，分掌书记、会计等事"及"附则"中"受函处，湖州东门望舟桥，史宅。收支处，乌程县署西首，程宅"两则信息可知，这一时期"湖州公社"的书记为史庚身，干事为程进之。

1905年前后，"湖州公社"中的社员大多前往日本东京留学。他们到日本后，便在东京展开了"湖州公社"活动。《湖州白话报》的编辑工作也随之而转移到了日本东京。

1905年12月14日，钱玄同刚一抵达东京，便给已在日本的"湖州公社"社员张界定写信。在12月25日的日记中，钱玄同写道：

---

① 钱玄同：《钱玄同自撰年谱》，刘思源整理，《鲁迅研究月刊》1999年第5期。
② 浙江省新闻志编纂委员会编：《浙江省新闻志》，浙江人民出版社，2007，第155页。

>……午后偕稻孙同至晚成轩，访林铁铮、徐仲华诸人，皆不晤，……黄昏时，稻孙引沈仲芳来。彼亦湖州公社社友，然与余则为初次晤面。谈次，知张界定、潘廉深、杨新时、张柳如诸人皆出外旅行云。①

这是《钱玄同日记》中所记载的钱玄同初次与东京"湖州公社"接洽。从中也可得知，在钱玄同来日本之前，"湖州公社"便已经在东京建立起来。成员既有钱玄同先前便知道的社员钱稻孙、林铁铮、徐仲华、张界定、潘廉深、杨新时、张柳如，也有第一次知道的社员沈仲芳。在《钱玄同日记》中，共有6次参与"湖州公社"活动的明确记载，分别见于1905年12月25日、1906年1月9日、3月18日、3月21日、3月25日、4月12日。从这些记载可以得知：

第一，"湖州公社"在东京的活动地点在"晚成轩"，且社员有所扩展。从《钱玄同日记》中的记载来看，钱玄同与"湖州公社"接洽、"湖州公社"开会等活动的地点，都在"晚成轩"。可知，"晚成轩"是"湖州公社"在东京的固定活动地点。钱玄同1906年1月9日的日记中载了"湖州公社"大众开会的情形："是日到者为界定、新时、季常、伯恒、廉深、铁铮、仲华、子迻及余，并新入社之朱君蕴人十一人。柳如以病未到，介眉以上课涓（经与日记影印本对照，'涓'字为'整理本'衍字——笔者注）未到。"②从中可知1906年1月9日在日本的"湖州公社"社员有：钱德潜（玄同）、张界定（孝曾）、杨新时、季常、莫永贞（伯恒）、潘廉深、沈仲芳、林铁铮（鹍翔）、徐仲华、李子迻、张柳如、钱稻孙（介眉）、朱蕴人，共13人。其中，可以确定的1904年夏的12名社员中来日本的有4人，分别为：张界定、莫伯恒、钱德潜、杨新时。

第二，"湖州公社"在日本东京继续编辑出版了《湖州白话报》。从《钱玄同日记》中的记录可知，在日本继续出版《湖州白话报》，是"湖

---
① 杨天石主编：《钱玄同日记（整理本）》，北京大学出版社，2014，第11页。
② 杨天石主编：《钱玄同日记（整理本）》，北京大学出版社，2014，第15页。

州公社"在东京的一项主要活动。钱玄同于1906年1月3日看到钱稻孙带来的《湖州白话报》改良意见书;1月9日参加"湖州公社"大众会议,讨论了《湖州白话报》的改良之事。会上还选举张界定为《湖州白话报》编辑,莫永贞为书记,林铁铮为会计,并拟将《湖州白话报》改在东京印刷。此后,钱玄同多次参加《湖州白话报》的抄稿、写稿、寄稿等活动。由此可知,一些研究者认为,"随着钱玄同离开湖州,到上海进入洋学堂,《湖州白话报》同仁也就星散了",《湖州白话报》"出版近一年时间停刊"等说法均为错讹。

二、《湖州白话报》的出刊期数和周期

由于现在所能见到的《湖州白话报》存留信息较少,研究者对《湖州白话报》的已经出版的期数、发行地点、具体内容等情况大都语焉不详。而《警钟日报》上所刊登的58则《湖州白话报》广告,可以帮助我们进一步了解《湖州白话报》的这些情况。

从1904年7月1日(甲辰年五月十八日)开始,《警钟日报》在头版刊登《湖州白话报》的出版消息及广告。据笔者统计,《警钟日报》分别于1904年7月1日至8月3日、1904年10月17日至10月20日、1904年10月25日至10月30日、1904年12月3日[①]至10月16日,连续4次,共计58天,分别为《湖州白话报》第1、2、3、8、9、10期刊登已出广告。其中,1904年7月1日(甲辰年五月十八日)《警钟日报》头版刊登的《湖州白话报》第1期出版消息及广告内容为:

---

① 原报标注为12月2日,但据报纸上的农历"甲辰年十月廿七日"计算,当为12月3日。同样,下一期标注的12月3日当为12月4日。此后,刊物即将这一错误改正过来。

湖州白话报①

　　本报内容分社说、纪事、教育、实业、历史、地理、传记、小说、杂俎及来稿十门，全用官话，洋装精印，每月两册，每册售钱三十文，半年三百二十文，全年六百文。订阅者首期奉送。邮费照加。第一期已经出版分送，第二期不日即出版。欲阅者，请向上海四马路东开明书店及惠福里警钟社、湖州南街中西小学堂购取。

湖州公社启

　　需要说明的是，《警钟日报》为《湖州白话报》所刊登的58则广告的内容，一直没有大的变化，所做的细微调整有二：

　　第一，从1904年7月19日开始，在本广告的"湖州白话报"大标题之下，以大号字体标出新近已出版的具体期数。具体调整情况为：1904年7月19日至7月24日为"二期已出"；7月25日至8月3日为"三期已出"；10月17日至10月20日为"八期已出"；10月25日至10月30日"九期已出"；12月3日至12月16日为"十期已出"。

　　第二，广告内容中已出版的具体期数说明有所调整。调整情况为：在1904年7月19日至7月24日的广告中，将"第一期已经出版分送，第二期不日即出版"调整为"第一期已经出版分送，第二期已出版"；7月25日至8月3日，调整为"第一期第二期均已出版，今第三期已出"；10月17日至10月20日，调整为"第一期第七期均已出版，今第八期已出"；10月25日至10月30日，调整为"第一期至第八期均已出版，今第九期已出"；12月3日至12月16日调整为"第一期至第八期②均已出版，今第十期已出"。现将《警钟日报》所刊登的《湖州白话报》广告的具体日期、已出期数和刊登天数列表如下：

---

① 原文未有标点，标点为整理者所加。
② 从之前的广告来看，实际上应该是"第一期至第九期均已出版"。这几期的介绍一直有此错误，未有改正。

《警钟日报》刊登《湖州白话报》广告情况

《警钟日报》刊登广告日期	广告中《湖州白话报》已出期数	广告刊登天数
1904年7月1日-7月18日	第一期已出版	18天
1904年7月19日-7月24日	"二期已出"	6天
1904年7月25日-8月3日	"三期已出"	10天
1904年10月17日-10月20日	"八期已出"	4天
1904年10月25日-10月30日	"九期已出"	6天
1904年12月3日-12月16日	"十期已出"	14天

从《警钟日报》所刊登的58则广告，以及上文提到的《湖州公社章程》等材料中，我们可以进一步获得《湖州白话报》的出刊期数和周期等情况。

第一，《湖州白话报》是"湖州公社"编发的刊物，出版地并不在湖州，而是在上海。据《浙江省新闻志》所言，《湖州白话报》"委托上海开明书店为总售报处"，而"湖州南街中西小学堂"仅是其"代派处"。《警钟日报》所刊登《湖州白话报》广告中说"上海四马路东开明书店及惠福里警钟社、湖州南街中西小学堂"为《湖州白话报》的销售地址。可见，《湖州白话报》在上海的销售地址，除了《浙江省新闻志》所言及的上海开明书店之外，还有"惠福里警钟社"。从中可知，《警钟日报》社不仅为"湖州公社"刊登章程、为其刊物接连刊登广告，而且还代售《湖州白话报》。这些信息都透露出了《警钟日报》与《湖州白话报》之间的密切关系。

第二，虽然《湖州公社章程》中宣称，"本社刊发《湖州白话报》，月出两期"，是半月刊。但从《警钟日报》刊登的广告中的具体出刊期数

143

和大概的出版周期等情况来看，从1904年5月15日创刊到1904年12月16日的最后一则广告，7个月之内，《湖州白话报》共出版了10期。显然，《湖州白话报》并没有按照每月两册的周期出版发行。正因此，《浙江省新闻志》中说："为32开本，半月刊，逢夏历初一、十五出版。每期40页，订成单行本形式。新闻都用白话文，正楷书写石印版。创刊号是甲辰四月初一日（1904年5月15日）。册式高20厘米，阔15厘米，封面右边写'第一期'字样，中间5个大字'湖州白话报'；左下角标明创刊年月。"① 其中信息多为《湖州白话报》第1期的情况②，对出刊周期和出刊时间的介绍，并不确切。

第三，《湖州白话报》在日本东京仍有编辑出版活动。从《钱玄同日记》中可以获知，钱玄同到日本后，曾于1906年1月9日参加"湖州公社"的会议，讨论《湖州白话报》的改良之事，将《湖州白话报》改在东京印刷。此后，钱玄同多次参加《湖州白话报》的抄稿、写稿、寄稿等活动。例如，1906年3月18日至23日，钱玄同一直为《湖州白话报》抄稿、写稿。钱玄同在3月23日的日记中写道："成论说并抄好，十七期告竣矣"。次日，钱玄同便将编好的稿件寄给了张界定。可见，到1906年3月23日，《湖州白话报》已经出版了16期，而且第17期也业已编好。从《钱玄同日记》可知，1906年4月13日，钱玄同还为《湖州白话报》抄"增刊专件一篇"，并为《纪事》栏目修改稿件。此后，17日、22日、23日，钱玄同都在为《湖州白话报》抄写《纪事》栏目的稿件，直到25日离开日本归国之前，才将稿子寄给张界定。由此可知，《湖州白话报》在第17期之后，仍在继续编稿。

三、《湖州白话报》的栏目、内容

《湖州白话报》的广告中说："本报内容分社说、纪事、教育、实业、

---

① 浙江省新闻志编纂委员会：《浙江省新闻志》，浙江人民出版社，2007，第155页。
② 《湖州白话报》第1期的目录情况，请参见：上海图书馆编：《中国近代期刊篇目汇录（3）》第2卷（中册），上海人民出版社，1981，第1394页。

历史、地理、传记、小说、杂俎及来稿十门,全用官话。"而《浙江省新闻志》依据第 1 期的情形指出,"版面栏目有《论说》《纪事》《历史》《地理》《理科》《专件》《文苑》《小说》《杂俎》《来稿》"等,此外还有《本郡纪事》《本国纪事》等栏目。从《钱玄同日记》可知,1906 年,钱玄同在日本曾为《湖州白话报》抄写《论说》《教育》《本郡纪事》《纪事》《专件》《来稿》等栏目的稿件,可见《湖州白话报》的这些栏目,从创刊之日起一直延续了下来。另外,从钱玄同 1906 年 3 月 22 日的日记可知,他还为《湖州白话报》第 17 期的《论说》栏目撰写了《告青年人不可学速成科》一文,抄写了《来搞》栏目中的《整顿风俗说》一文①。

《湖州白话报》第 1 期还刊登了发刊词、本期纲目和办报宗旨。其中,发刊词通篇都是白话,以空格表示句读,指出该报要把"天下大势,一项一项的登下去,使得个个人买一本去看。这些看报的人,见了那外国人欺侮中国的情形,自然良心发现,必定要发愤起来了"②。另据《浙江省新闻志》介绍,《湖州白话报》第 1 期指出"报纸的宗旨是'反对清朝封建帝制,拥护共和政体,反对列强侵略,发扬爱国精神'。提出'扬大汉之天声,述亡国之惨史'"。正因此,该期刊登了"揭露清专制王朝屠杀汉人的'扬州十日'、'嘉定三屠';康乾两朝的文字狱,特别是南浔庄廷鑨的'明史案'。有的文章骂'曾国藩为汉奸,誉洪秀全为义民'等。"此外,"国外的《黑奴吁天录》、波兰亡国史等译文都出现在《湖州白话报》上"。还"载有本郡纪事,即地方新闻,如刊出《湖州城坍》;本国纪事即国内新闻,有'杭州女学堂已开'的消息,也有从上海《警钟报》摘来的《岑春煊勤王》消息。另外的栏目有《实业》《杂俎》《来稿》,也刊出养春蚕的好处及蚕病的防治等。同时还刊登一些贴近生活的知识性文章,如《烧柴炭避烟法》《疗船晕病法》等。"③

---

① 杨天石主编:《钱玄同日记(整理本)》,北京大学出版社,2014,第 30 页。
② 余连祥:《钱玄同》,黄山书社,2012,第 19 页。
③ 浙江省新闻志编纂委员会编:《浙江省新闻志》,浙江人民出版社,2007,第 155 页。

另据《中华民国史事纪要（初稿）》中记载，1925年4月11日戴季陶在《台湾民报》上发表的《就日本东洋政策而言》一文，也曾提及《湖州白话报》，文中说：

> 几天前，我在旧箱里头找出了在二十年前发行的杂志《湖州白话报》，那里头有段报道"日俄战争"开始的文字："俄罗斯对于我国报极端的侵略政策，而占领了我领土。若长此置之，当在不久，我国将全部被吞并去罢。日本愤慨俄罗斯这种野蛮的政策。尊重救邻之义，以抑强扶弱的精神，出了俄罗斯争讨的军队。今日战争已开始了，我们感谢日本的高谊，同时不可不鼓舞自立自强的精神而为日本军的后援！"这《湖州白话》是一乡村发行的小杂志，所以可以察知当时的人心对于日本是怎样的信赖着。……①

而阿英所编的《晚清文学丛钞：说唱文学卷》卷三戏文部分，曾抄录了刊登载在《湖州白话报》1904年第4期的《博浪沙》、1904年第5期的《摘星楼》、1904年第8期《黄天荡》等三个剧本②。从以上这些材料信息中，我们可以进一步窥见《湖州白话报》的栏目、内容等情况。

值得注意的是，《警钟日报》不仅刊登了《湖州公社章程》和《湖州白话报》广告，而且从《湖州白话报》广告可知，《警钟》社还是《湖州白话报》的代售处之一。透露出了《湖州白话报》与《警钟日报》之间的密切关系。

《警钟日报》的前身是《俄事警闻》。《苏报》案发生之后，《民国日日报》停刊，恰逢俄人进占奉天，从青岛回到上海的蔡元培与刘师培（光汉）、陈镜泉、叶瀚、王季同、陈去病、林懈（少泉，即林白水）等人发起了"对俄同志会"，并于1903年12月15日开始刊发《俄事警闻》。王

---

① 《中华民国史事纪要（初稿）：中华民国十四年（1925）四月至六月》，台北：中华民国史料研究中心，1974，第411-412页。

② 阿英编：《晚清文学丛钞：说唱文学卷》（下册），中华书局，1960，第324-340页。

季同"主编辑及译英文电",蔡元培和汪允宗"任论说及译日文报"①。1904年1月12日,"对俄同志会"宣布《俄事警闻》"议扩张规模,改为《警钟》"。2月26日,《俄事警闻》以《警钟》为名(后来报头直接改为《警钟日报》)重新创刊,由蔡元培负责编务。"4月16日蔡元培迁《警钟日报》至邻近当时报馆聚集之区东棋盘街会文堂政记34号,5月15日再迁至四马路惠福里54号《苏海汇报》《游戏报》旧址。""7月24日蔡元培因事辞职,《警钟日报》改由汪德渊(允宗)主编。汪德渊执编不到一月,8月12日也辞职,改由林獬、刘师培(光汉)承办。"②

早在1901年,"湖州公社"的发起人、《湖州白话报》的创办者之一方青箱,便与负责《警钟日报》编务的蔡元培"时相往还",有密切的交往。正是方青箱促使钱玄同由尊清保皇思想转向了激烈的反清革命立场。在方青箱的影响下,钱玄同阅读了夏曾佑的《中国历史教科书》、刘师培的《黄帝纪年论》。这些历史著作都宣传民族主义,推崇黄帝纪年,流露出强烈的反清光复思想。钱玄同说《湖州白话报》"封面上决不肯写'光绪三十年',只写'甲辰年'……其实写干支还不能满足,很想写'黄帝纪元四千六百零二年',……只因这样一写,一定会被官厅干涉,禁止发行,所以只好退一步而写干支"③。《湖州白话报》的这种纪年方法,便是受了夏曾佑、刘师培等人思想的影响。而且,在《湖州白话报》之前,蔡元培、刘师培等人创办的《俄事警闻》《警钟日报》,便都是只取干支纪年和西历纪年。《湖州白话报》的做法,显然是受了后者的影响。这一时期,钱玄同对主编《警钟日报》的蔡元培、刘师培极为倾慕,甚至"欲往谒刘申叔、蔡孑民而不可得"④。

正是由于密切的人际交往和相近的思想立场,《湖州白话报》的许多

---

① 蔡元培:《蔡元培自述》,文明国编,人民日报出版社,2011,第31页。
② 马光仁主编:《上海新闻史1850-1949》,复旦大学出版社,2014,第242页。
③ 钱玄同:《三十年来我对于"满清"的态度底变迁》,《语丝》1925年1月5日,第8号。
④ 钱玄同:《钱玄同自撰年谱》,刘思源整理,《鲁迅研究月刊》1999年第5期。

栏目与《警钟日报》极为相似，都有社说、纪事、本国纪事、地方新闻、专件、杂录等栏目。《湖州白话报》第 1 期，还摘登了《警钟》报上的《岑春煊勤王》消息。《湖州白话报》"以空一格代替标点"的排版方式，也见之于《俄事警闻》和《警钟日报》。戴季陶回忆中《湖州白话报》所刊登的排俄文章，也与《俄事警闻》《警钟日报》的反俄立场相一致。甚至在 1908 年 2 月 22 日，《警钟日报》被迫停刊近三年之后，钱玄同还记得《警钟日报》上曾经发表刘师培的《论小学与社会学之关系》等文章，并委托潘澄鉴找来一套《警钟日报》，托人带到日本东京，再次阅读一过，"拟撷录之以资考证"①。从中可见《警钟日报》对《湖州白话报》及钱玄同的影响之一斑。②

附：新见部分《湖州白话报》目录
第一期甲辰年七月十五日再版发行
湖州白话报发刊词；

社说：国家思想；

纪事：本郡纪事三条；本国纪事二条；外国纪事二条；

实业：论蚕业：第一章养蚕大发财、第二章蚕病原因（未完）；

杂俎：日用要言；要宜轩闲话；

来稿：尊德公司开垦章程。

第二期甲辰年四月十五日
社说：好汉种！好汉种！！

纪事：本郡纪事一条；本国纪事二条；各国纪事二条；

实业：蜜蜂围养法；

历史：浩託包罗传

地理：天文地理

---

① 杨天石主编：《钱玄同日记（整理本）》，北京大学出版社，2014，第 113 页。
② 本章曾删节后公开发表。见钟义荣、张慎：《钱玄同与湖州公社、〈湖州白话报〉等情况新考》，《关东学刊》2019 年第 6 期。

来稿：嘉兴同乡会概则

第四期甲辰年五月十五日发行

社说：论本报的责任和权限

纪事：本郡纪事三条；本国纪事二条；各国纪事三条；

教育：教养子弟的好法子（未完）

实业：论蚕业：第二章 蚕病原因（续首期）（未完）

小说：博浪沙

专件：湖州学堂经费甲辰夏季之调查稿

第五期甲辰年六月初一日发行

社说：敬告我国民（未完）

纪事：本郡纪事四条；本国纪事二条；外国纪事二条；

教育：教养子弟的好法子（续）

历史：中国历史：总论、第一章：绪言、第二章：地势一斑

小说：摘星楼

杂俎：二则

第六期甲辰年六月十五日发行

社说：敬告我湖州

纪事：本郡纪事四条；本国纪事三条；

实业：论蚕业（续第四期）：第三章养蚕新法（未完）

地理：自然地理（未完）

小说：风波亭

第七期甲辰年七月初一日发行

本社专件：调查部章程

社说：告办湖州学堂的人

历史：中国历史：第三章：民族、第十章：划分时代（续第五期）（未完）

地理：自然地理（续第六期）（完）

理科：卫生、卫生要紧（未完）

纪事：本郡纪事三条；本国纪事三条；外国纪事三条；

选报：六月中外大事表《时报》

文苑：晨钟集

第八期甲辰年七月十五日发行

本社专件：调查部章程

论说：原来如是（未完）

传记：湖州女豪杰费宫人传（续七期）（完）

理科：卫生、卫生要紧（未完）

纪事：本郡四条；本国四条；外国四条；

专件：和平特别警闻访函；来稿照录

小说：黄天荡

文苑：晨钟集

第十章

王国维与清华学人往来书信考释

在"新文化运动"之后的"整理国故"热潮中,由美国退还的"庚款"创办的清华留美预备学校,于1924年秋开始扩充,预备筹办大学部和研究院。校长曹云祥拟聘胡适为研究院院长。胡适谦辞之后,建议研究院采用宋元书院式的导师制和欧美大学研究生院的专题研究相结合的方式,并推举王国维、梁启超、章太炎、赵元任担任导师。1925年2月14日,吴宓又推荐远在欧洲游学的陈寅恪担任导师,获得曹云祥、张彭春的批准。这些人选,只有章太炎最终未能就任。清华大学国学研究院从而形成了以梁启超、王国维、赵元任、陈寅恪为导师,以李济之为特别讲师,以吴宓为研究院主任的学人队伍。

从来往书信可以看出,王国维此前受聘北京大学国学研究所通信导师与此时到清华任教,使其交游的范围拓展到了现代大学中的学人群体和学生群体。在《王国维书信日记》《王国维未刊来往书信集》中所收的迄今发现的来往书札中,王国维与清华学人的书札来往,或许因其身居清华西院,商谈相对便利之故,相对较少。现在发现的主要有梁启超给王国维的4封以及王国维给吴宓的1封信札。本章意在通过对这些信件内容、背景的考释,来了解王国维与梁启超、吴宓等清华学人的交往情况。

一、王国维与吴宓的交往

王国维到清华大学任教,最先接触的清华学人,是吴宓。这是因为,王国维到清华任教与胡适的积极争取、吴宓的多次拜访有关。现在发现的胡适致王国维的13封信中,在1925年2月13日的信中曾提到吴宓,信中说:

151

手示敬悉。顷已打电话给曹君，转达尊意了。一星期考虑的话，自当敬遵先生之命。但曹君说，先生到校后，一切行动均极自由；先生所虑（据吴雨僧君说）不能时常往来清室一层，殊为过虑。鄙意亦以为先生宜为学术计，不宜拘泥小节，甚盼先生早日决定，以慰一班学子的期望。①

其中，重要信息有三：

第一，王国维对清华之聘曾回复说需"一星期考虑"。这与蔡元培、沈兼士、马衡等人于1917年到1922年间曾6次请他到北大任教，最后他只勉强答应担任通信导师相较，显然是容易多了。这种态度的差异，与当时王国维的处境有关：一方面，1924年11月初，末代皇帝溥仪遵照新修改的"清室优待条款"迁出皇宫居住，王国维的"南书房行走"已经有名无实；另一方面，因不满意北京大学考古学会发表的《保存大宫山古迹宣言》对清皇室变卖、破坏古迹的批评，王国维致信沈兼士、马衡，辞掉了北京大学通讯导师职务。这就使得家庭负担很重的王国维没有了经济收入来源。后来，王国维在1925年3月25日给蒋汝藻的信中说：

现主人（按：指溥仪）在津，进退绰绰，所不足者钱耳。然穷困至此，而中间派别意见排挤倾轧，乃与承平时无异。故弟于上月中已决就清华学校之聘，全家亦拟迁往清华园。离此人海，计亦良得。数月不亲书卷，直觉心思散漫，会须受召魂魄，重理旧业耳。②

蒋汝藻在4月6日（农历三月十五日）的回信中说："清华月脩四百，有屋可居，有书可读，又无需上课。为吾兄计似宜不可失此机会。"③从中

---

① 马奔腾辑注：《王国维未刊来往书信集》，清华大学出版社，2010，第53页。
② 房鑫亮编：《王国维书信日记》，浙江教育出版社，2015，第605页。
③ 马奔腾辑注：《王国维未刊来往书信集》，清华大学出版社，2010，第119页。

可见，王国维答应清华之聘，一方面是厌烦"小朝廷"内部"派别意见排挤倾轧"的钩心斗角，想"离此人海"，潜心学术。另一方面则与经济困窘有关。

第二，王国维顾虑因授课羁绊而不便往来于清室之间。为此，胡适多方沟通，一方面请清华方面予以优待，告诉王国维曹云祥校长说"先生到校后，一切行动均极自由"。并劝说"先生宜为学术计，不宜拘泥小节"。另一方面则请溥仪出面劝王氏应聘。据赵万里《王静安先生年谱》记载，"先生被召至日使馆，面奉谕旨命就清华研究院之聘。"可见胡适用心之细腻周全。

第三，胡适之所以能够细腻地体察到王国维的顾虑，则与"吴雨僧君"（即吴宓）有关。从《吴宓日记》可知，吴宓是在1924年9月，还在沈阳东北大学任教之时，便收到清华校长曹云祥要其"助理中文部事"的信函。最终，他于1925年2月5日到达北京，9日面见曹云祥，提出自己"（一）名义为筹备主任。（二）须有全权办本部之事，并负专责"。12日，清华学校研究院筹备处正式开始办公。并在胡适致信王国维的2月13日当天，吴宓初次登门拜谒了王国维。后来，吴宓在自编年谱中回忆这次相见的情形说："宓持清华曹云祥校长聘书，恭谒王国维（静安）先生，在厅堂向上行三鞠躬礼。王先生事后语人，彼以为来者必系西服革履、握手对坐之少年，至是乃知不同，乃决就聘。"①

王国维于1925年2月中旬答应了清华的聘任之后，并未立即搬到清华园生活，而是在北京东城居住。研究院的章程、缘起的起草，考试出题等事，都是吴宓入城拜谒王国维，征求他的意见之后才最终决定。吴宓3月1日的日记中便写道："访王国维（章程定稿），在其家午餐。"王国维在清华看定住宅之后，吴宓则积极帮助催办。最终，王国维于4月18日搬入清华园西院居住。其后，吴宓和王国维更是往来频繁。仅仅1926年6、7月间，《吴宓日记》中有纪录的相互拜访便有14次之多。6月24日，王国

---

① 吴宓：《吴宓自编年谱1894—1925》，吴学昭整理，生活·读书·新知三联书店，1995，第260页。

维竟然分别在下午、晚间两次找吴宓"来谈"。因为次日即是端午节，王国维还给吴宓带来了"角黍"①。吴宓不仅在国学院章程、出题、招生等问题上多要征求王国维的意见，对其学问也是敬重有加。1925年7月27日王国维在清华大学工字厅做了著名的《近二三十年中中国新发见之学问》的演讲，吴宓竟认真地"抄有笔记"。此外，吴宓还分别于9月16日、10月16日去旁听王国维的《说文练习》课。有意思的是，1926年7月26日，王国维到燕京华文学校做《中国之尺度沿革》的演讲，吴宓竟然"蹭"王国维的汽车，入城，与王国维一起拜访了袁励准，又到燕京华文学校，听完了王国维的演讲后，才匆匆告辞前去赴自己的宴约②。后来，吴宓因清华学校人事矛盾，于1926年3月16日辞去了国学研究院主任之职。王国维依旧常常来找吴宓相谈。1927年5月12日晚上，因"王静庵先生偕陈寅恪来"，吴宓甚至不得不"寝后复起"③。

王国维与吴宓之间的密切交往，体现了王国维对吴宓的认可和信任。王国维在自沉前的遗嘱里，将自己一生最为珍视的书籍托付给陈寅恪、吴宓来处理，便可见出这种信任的程度。而吴宓则在王国维自沉之后，在日记中立下誓言："宓固愿以维持中国文化道德礼教之精神为己任者，今敢誓于王先生之灵，他年苟不能实行所志，而泯忍以没；或为中国文化道德礼教之敌所逼迫，义无苟全者，则必当效王先生之行事，从容就死。惟王先生实冥鉴之。"④

二、王国维对清华大学人事矛盾的态度

现存王国维给吴宓的《致清华学校校务会议》书札中说：

---

① 吴宓：《吴宓日记1925-1927》，吴学昭整理注释，生活·读书·新知三联书店，1998，第37页。
② 吴宓：《吴宓日记1925-1927》，吴学昭整理注释，生活·读书·新知三联书店，1998，第196-197页。
③ 吴宓著：《吴宓日记1925-1927》，吴学昭整理注释，生活·读书·新知三联书店，1998，第338页。
④ 吴宓：《吴宓日记1925-1927》，吴学昭整理注释，生活·读书·新知三联书店，1998，第345页。

前日校务会议所决定各事项,注重专题研究与不教授普通国学,本年办法亦略相同,自无异议。惟减收学生一项,斟酌现在社会需要与学生求学情形,似仍以照旧案方法为是。像此事与校中经费并不增加,何必自减学校效力。此项维极赞成梁任公教授之议。又津贴一项,处置甚为困难,又易惹起学生间之竞争与嫉妒,似以作废为是。但校中既有此案,不妨移诸扩充本院事业。承询意见,用特奉闻。①

此信看似仅仅是吴宓征询王国维对国学院课程、招生、津贴的意见,背后却隐伏着吴宓与清华大学教务长张彭春等人在国学院设想上的认识分歧和人事矛盾。而这些分歧和矛盾,恰恰是吴宓最终辞去国学研究院主任之职的原因。

首先是认识分歧。早在1925年3月由吴宓起草、经各导师讨论、校务会议通过的《清华国学研究院章程》指出:"本院以研究高深学术,造成专门人才为宗旨",其培养目标为"(一)以著述为毕生事业者。(二)各种学校之国学教师。"但是吴宓认为国学院"以高深专门研究为目的"的同时,应该"兼办普通国学,至专门科国学系成立之日为止"。而张彭春则主张国学院只应研究高深学术,不同意容纳普通国学。更重要的是,这种认识差异背后,潜含着对国学院与现代大学学制关系的不同理解:吴宓主要从"国学"的角度,强调国学研究院的独立性和纯粹性。而张彭春则将其理解为各学科之一,认为国学研究院应该与大学部相衔接,因此他力求将各科合并,统一管理。

1926年1月5日的校务会议通过了张彭春的方案,而否定了吴宓的意见。一怒之下欲辞去研究院主任一职的吴宓,第二日与梁启超谈及此事,梁启超"颇赞成"吴宓的兼办普通国学之议。于是又在1月7日研究院第六次教授会议上重新讨论此事。结果赵元任、李济之赞成前日校务会议的

---

① 房鑫亮编:《王国维书信日记》,浙江教育出版社,2015,第721页。

决定，王国维则"默不发言"，只有梁启超"侃侃而谈"。最终只好"拟遵照校务会议之办法，并将旧有之中国文学指导范围删去，专作高深窄小之研究"①。

但吴宓仍然坚持自己的设想，一方面继续争取梁启超的支持，梁启超甚至表示如果按照"校务会议所定办法"下半年"将脱离研究院"。另一方面撰写《研究院发展计划意见书》提交曹云祥校长，提议再次召集校务会议讨论他的《意见书》。为此，吴宓又于1月12日找王国维相谈，希望获得他的支持，结果王国维"亦主张专题研究"。14日上午，吴宓再次"求王国维先生及李济君，各以其意见写出若干条"。而"二人大率主张研究院应作专题研究，不授普通国学，但对于校务会议通过之裁撤普通演讲及以津贴招致学生，则不赞成云"②。

显然，《吴宓日记》1月14日的内容与王国维给吴宓的《致清华学校校务会议》内容相合。由此可以确定，王国维此信的时间不应该是房鑫亮先生编校的《王国维书信日记》中所确定的1月7日，而是信上旁注的"一月十三日"。此信应该是王国维于1月13日写就，14日交到吴宓手上的。

尽管没有得到王国维、李济的支持，吴宓仍不灰心，将自己的《意见书》及梁启超嘱托他不要发表的两封信公布出来，要求召开校务会议讨论他的设想。结果，1月19日召开的校务会议，再次否定了他的意见："（一）研究院之趋势，在变为大学院。俟大学院成立之日，研究院即归并其中。（二）缘起及章程中，'国学一门'等字，仍存，不删。……由上第（一）条，则研究院之性质及发展之方向，已与宓所持之国学研究院之说完全反背。"③ 由此，吴宓而坚定了辞去研究院主任一职的决心。

---

① 吴宓：《吴宓日记 1925-1927》，吴学昭整理注释，生活·读书·新知三联书店，1998，第123页。
② 吴宓：《吴宓日记 1925-1927》，吴学昭整理注释，生活·读书·新知三联书店，1998，第126页。
③ 吴宓：《吴宓日记 1925-1927》，吴学昭整理注释，生活·读书·新知三联书店，1998，第131页。

再看人事矛盾。张彭春对国学研究院的看法，事实上代表了当时清华学校部分"新派学者"的看法，留美政治学者钱端升就对国学研究院独立存在的必要性表示过质疑①。此外，据《吴宓日记》所记，从1925年11月开始，清华大学出现了推举新校长之议。在推选活动中，形成了推举张彭春与反对张彭春的两派。吴宓虽然不愿被"倒张派"利用，但与他往来的朋友却大多是反对张彭春的。有意思的是，11月22日，梁启超表示"至十分必要时，彼自身愿任校长，但以事简而不妨学业为前提"。次日晚上8、9点钟，梁启超又发柬将吴宓招去，表示"甚愿就校长"，并"询校中内情甚悉，但拟以余绍宋任机要主任。又云此事如决办，宜得仲述同意。又云，胡适可聘来研究院云云"。尽管听了梁启超的用人计划之后，素与胡适有学术分歧的吴宓觉得"即梁就职，且招胡来，是逼宓去。张任校长，其不利于宓，尚未至此也"②。但吴宓还是于12月15日直接告诉张彭春，"拟举梁任公或某某等为校长，张拒之"。次日，梁启超又将吴宓招去，"谈校长问题。梁愿出任校长，以（一）维持现状，（二）不改政策（出洋等），（三）尊重张仲述（按：即张彭春）地位，为方针。宓拟即以调人自居，劝逼张仲述加入，一致推戴梁任公。既维持张氏地位，又免风潮。而宓亦为清华办一大事，见重于各方。似策莫善于此者。"但是，12月17日传来"北京反基督教学生，将以二十五日焚毁清华"的消息，为安全起见，当天晚上吴宓和梁启超约定："校长事暂勿进行"③。此后，清华另选校长之议不了了之，梁启超担任校长的话题也就再没有提起。

正是由于这些事件中吴宓与张彭春的矛盾，1926年1月5日、1月19日两次校务会议决议的结果，在吴宓看来是"校务会议全为张仲述所操纵"、张彭春"欲将研究院取归己之掌握，将宓排去"的人事斗争。二人的对立，最终导致两败俱伤：吴宓辞去了研究院主任之职，张彭春也被迫

---

① 孙敦恒编著：《清华国学研究院史话》，清华大学出版社，2002，第56-57页。
② 吴宓：《吴宓日记1925-1927》，吴学昭整理注释，生活·读书·新知三联书店，1998，第99-101页。
③ 吴宓：《吴宓日记1925-1927》，吴学昭整理注释，生活·读书·新知三联书店，1998，第108-109页。

辞掉了教务长的职务。

王国维虽然一直潜心于学问,但对于这类人事矛盾并非不敏感。例如,一九二七年五月清华史学会成立时,"梁任公先生陈寅恪先生与静安先生皆出席而各致己见于众。静安先生则谓宜多开读书会,先有根柢而后言发展。席间议论云兴,最后乃折衷一致,先生(按:指王国维)微嫌薄之。即散,与寅恪先生同行,颇有怀疑以为斯会别有用意。"[①] 从中可见王国维的敏感。而就吴宓此事来看,王国维先是在1月7日的教授会议上"默不发言",再于1月12日吴宓找他相谈时表示"亦主张专题研究",最后在此信中既肯定校务会议的决议中"注重专题研究与不教授普通国学",又提出了对压缩招生、给学生津贴两项的不同意见,同时表示"极赞成梁任公教授之议",谨慎冷静,而又有所分析,并注意与梁启超意见的协调,足见其稳健的处事风格。

三、王国维与梁启超的通信和交往

王国维与梁启超的书信交往,现在发现的只有梁启超给王国维的4封信。这4封信收入马奔腾先生辑注的《王国维未刊来往书信集》时,并没有确定信件的具体时间,在排列先后上也存在着严重错误,致使研究者在使用这些史料时,常常出现错误的判断。

其中最早的应该是第三封信,确切的写信时间是1925年3月29日。因为:第一,信中说"得吴君书知先生不日移居校中,至慰"。梁启超收到吴宓的信,得知王国维将搬到清华学校中居住。可知,写信时间当为王国维答应清华之聘的2月中旬到搬到清华园居住的4月18日之间。第二,信的内容是,梁启超让王国维将已经拟定的各科考题抄给他,以作他出题的参考。因为他觉得"此项之题,太普通固不足以觇绩学,太专门又似故为责难,此间颇费斟酌"。查《吴宓日记》可知,吴宓3月21日入城拜访

[①] 姚名达:《哀余断忆之》,陈平原、王枫编:《追忆王国维》,中国广播电视出版社,1996,第214页。

王国维商量出题之事。可知该信所署"二十九日",应该为此日之后的阴历二月廿九日(公历3月23日)或公历3月29日。第三,信中说"四月半后当来校就教一切",可知,梁启超此时所用的时间是公历,乃可确定该信时间为公历3月29日。第四,信中说:"弟因家中有人远行,此一旬内颇烦扰,不能用心于问学。"证之于梁启超的家事可知,梁启超的两位女儿梁思顺、梁思庄将于4月赴加拿大留学,3月底正在收拾行装,与之相合。

其次则是第二封信,时间应是1925年4月7日。因为:第一,信中说:"奉示敬悉。所拟二十题具见苦心。超亦敬本我公之旨拟若干题,别纸承教。但两旬以来,再四筹思,终觉命题难于尽善。"可知,此信承接第三封的内容。第二,《吴宓日记》4月23日日记中说,"午后三时,梁任公来,同见王国维先生,决定题目"。可知,梁启超与王国维书信来往商讨出题之事,只能在4月23日之前。再据信上所署之"七日",便可确定。

从以上两信内容可以知道,梁启超一则由于两位女儿要出国,心中烦乱,此外也是为了在出题的深浅难易上与王国维相协调,提出欲以王国维之题做参考。王国维很快便将自己所出的二十道题给梁启超寄去。在4月7日的复信中,梁启超一面也将自己所出之题抄给王国维过目。另一方面则对出题之事提出了自己的看法,认为"吾辈所认为浅近之题,恐应考者已泰半望洋兴叹,此且不论。尤惧有天才至美而于考题所发问者偶缺注意('偶缺注意'本写作'夙未研究',后划改),则交臂失之,泳为可惜。"并提出:"鄙意研究院之设在网罗善学之人,质言之,则能知治学方法,而其理解力足以运之者,最为上乘。今在浩如烟海之群籍中出题考试,则所能校验者终不外一名物一制度之记忆。幸获与遗珠,两皆难免。鄙意欲采一变通办法,凡应考人得有准考证者,即每科指定一两种书,令其细读,考时即就所指定之书出题。例如史学指定《史通》《文史通义》或《史记》《汉书》《左传》皆可。考时即在书中多发问难,则其人读书能否得闻最易检验,似较泛滥无归者为有效。"最终,考题在王国维、梁启超、

吴宓三人的商议下确定下来:"考试共分三部分,第一部为'经史小学',
'注重普通学识,不限范围'。这种考核知识的方法明显是照顾了王国维的
意见。第二部作论文一篇则与梁启超有关。第三部(专门科学)考试,据
公布的'研究院准考生公告'看,也按梁启超的意见列出了参考书,但参
考书目中除刘知几《史通》和章学诚《文史通义》外,另加王引之《经
义述闻》。这后一部参考书,一定是王国维之意。"①

排在第三应是第四封信,时间应是 1925 年 7 月 30 日。因为:第一,
信中说:"诸生成绩交到此间者已大略翻阅,内中颇有可观者,如高亨、
赵邦彦、孔德、王庸皆甚好(方壮猷稿未成,规模太大颇驳杂,用力亦
勤)。"可知,此信所谈是研究院新生招考阅卷之事。信中所言高亨、赵邦
彦、孔德、王庸等学生姓名,都是清华国学研究院第一班学生。而第一班
学生招考的时间是在 1925 年 7 月初。第二,查《王国维年谱新编》可知
王国维是在 7 月 6 日"进城监考三日",7 月 25 日"参加阅卷计算考生分
数"②。再加上信上所署日期为"三十日",乃可确定此信时间为 1925 年 7
月 30 日。再查《吴宓日记》7 月 25 日、26 日两天,吴宓监督助手周光午
"抄算考生分数",27 日"研究院新生全榜成。王国维先生在此午饭。共
酌定备取人数十名。"③ 可知这一时期吴宓正在与各位导师斟酌录取学生人
数与名单。而梁启超此信所谈的也正是这一事情。在信中,梁启超先是将
自己觉得较好的学生点出,又说:"新病后不能多用力耳。最好先生兴之
所至亦随时批示一二。弟顷入京续诊馀病,星期二方能返校。各卷先呈先
生察阅。"希望与王国维互相商量学生录取情况。

排在最后的应是第一封信,因此信没有署明时间,只能大致确定在
1926 年 3 月 28 日到 4 月 19 日期间。这是因为:信中所述是梁启超托王国
维代他选举清华学校教务长的事情。1926 年 1 月底,因吴宓和张彭春的矛

---

① 尤小立:《梁启超与王国维的考题分歧》,《南方都市报》2011 年 11 月 13 日。
② 孙敦恒编著:《清华国学研究院史话》,清华大学出版社,2002,第 143 页。
③ 吴宓:《吴宓日记 1925-1927》,吴学昭整理注释,生活·读书·新知三联书店,
1998,第 49 页。

盾及"倒张派"的活动,迫使张彭春最终辞掉了教务长的职务。查《吴宓日记》可知,3月28日,曹云祥招吴宓等人开会,决定重新委任教务长。4月19日下午,梁启超招吴宓去,商谈当天晚上选举教务长之事。晚上8点到11点,召开了教职员大会,最终选举梅贻琦为新任教务长。此信当在这一时段之内。全文为:

  示敬悉。梅、孟两君超皆素识。梅君治数学,在本校最久,人极忠厚。孟君去岁新来,夙治教育学,莼生(著《心史丛刊》者)之侄也,国学亦有相当根柢。二君中任以一人为教务长,当皆能菁助本院事业。惟以治事才能论,或孟君更长耳。超畏劳顿,拟不出席。若能派代表,则拟举孟君,公谓何如?此复。

信中所言的"梅、孟两君"分别是梅贻琦和孟宪承,"莼生"是孟森(号莼孙)。

  从这四封信可以看出梁启超对王国维的敬重和信任。这也与国学院学生的后来回忆相吻合。例如周传儒在《王静安传略》中说,在清华国学院的5位学人中,赵元任和李济以后学自居,陈寅恪视梁启超、王国维为前辈,梁启超又事事推让王国维,所以排序座次是:王、梁、陈、赵、李。徐中舒也回忆说:"梁任公先生极服先生之学,凡有疑难,皆曰'可问王先生。'"① 冯天瑜先生的父亲"冯永轩在清华读书时,便觉得梁启超对王国维不是一般的尊重。梁启超年纪比王国维长,……但是每次师生合影时梁启超总是请王国维坐在中间,而王国维本人并不推辞,这也可以看出王先生内心深处的自信。"② 事实上,王国维对梁启超也极为敬重。戴家祥回忆说:"王国维和梁很合得来,常说人生能有梁先生这样的朋友足矣。"③

---

① 徐中舒:《追忆王静安先生》,陈平原、王枫编:《追忆王国维》,中国广播电视出版社,1996,第214页。
② 周言:《王国维与民国政治》,九州出版社,2013,第319页。
③ 沙洲:《王国维死因又一说》,陈平原、王枫编:《追忆王国维》,中国广播电视出版社,1996,第320页。

然而，王国维沉湖之后，却出现了一种谣言，认为"清华教授梁启超氏嫉公名望，阴加排斥。于公自杀前数日特告公，冯玉祥将到京，梁氏本人亦将于即夕赴津避难，以恐公，公大为所动"。后来，不论是认可这一观点的文章，如刘雨的《关于王国维二题》①，还是批评这一观点的文章，如蒋复璁《追念逝世五十年的王静安先生》②，都指出这一说法源于川田瑞穗的《悼念王忠悫公》一文。但这种引述没有注意到，川田瑞穗所叙述的只是王国维自沉之后的"种种之谣言"，作者本人并不相信。认为川田瑞穗认同这一观点的许多引述，实际上都是断章取义。事实上，从梁启超当时的家书可知，他自己也对北伐军中的暴力革命多有担心，甚至有了"我大约必须亡命"③"真怕过一两年，连我这样大年纪也要饿饭"④的担心。当时叶德辉在湖南农民运动中被诛杀的事实、湖北的王葆心先生被杀的谣言等北伐中的暴力革命情形，在北京城中造成了一种恐怖氛围。不仅是梁启超，学生们也向王国维谈及过类似的时事。卫聚贤回忆说："当时，共匪攻占长沙，把叶德辉杀了，王先生为此事发愁，问我：何处可以避难？我说：山西省可以……"⑤而王国维对苏俄和"赤化"，又自有自己的判断⑥，因此可以说，北伐是王国维之死的一个重要原因。⑦

---

① 刘雨：《关于王国维二题》，《东北师大学报》1985年第2期。
② 蒋复璁：《追念逝世五十年的王静安先生》，陈平原、王枫编：《追忆王国维》，中国广播电视出版社，1996，第154页。
③ 梁启超：《梁启超全集》第十册，北京出版社，1999，第6259页。
④ 梁启超：《梁启超全集》第十册，北京出版社，1999，第6263页。
⑤ 卫聚贤：《王（国维）先生的死因，我知道一些》，陈平原、王枫编：《追忆王国维》，中国广播电视出版社，1996，第300-301页。
⑥ 周言：《王国维与民国政治》，九州出版社，2013，第139-141页。
⑦ 本章曾删节后公开发表。见张慎：《王国维与清华学人的书信交往》，《中国书法》2018年第4期。

第十一章

鲁迅小说服饰描写的时代性、文化性与思想性

服饰在人类生活中，并非仅仅具有保暖御寒的实用功能，其材质、款制、色彩等方面的差异所体现出来的文化观念、身份等级差别，强烈地展现出服饰的精神文化性质。可以说，服饰既是世界各民族文化的重要组成部分，又是各个独特民族文化、价值观念的重要物质载体。因此，在中国，"衣冠"往往也成为正统文化、制度的象征。在"衣冠南渡"所感叹的政治之变中，往往蕴含着正统文化沦落、流亡之感伤。另外，历史上不同的民族文化之间的交流、碰撞，也常常在服饰形制的移易中体现出来。新服饰的推行，也因而成为新文化观念在民众日常生活中得到切实贯彻的重要标志。不论是"胡服骑射"等民族文化的主动变革，还是如清代统治者的"剃发易衣冠"所体现的异族文化的强制推行，服饰的变迁往往具有强烈的文化变革色彩。甚至在满清政府强制推行的剃发、留辫、易服为代表的强制性文化殖民背后，在清代以来统治者与反抗者之间的"发"与"头"之辩中，惨烈地体现出服饰变革的政治性。

在晚清、民初的时代转型与文化变革中，服饰的变迁同样具有举足轻重的地位。首先，在民族主义观念的影响下，从太平天国的"长毛"，到排满主义者的留发、守"衣冠"，都强烈地体现出蕴藏于晚清的"反清""排满"等政治运动之中的汉民族意识。其次，在中西方文化交流碰撞中，从晚清政府严令禁止留美幼童剪辫，到留美幼童在美国所体验到的"中国女孩子""猪尾巴"的尴尬，再到具有革命倾向的留学生的剪辫……。辫子的去与留，既强烈地体现出对民族文化传统的认同、持守与反叛、革新意识的差异，昭示出晚清中国文化在域外所遭遇的尴尬，同时又蕴含着革命与保守的政治内涵。第三，晚清、民初的剪辫、放足、易服运动，又是

163

当时"新国民"形象想象、实践的重要组成部分。因此,民国元年颁布的"剪辫通令""服制条例",在"改正朔、易服饰"的政治期许之外,更与在中西方文化交流中变革民族文化、塑造新的"国民"形象的目的有关。

鲁迅《呐喊》《彷徨》中的小说恰恰深切地展现了晚清、民国这一时期的社会生活现实。其中服饰的描写同样体现了鲁迅对这一时期文化变革的切身体验与深刻洞察。已有的为数不多的鲁迅小说服饰研究,主要集中于对鲁迅小说服饰描写的文学修辞意义和民俗文化内涵的分析,还没有研究者将鲁迅小说中的服饰描写与晚清、民初的社会文化转型、鲁迅自己的现实体验联系起来,进行社会性、文化性、思想性的考察。在笔者看来,鲁迅对服饰的思考是一个被诸多研究者所忽略的内容,本章主要尝试以鲁迅的小说为研究对象,分析《呐喊》《彷徨》两集小说中服饰描写的时代文化内涵。由于《故事新编》中的小说主要采用了"拟古喻今"的创作思路,其中的服饰描写并不具有时代写实的特征,而更多地具有了象喻色彩。因而,本章着重分析了在《补天》《理水》《非攻》诸篇中的服饰描写所传达出来的鲁迅的批判繁缛、虚骄的传统文化,崇尚简朴务实的思想观念。

一、辫子的去留:政治文化变革的尴尬与惨痛

"辫子"无疑是鲁迅小说的服饰描写中着笔最多的部分。他不仅让"辫子"不时地在自己小说的人物身上跳出来,而且以"辫子"的去留为情节的核心,结构了《头发的故事》与《风波》两篇小说。鲁迅之所以对"辫子"如此重视,与其切身的体验密切相关。在小说《头发的故事》中,N先生说:

> 我出去留学,便剪掉了辫子,这并没有别的奥妙,只为他太不便当罢了。不料有几位辫子盘在头顶上的同学们便很厌恶我;监督也大怒,说要停了我的官费,送回中国去。……不几天,这位监督却自己被人剪去辫子逃走了。去剪的人们里面,一个便是做《革命军》的邹

容，这人也因此不能再留学，回到上海来，后来死在西牢里。①

鲁迅是在 1903 年，也即他留学日本的第二年剪去了辫子。据许寿裳《亡友鲁迅印象记》叙述，鲁迅的剪辫正是在邹容剪掉姚监督的辫子前后②。但是更多的留日学生并不敢如鲁迅那样剪掉辫子，只是把"辫子盘在头顶上"，这便是鲁迅在《藤野先生》一文开篇所讽刺的"富士山"：

> ……成群结队的"清国留学生"的速成班，头顶上盘着大辫子，顶得学生制帽的顶上高高耸起，形成一座富士山。也有解散辫子，盘得平的，除下帽来，油光可鉴，宛如小姑娘的发髻一般，还要将脖子扭几扭。实在标致极了。③

之所以如此，一方面固然是由于保守的文化心态使然，但更为重要的原因在于，"剪辫"既然是对满清政府的一种文化反叛，便必然会面临着诸多的危险。

事实上，从 1872 年开始和容闳一起被大清帝国派往美国留学的幼童，便在美国遭遇了辫子的尴尬："美国小孩常常跟在他们后面喊'中国女孩子'，甚至辱称为'猪尾巴'"。有个别的幼童因之违反大清帝国不准剪辫的规定，剪了辫子，便被勒令遣返回国④。1898 年戊戌变法期间，康有为在给光绪帝上书《请断发易服改元折》，指出了留辫不利于外交、不利于工作机械化、不利于军事战争、不利于走向世界、不利于个人卫生等五大坏处，认为"立国之得失，在乎法治，在乎人心，诚不在乎服制也"，提

---

① 鲁迅：《头发的故事》，《鲁迅全集》（第 1 卷），人民文学出版社，2005，第 486 页。
② 许寿裳：《亡友鲁迅印象记》，倪墨炎、陈九英编：《许寿裳文集》（上卷），百家出版社，2003，第 75 页。
③ 鲁迅：《藤野先生》，《鲁迅全集》（第 2 卷），人民文学出版社，2005，第 313 页。
④ 傅国涌：《百年辛亥》（上），东方出版社，2011，第 200 页。

倡服装合理化，革除陋习，"与国民更使"，开创国民生活的新起点①。然而，康有为等人断发、易服的"新国民"设想很快便随着变法的失败而流产。然而催促大清帝国进行自上而下的"剪辫"革新虽然没有成功，"剪辫"却于1900年之后在国外留洋学生、国内新学堂，甚至陆军学堂和新军中流行开来。虽然当时"剪辫等于违反国法"的观念依然存在，不少学堂甚至出现了开除剪辫学生的现象，但"开除不胜开除"，各地学校不断出现学生大规模的剪辫浪潮②。在这些浪潮中，许多人剪辫并非都具有明确的"革命"目的，更多的是表露出一种对留辫生活方式的不满。这种现象，一方面体现出大清帝国专制约束的松动与失效，另一方面也昭示出当时民众普遍存在的一种反叛心理。鲁迅留日时的剪辫，不能不说与这种剪辫浪潮和时代心理有关。

然而，在这一时期，剪辫不仅具有政治危险性，剪辫子的人常常被统治者视为"革命者"而受到严密的监视，甚至在清理"革命党"之时常常被当作革命者而惨遭杀害。更重要的是，在当时的中国文化环境中，剪辫者往往被视为"异类"，承受着来自民众特别是亲人的压力。1903年柳亚子剪辫时，他的母亲就威胁他，倘若把辫子剪掉，母亲就悬梁自尽。因而，在鲁迅的小说《阿Q正传》中，钱太爷的儿子到东洋（日本）留了几年学，"辫子也不见了，他的母亲大哭了几场，他的老婆跳了三回井"，其实是实实在在的写实。连阿Q都在"革命"时鄙夷他的"老婆会和没有辫子的男人睡觉"，"不是好东西"，正是民众对剪辫者的恶劣心态的真实写照。

在种种压力之下，《阿Q正传》中钱太爷的儿子只好拖着一条"假辫子"，被阿Q之流"深恶痛绝"，视为"假洋鬼子"。《头发的故事》中的N先生也是"一到上海，便买定一条假辫子，那时是二元的市价，带着回

---

① 康有为：《请断发易服改元折》，杨家骆编：《戊戌变法文献汇编》（二），台北：鼎文书局，1973，第263—264页。
② 关于晚清"剪辫"运动的具体细节，见傅国涌：《百年辛亥》（上），东方出版社，2011，第203—208页。

家。我的母亲倒也不说什么,然而旁人一见面,便都首先研究这辫子,待到知道是假,就一声冷笑,将我拟为杀头的罪名;有一位本家,还预备去告官,但后来因为恐怕革命党的造反或者要成功,这才中止了。"

事实上,鲁迅自己也的确有戴"假辫子"、做"假洋鬼子"的尴尬体验。据周作人猜测,可能在1906年鲁迅奉母命回国和朱安结婚时,就戴过假辫子:"头上没有辫子,怎么戴得红缨大帽,想当然只好带上一条假辫吧?我到家的时候,鲁迅已是光头着大衫,也不好打听他当时的情形了。"① 而据鲁迅自己回忆,他于1909年8月回国之后,的确是戴过假辫子,做了"一个多月"的"假洋鬼子":

> 我的辫子留在日本,一半送给客店里的一位使女做了假发,一半给了理发匠,人是在宣统初年回到故乡来了。一到上海,首先得装假辫子。这时上海有一个专装假辫子的专家,定价每条大洋四元,不折不扣,他的大名,大约那时的留学生都知道。做也真做得巧妙,只要别人不留心,是很可以不出岔子的,但如果人知道你原是留学生,留心研究起来,那就漏洞百出。夏天不能戴帽,也不大行;人堆里要防挤掉或挤歪,也不行。装了一个多月,我想,如果在路上掉了下来或者被人拉下来,不是比原没有辫子更不好看么?索性不装了,贤人说过的:一个人做人要真实。②

由于没有辫子,鲁迅便遭遇了冷笑和恶骂,甚至小则被指为"奸夫",大则认为是"里通外国"的"汉奸"。1907年,鲁迅回到故乡绍兴中学去做学监,更是受到了故乡人的种种歧视。对比鲁迅在《病后杂谈之余》中对自己"辫子去留"遭遇的叙述,就可发现《头发的故事》中N先生的

---

① 周作人:《知堂回想录·六四·家里的改变》,三育图书有限公司,1980,第172页。
② 鲁迅:《病后杂谈之余》,《鲁迅全集》(第六卷),人民文学出版社,2005,第194页。

经历其实就是鲁迅自己的经历。

在回顾大清入关以来,特别是太平天国时期老百姓在辫子上的痛苦时,《头发的故事》中写道:"那时做老百姓才难哩,全留着头发的被官兵杀,还是辫子的便被长毛杀!"。事实上,老百姓"因为这不痛不痒的头发而吃苦、受难、灭亡"的现象,在辛亥革命时期同样惨烈地存在着。1911年底,在严峻的革命形势之中,大清朝廷终于同意了剪辫的提案,下旨臣民都可以"自由剪辫"。而远在南方逐渐宣布独立的各省,都先后发布了"剪辫令"。尽管有的发布令强调剪辫"先官后民,军警政人员必须剪辫,一般民众则没有这么严格"。然而,许多地方都出现了组织"剪辫军"进行"强制剪辫"的现象,造成了恐慌①。《阿Q正传》中描述辛亥革命时说:"只有一件可怕的事是另有几个不好的革命党夹在里面捣乱,第二天便动手剪辫子,听说那邻村的航船七斤便着了道儿,弄得不像人样子了。"所描写的便是这一情况。

而在一些还没有宣布独立的地区,却很快出现了捕杀剪辫者的浪潮。南京张勋的"辫子兵"、东北张作霖的"喽啰"都是因杀剪辫者最多而闻名的。"南京城内大施拘捕,凡是无发辫者,皆就地屠杀,学生遭杀者逾千人""沈阳城的城墙上悬挂着一排一排的没有辫子的人头,城门内站立着几十个手持刀枪、身穿灰衣、垂着大辫子的张作霖的喽啰",便是当时惨烈的景象。正是由于这种惨烈的教训,许多人在剪辫问题上都持有观望的心态。而这种观望的心态,事实上也流露出民众对辛亥革命的观望态度。甚至在1912年孙中山做了临时大总统,颁布了"人民一律剪辫"的通令,将没有按期剪辫的按"违法论"之后,仍有不少人将辫子盘在头顶上,直到1917年张勋复辟之后。小说《风波》便叙述了1917年一度因惨烈屠杀剪辫者而闻名的张勋扶持溥仪复辟,给被迫剪去辫子的七斤一家所带来的恐慌。小说中的赵七爷"革命以后,便将辫子盘在顶上,像道士一般",而今则"已经不是道士,却变成光滑头皮,乌黑发顶"了。直到十

---

① 相关情况,见傅国涌:《百年辛亥》(上),东方出版社,2011,第235-241页。

多天的复辟闹剧过去之后，赵七爷仍然没有剪辫，而是"辫子又盘在顶上了"。

由于辫子的去留关乎性命，不少民众大都基于历史经验教训，对"剪辫"心有余悸，因而不敢剪辫。而那些"咸与革命"的革命者的拒不剪辫，则不能不说体现了这些所谓的革命者的投机心理。鲁迅的小说在反思辛亥革命失败的时候，也常常通过那些革命参与者服饰变革的不彻底性，来展现辛亥革命中的投机革命与革命形式主义现象。在《阿Q正传》中，辛亥革命也不过是辫子的变化而已：在未庄里，"赵秀才消息灵，一知道革命党已在夜间进城，便将辫子盘在顶上""几天之后，将辫子盘在顶上的逐渐增加起来了，早经说过，最先自然是茂才公，其次便是赵司晨和赵白眼，后来是阿Q。""假洋鬼子"则将"已经留到一尺多长的辫子都拆开了披在肩背上，蓬头散发的像一个刘海仙"。县城的衙门里，则是大堂上坐着"一个满头剃得精光的老头子"，两旁边的衙役"有满头剃得精光像这老头子的，也有将一尺来长的头发披在背后像那假洋鬼子的"。除了辫子的变化之外，一场轰轰烈烈的革命，对于未庄的民众来说，也不过是花钱"捐"一块"银桃子挂在大襟上"而已。辛亥革命在民众这里不过是一场不彻底"剪辫运动"与服饰的点缀罢了。

二、缠足与衣服等级：文化观念移易的艰难

如果说剪辫的阻力更多地源自辫子的有无关涉着重要的政治玄机，可能危机性命，那么晚清、民初废除缠足在实践中所遇到的民众的阻碍，则主要体现了传统文化观念移易的艰难性。

早在晚清，张之洞便感叹中国妇女因缠足"废为闲民谬民"，"不能直立，不任负载，不利走趋，所作之工，五不当一。"[①] 戊戌变法时期，康有为上《请禁妇女裹足折》给光绪皇帝，从强健种族的角度考虑，认为"欧

---

① 张之洞：《张尚书不缠足会叙》，张玉法、李又宁编：《近代中国女权运动史料》（下册），传记文学社，1975，第847-848页。

美之人，体直气壮，为其母不裹足，传种易强也。……吾国之民，弱纤倭，为其母裹足，故传种易弱也。"① 可见，晚清就开始的放足运动，更多是出于对妇女的劳动能力以及强种保族等方面的考虑。为了推进这些设想的实践，康有为率先组织了"不裹足会"，带头让自己女儿康同薇不裹足。由于满洲人崇尚天足，反对裹足与清朝政治、文化不存在冲突，因此反缠足得到了大清帝国的支持。到了民国时期，放足运动形成了声势，出现了专门宣传"天足"的《天足日报》《天足会报》等刊物。因而，与剪辫不同，"放足较少引起社会风波，因为它的阻力不是来自上层，而是来自传之久远的习惯势力。"②

在鲁迅的小说中，缠足现象主要出现在传统观念深重的农村妇女身上。在《风波》中，1917年张勋复辟终成闹剧，乡间的"辫子"风波也不过是一场"风波"而已。然而令人触目惊心的是，小说结尾以简淡的笔墨交代了张勋复辟一年之后，也就是1918年时七斤的女儿的情况："六斤的双丫角，已经变成一支大辫子了；伊虽然新近裹了脚，却还能帮同七斤嫂做事，捧着十八个铜钉的饭碗，在土场上一瘸一拐的往来。"可见，男性辫子的去留已经不再是关乎脑袋、性命的事情了，女性的裹脚却依旧"一瘸一拐"地出现在乡村历史发展的进程中。小说《离婚》叙述了农村妇女爱姑对丈夫"出轨"的反抗，然而鲁迅却揭示了这种反抗更多地是来自于爱姑大胆、泼辣的原始生命强力，很难说是出自女性主体的真正自觉。因此，如此强悍的女性很快被七大人鼻烟瘾的"威势"所吓倒，很快地驯服了。由此再看鲁迅特意多次描写的爱姑的那双被缠成"钩刀样的脚"，不能不说，她也只能既是传统文化的受害者，也是传统文化中的一员。她的"离婚"还无法昭示出独立的女性主体意识与婚姻自由意识。

在辫子、缠足之外，传统身份等级、文化等级观念的遗留，是鲁迅小说服饰描写所揭示的又一种难以改变的传统观念。在鲁迅的小说中，阿Q、

---

① 康有为：《请禁妇女裹足折》，杨家骆编：《戊戌变法文献汇编》（二），鼎文书局，1973，第242-243页。
② 竺小恩：《中国服饰变革史论》，中国戏剧出版社，2008，第139页。

170

祥林嫂等底层民众大都身着短衣、夹袄，穿长衫是具有一定经济实力和文化地位的象征。当时民众中的这种由服饰款式所显示出来的身份等级观念，在《孔乙己》中具有细致的表现。孔乙己"穿长衫"正是由于他曾经具有读书人的文化身份。然而由于科举失败，他读书人的象征资本并没有转化为切实的物质地位。经济困窘、生活艰难，而又不甘心放弃读书人"尊贵"的文化身份，因此便成了咸亨酒店里"站着喝酒而穿长衫的唯一的人"。鲁迅通过孔乙己"又脏又破"的长衫，揭示出孔乙己经济地位与身份认同的错位，展现出他的自我定位的虚幻性。小说结尾，孔乙己的生活越发艰难，由破长衫变为破夹袄，其精神世界中的身份幻想便最终破灭殆尽了。

辛亥革命之后，由于新服制的颁布和洋装的流行，洋装洋服逐渐取代长衫成为观念新潮与身份地位的象征。因此，在小说《风波》中，赵七爷的那件"宝蓝色的竹布长衫"，从1915年到1917年"三年以来，只穿过两次"。然而，1917年的张勋复辟给这些在辛亥革命之后失落了身份地位者带来了新的幻想，于是赵七爷之流便又重新穿上了"长衫"。直到复辟闹剧结束，"长衫"才重新收了起来。

三、改正朔、易服饰：对西方文化的接受与认同

西方文化在晚清对中国传统文化的冲击，同样也表现在服饰上。早在1898年的戊戌变法中，康有为在《请断发易服改元折》中就通过中西方服饰的比较，指出中国传统服饰的"宽衣博带、长裙雅步"，已经"诚非所宜矣"。与此同时，随着大清帝国从1872年开始派遣留学生以来，许多留洋学生受西方思想文化的影响，开始脱掉大清的长袍马褂，穿上西洋服装。然而，这些身穿洋服的留学生一旦回国，便与剪辫一样受到民众的歧视。《头发的故事》中的N先生戴假辫子受到了歧视，在愤怒之下为了表示抗争，"便索性废了假辫子，穿着西装在街上走"，结果所遇到的是一路笑骂，只好"不穿洋服了，改了大衫"。由于没有辫子而穿大衫，显得不伦不类，"骂得更厉害"。最终，只好用西洋的手杖"拼命的打"了。而在

文化封闭的内地乡村，穿洋服更是显得"异类"。所以只有到了辛亥革命"咸与革命"之时，《阿Q正传》中的"假洋鬼子"才名正言顺地穿了"一身乌黑的大约是洋衣"。

辛亥革命之后，中华民国决定"改正朔，易服色"。经过"博考中外服制，申择本国材料，参酌人民习惯以及社会情形"[1]，1912年10月3日，中华民国临时政府参议院颁布了《民国服制》。新服制参照西式衣服习惯，规定了男女礼服的款制、材料与特点。新服制所规定的西式礼服虽然只是在民国初年的政界流行，对民众的约束力不是很大。但是由政府来推行西式服装，却促进了洋装在民初的流行。西装革履在学生等青年群体中成为"时髦"而流行起来[2]。在《伤逝》中，涓生与子君所居住的会馆"邻院的搽雪花膏的小东西""穿着新皮鞋"，便是这赶时髦者之一。不仅如此，西式的服装特点也渐渐融合到女学生的服装选择和设计当中来。民国以来女学生中的开放者，日渐流行起"文明新装"。这种服装大多是上罩"腰身窄小的大襟衫袄，摆长不过臀，袖短露肘或露腕呈喇叭形……，衣摆多为圆弧形"，下露黑色套裙，套裙"长至足踝，后渐全小腿上部"[3]。《伤逝》中的子君，穿着的便是"布的有条纹的衫子，玄色的裙"，而且脚上穿着"高底尖"的皮鞋，是"五四"时期个性解放女学生的典型装扮。

更重要的是，随着学堂的推行和文化交流的深入，西方服饰已经深入到民众的日常生活之中。《幸福的家庭》中的作家为投流行观念之所好而设计的"幸福的家庭"的样本，便是男女主人公都是西洋留学生，"主人始终穿洋服，硬领始终雪白；主妇是前头的头发始终烫的蓬蓬松松像个麻雀窠，牙齿是始终雪白的露着，但衣服却是中国装"。而且，一些较为保守的家庭也开始认同西式文化与英文。在《肥皂》中，四铭为儿子挑选了"中西折中""英文又专是'口耳并重'的"学堂，便体现出一些富足的

---

[1] 《袁总统饬定民国服制》，《申报》2012年5月22日。
[2] 丁万明：《民国初期服制变革的成效及其文化意蕴》，《社会科学论坛》2012年第3期，第222页。
[3] 包铭新主编：《世界服饰博览·中国旗袍》，上海文化出版社，1998，第21页。

传统家庭对西式文化的接受和认可。于是，在中国的传统家庭里出现了中西服装并存、父子两代易服的奇特景观：思想较为保守的四铭，脚穿布鞋，身着长袍，外罩"布马褂"，依旧是典型的传统装束。而他的儿子则已经是穿着皮鞋"橐橐"地满院子走了。四铭一面反对女性上学堂、剪头发，咒骂着"男人都像了和尚还不够，女人又来学尼姑了"，另一面又无视儿子的西洋装扮；一面咒骂英语为"鬼子话"，另一面又特意为儿子挑选了"英文又专是'口耳并重'的"学堂，所显示的恰恰是在西方文化接受过程中，保守与顺应相交织的复杂心态。

当然，这种对西方服饰的接受、西方服饰与中国传统服饰的融合现象，更多地出现在与西方文化、新文化有着较多接触的学生、知识者、职员等群体身上，在广大的底层民众身上，还很少出现这样的服饰变化。而且从地域来看，服饰的变化也主要出现在文化较为开放的都市与乡镇，而"广大乡村的民间服饰受时代影响较小"[1]。

四、摒虚纹、崇实用：《故事新编》服饰描写的文化态度

鲁迅的《故事新编》中的小说，都是采用"一点旧书上的根据"，"拾取古代的传说之类""信口开河"[2]，是古代"神话、传说及史实的演义"[3]。因而其中的服饰描写大都不具有写实的特征，而是更多地具有象喻色彩。鲁迅在"新编"的时候，不仅使"故事"大都带上了作者的内心体验和时代思考，而且常常通过"油滑"的手法让现实世界的人物、言行以夸张、漫画化的形象，穿上古代的衣饰，出现在古代世界里。

1922年创作的《补天》，是用弗洛伊德学说解释"人和文学的"创造缘起。小说中女娲的创造精力得不到发挥时的"无聊""懊恼"，造人

---

[1] 丁万明：《民国初期服制变革的成效及其文化意蕴》，《社会科学论坛》2012年第3期，第223页。

[2] 鲁迅：《〈故事新编〉·序言》，《鲁迅全集》（第2卷），人民文学出版社，2005，第354页。

[3] 鲁迅：《〈自选集〉·自序》，《鲁迅全集》（第4卷），人民文学出版社，2005，第469页。

时的"从未有过的勇往和愉快",与厨川白村在《苦闷的象征》中将文学创作的根源视为"生命力受了压抑而生的苦闷懊恼"①的观点极为契合。尽管鲁迅是从1924年才开始翻译《苦闷的象征》的,然而早在1921年1月16日到22日的《时事新报·学灯》上就连载了明权翻译的"创作论"和"鉴赏论"两部分。鲁迅可能正是受了厨川白村的影响,形成了这样的构思。在小说中,充盈着创造精力的赤裸的、"肉红色"的女娲的身体,与宇宙间瑰丽的色彩相融合,"全身的曲线都消融在淡玫瑰似的光海里",成为一幅宏大、绚丽的图画,体现出强烈、飞动的生命韵律。而女娲的创造物,却渐渐出现了"用什么包了身子"的求仙者,"遍身多用铁片包起来"互相杀戮的兵士,神色平淡地抢夺死尸腰间围着的"一块破布片"的"东西","累累坠坠的用什么布似的东西挂了一身,腰间又格外挂上十几条布,头上也罩着些不知什么,顶上是一块乌黑的小小的长方板"的穿古衣冠的小丈夫。与这种服饰变化相伴随的是,文化观念的日渐繁缛。在这些常常成为抢夺、征伐、杀戮的口实的繁文缛节中,创造者女娲赤裸的身躯也被宣布为"裸裎淫佚,失德蔑礼败度,禽兽行。国有常刑,惟禁"了。与天地、宇宙色彩相和谐的原始生命力、创造力,终于被日渐繁缛的文化观念所禁锢!这里显然蕴涵着鲁迅对传统文化的批判态度。

1930年代严峻、混乱的国内形势与鲁迅在"左翼"阵营内外的复杂处境,使他日渐厌恶空谈的口号和虚骄的观念,开始重视并选择了"埋头苦干""不断去做"的精神与姿态。分别创作于1934年8月的《非攻》、1935年11月的《理水》便从墨子、大禹等形象身上发掘了民族传统中的实干精神。《非攻》中墨子的穿戴、饮食、生活习惯都是农民式的。在为民请命的奔忙中,他衣服来不及打点,草鞋"碎成一片一片"的,"只好撕下一块布裳"来包脚,"破衣旧裳,布包着两只脚,真好像一个老牌的乞丐了"。墨子不仅反对自己学生们"故弄玄虚"的空谈,而且在评价公

---

① 鲁迅:《〈苦闷的象征〉·引言》,《鲁迅全集》(第10卷),人民文学出版社,2005,第257页。

输般的木鸟时提出"有利于人的,就是巧,就是好,不利于人的,就是拙,也就是坏的",表达了对华而不实的文化创制的鄙弃。墨子的这种"摒虚纹、崇实用"的文化态度,事实上也是鲁迅这一时期思想的体现。早在1933年8月27日所作的《小品文的危机》① 一文中,鲁迅便鄙弃"供雅人摩挲"的"清玩"等一类"小摆设",重视能够用来"挣扎和战斗"的文化创造,表达了在风沙扑面、狼虎成群的时候崇尚战斗和实用的文化态度。1934年9月25日,鲁迅又在《中国人失掉自信力了吗》一文中,将具有实干精神的人认定为"中国的脊梁",指出"我们从古以来,就有埋头苦干的人,有拼命硬干的人,有为民请命的人,有舍身求法的人,……虽是等于为帝王将相做家谱的所谓'正史',也往往掩不住他们的光耀"②。

鲁迅"摒虚纹、崇实用"文化态度,更鲜明地体现在《理水》中"由考察大员、官场学者以及小民奴才组成的光怪陆离的世界"③ 和由大禹及一帮平民实干家组成的简朴务实的世界的对立上。文化山上的官员学者以及身着"酱色长袍的绅士"们侈谈"文化"、孝道、正统,大搞考据学、蝌蚪文、奇异食品展览会,是一个充斥着空谈的世界。而"面目黧黑,衣服破旧","不穿袜子,满脚都是栗子一般的老茧"的大禹,与那些"黑瘦的乞丐"似的"同事"们,则是一个实干的世界。一边是"白须发的,花须发的,小白脸的,胖而流着油汗的,胖而不流油汗的官员们",另一边是"一排黑瘦的乞丐似的东西,不动,不言,不笑,像铁铸的一样"。正是后者,默默地支持着这个世界。

然而,洪水过去之后,"京师的景况日见其繁盛了。首先是阔人们有穿了茧绸袍,……大绸缎店里挂着华丝葛;……再后来他们竟有熊皮褥子

---

① 鲁迅:《小品文的危机》,《鲁迅全集》(第4卷),人民文学出版社,2005,第590-593页。
② 鲁迅:《中国人失掉自信力了吗》,《鲁迅全集》(第6卷),人民文学出版社,2005,第122页。
③ 钱理群:《〈故事新编〉解说》,《走进当代的鲁迅》,北京大学出版社,1999,第129页。

狐皮褂，那太太也戴上赤金耳环银手镯了。""终于太平到连百兽都会跳舞，凤凰也飞来凑热闹"。繁缛的服饰与文化，再次淹没了简朴务实的精神。①

---

① 本章曾删节后公开发表。见张慎：《服饰变迁与政治、文化转型：鲁迅小说服饰描写的时代性、文化性与思想性》，《社会科学论坛》2017年第1期。

第十二章

理想人性与诗意生存的探寻：徐訏剧作思想剖析

众所周知，徐訏是以戏剧为开端走上文学创作道路的。而且，戏剧也是他终身探索的文体之一，分别于1930-1935、1939-1942、1976年前后形成了他戏剧创作的三个高潮，创作了40多部剧作。不仅如此，徐訏还曾写下20多篇专门探讨戏剧艺术的文章。戏剧创作的诸多特点还渗透到他的其他文体创作之中，对其小说、诗歌、散文创作产生了重要影响。更重要的是，徐訏的戏剧创作不仅在其文学世界中具有重要的地位，而且"与他的生命个性和精神方式有着难以割舍的联系"，"积淀着他主体的生命汁液"，因此如果"回避了对徐訏戏剧世界的审视与阐释，我们就无法认识和把握徐訏精神个体的全部特殊性。"[1]

1980年代以来，徐訏的创作逐渐受到中国大陆研究者的重视，逐渐"升温"，并在21世纪形成了"热点"。然而，徐訏研究主要集中在其小说创作之上，对其戏剧的研究相对薄弱。仅从21世纪以来的徐訏研究情况来看，在中国知网统计出的350余篇徐訏研究论文中，仅有不到20篇徐訏戏剧研究的文章。此外有关徐訏戏剧的研究，便只有《中国现代戏剧史稿》（1989年初版，2008年再版）、《中国现代戏剧思潮史》（1994）、《20世纪中国话剧的文化阐释》（2001）、《上海孤岛话剧研究》（2009）、《中国现代非主流戏剧研究》（2012）等现代戏剧史著作，《漂泊的都市之魂：徐訏论》（1993）《徐訏新论》（2013年博士学位论文）等论著中部分章节的评述了。可以说，徐訏戏剧研究的薄弱与戏剧在徐訏创作生涯中的重要性严重相悖。而且，整体来看，已有的徐訏戏剧研究存在着：思想内容研究的

---

[1] 吴义勤：《漂泊的都市之魂：徐訏论》，苏州大学出版社，1993，第131-136页。

焦点较为集中，仍有深入拓展的空间；戏剧风格、戏剧类型研究较为成熟；戏剧舞台、灯光、声响的研究相对薄弱；对徐訏戏剧理论建构、戏剧美学思想缺乏系统的发掘等特点和不足。本章主要以徐訏戏剧的思想内容为研究对象，试图在总结已有研究的基础上，填补其不足，努力推动徐訏戏剧研究走向深入。

一、"爱"的变奏与人性隐忧

由于徐訏的大部分戏剧表现的是男女婚恋主题，因而对徐訏戏剧中"爱的哲学"及其演变的研究较为充分。研究者不再简单地认为徐訏"得心应手的婚恋生活描写，却显露出思想认识和生活情调方面的偏颇"①，而是开始正面挖掘徐訏剧作的爱情观念，梳理其演变历程。对徐訏戏剧研究用力较勤的盘剑认为，徐訏从1930年代开始逐渐形成了以"爱"为核心的哲学体系，并大致经历了男女之"爱"、兄弟之"爱"、祖国乃至人类之"爱"三个发展阶段②。而且，随着徐訏对社会现实认识的深入，其爱情书写出现了从表现不为世俗利益所动的"纯洁、高尚"的爱情到这种"爱的理想"遭到现实摧残的演变过程。因之，其剧作的风格也从"明快幽默"发展到在讽刺中隐现着"寂寞与哀愁"③。不同于《青春》（1930）、《忘忑》（1931）、《心底的一星》（1932）等剧作以喜剧的方式肯定青春男女的欢愉情爱，徐訏在《女性史》（1933）、《人类史》（1935），以及1940年前后的《生与死》（1939）、《月亮》（1939）、《潮来的时候》（1940）、《租押顶卖》（1941）、《男婚女嫁》（1941）、《母亲的肖像》（1941）等多部戏剧中表现了理想的、合乎人性的"爱"与世俗观念、物质利益、民族信仰、法西斯战争的冲突。特别是由于徐訏对社会世俗观念的深入了解和

---

① 陈白尘、董健：《中国现代戏剧史稿》，中国戏剧出版社，1989，第385页。
② 盘剑：《学者之剧：徐訏戏剧创作的独特风格》，《中国现代文学研究丛刊》1993年第2期。
③ 盘剑：《论徐訏的"诗化之剧"》，《中国现代文学研究丛刊》1997年第2期。

他自己在1940年前后遭遇的婚姻变故①,使他1940年前后的戏剧集中于爱情与金钱的冲突上。其中,讽刺喜剧《租押顶卖》中房东为了多收房租,竟然连自己的女儿都出租给了房客;《男婚女嫁》则不论是年轻人的求婚,还是高百年与鲍千里两人互换太太,都是为了追求金钱和财产,不再追求诗意的、超功利的爱情。这类剧作以讽刺喜剧的形式,表达了徐訏对金钱观念侵蚀爱情婚姻的不满。在《生与死》《月亮》《潮来的时候》《母亲的肖像》等剧作中,无视世俗实利的纯洁爱情与计较金钱得失的功利观念之间的碰撞同样是其重要的戏剧冲突。张美度与徐宁、张剑平与沈守白、月亮与张盛藻、缘茵与觉岸、卓梅与达伟等人都追求情感相投的超功利爱情。然而这种理想爱情的追求却受到了世俗功利观念的重重阻碍,大都走向了悲剧。徐訏在这些剧作中一面以诗意的超越精神表现纯洁爱情的可贵与美好,另一面却又正面表现了世俗社会对这"爱的理想"的扭曲与异化。

更重要的是,徐訏的戏剧创作大多是借男女婚恋主题来表达他对人性、对文化的哲理性思考。正如徐訏自己所言:"讽刺女性与攻击男子都不是我的主旨,我觉得人性往往是独断与自私,但人性也往往有公平与利他。"② 可以说,借男女爱情来审视微妙复杂的人性,揭示诗意生存的理想与世俗社会的冲突,是徐訏文学创作常见的主题。

徐訏1930-1935年间的《野花》《男女》《难填的缺憾》等剧作都是以青年男女为了爱情而自杀为情节模式。《野花》中少年向少女表白爱情时,一直是机智、幽默地逗趣和愉快的情绪。然而,两人互相调侃的话题逐渐聚焦到少年是否真的愿意为少女而自杀的问题上。在少女再三的追迫之下,少年只好以自杀来证明自己爱的真诚,令少女追悔莫及。《男女》

---

① 1938年徐訏回国与妻子赵琏团聚,1939年生下了小女儿晴夷。但不久赵琏与苏青丈夫李钦后发生婚外情,徐訏与赵琏于1941年8月协议离婚。据赵柏田《寂寞徐訏》(《书城》2008年第3期)中记叙,苏青在《结婚十年》以赵琏为原型塑造了"胡丽英"形象。胡丽英喜欢打扮、爱慕虚荣,嫌弃自己的丈夫因一心写小说而弄得家庭生活拮据。

② 徐訏:《母亲的肖像·后白》,上海夜窗书屋,1941,第101页。

的第二幕同样是男性在向女性求爱无果后，选择以自杀的方式来证明自己爱之真诚。男子自杀后，女性吃惊地喊出了"啊哟！原来男子真的会自杀的！"《难填的缺憾》新婚妻子因为丈夫说了一句她表妹好看便与丈夫吵闹。丈夫在气恼中说了"已经同她接过吻，我去找她去"，女子便在悲愤中自杀了。可以见出，这些爱情悲剧的根源都与社会冲突无关，而是更多地源于男女自身的无意识情绪的引导。徐訏敏锐地捕捉到了青年男女在恋爱中某些可能导致爱情悲剧的复杂微妙的情绪和冲突，对其作了表现和反思。需要注意的是，这三个剧本的时间、地点、人物的处理，都采取了"拟未来派戏剧"的抽象化、符号化的方式。例如《野花》的时间、地点、人物的说明分别是："某年某月某日某时""某国某省某处某地""某少女同某青年"；《男女》的人物设置只有"男""女"；《难填的缺憾》的时间是"无论什么时候的傍晚"，地点是"无论什么地方的都市"。考之于徐訏戏剧创作的整体情况便知，徐訏常常采用这种时间、地点、人物的抽象化、符号化的方式，将剧本的思考提升为普遍性、人类性的问题。显然，在徐訏看来，某些可能导致的爱情悲剧的复杂微妙的无意识情绪和冲突，是青年男女在恋爱中普遍存在的现象。对这些问题的表现和反思，体现了徐訏对热恋中青年男女的微妙精神世界的洞察和审视。

徐訏戏剧对人性、人生的哲理思索，还体现在他对爱情婚姻与艺术追求的冲突的思考上。《雪夜闲话》（1931）中画家的二女儿琳薇"会音乐，跳舞，唱歌，写诗"，但因为与父亲在一起的"生活太单调的缘故"，"诗的情调变得篇篇都是一样""琴的音调也是曲曲一样"。于是她离弃了父爱去流浪，追寻新鲜的艺术活力。琳薇在流浪中与诗人杜为相爱，艺术的情调又停顿下来，只好再次离弃了爱情而去流浪，试图寻求新的艺术活力。这里体现的是琳薇的艺术追求与"爱"的单调稳定生活之间的矛盾。受徐訏此时"爱的哲学"的影响，在爱情婚姻与艺术追求的冲突中，徐訏最终肯定了爱的价值。在戏剧的结尾，徐訏让弥留之际的琳薇悔悟"爱"才是人生最可宝贵的。同样，《心底的一星》（1932）中女剧作家感到自己的艺术理想与爱情追求存在矛盾，逃避爱情。然而当她听了侍女和新闻记者有关青春、爱情的议论之后，最终决定接受爱情。徐訏将她思想的这种变化视为"心底的一星"加以肯定。而在《母亲的肖像》（1941）中，徐訏对这一问题的思考走向了深入。从表面上看，《母亲的肖像》的冲突是金钱观念与爱情理想的冲突。然而细致辨析就会发现，母亲、晓镜、卓梅的爱情历程及其悲剧，都是爱情与事业的冲突造成的：父亲李莫卿忙于生意，无视爱情的存在，致使母亲在寂寞与哀愁中与朴羽发生了关系；卓榆为了绘画理想到法国留学，冷落了晓镜，导致晓镜在激愤中嫁给了他父亲；卓梅同样担心自己与达伟的爱情会影响她对音乐艺术的追求。如果说，李莫卿与卓梅等人之间的金钱观念与爱情理想的冲突是此剧的表面冲突的话，诸多人物体现出来的爱情婚姻与艺术追求的矛盾则是此剧的深层矛盾。在剧作中，徐訏借朴羽之口指出，人生的这一深层冲突是由于"生物有两种使命，一种是完成自己，一种是延续种族"。面对二者的矛盾，"一个人也只好在两种之中求调和"①。在徐訏看来，个人的艺术事业追求，是自我理想的实现，是为了"完成自己"，实现自我的价值；而爱情、婚姻则必须为爱人和家庭做出自我牺牲。前者更多的是"利己"，后者则更多的是"利他"。正如徐訏在本剧的"后白"中所言，"人性往往是独断与自私，但人性也往往有公平与利他"②。在本剧中，朴羽不仅自己为年轻一代的幸福、快乐而甘愿作出牺牲，而且说服晓镜承担起了"母亲"的责任。显然，徐訏在肯定个人的自我完善的同时，更借朴羽、晓镜的形象肯定了人的"利他"精神，体现出了徐訏对人的权利与义务、人的生命理想与责任的深入思考。

正因为徐訏常常借男女爱情来审视微妙复杂的人性，一些研究者并不仅仅局限在"爱情""婚恋"的狭隘视野之内研究徐訏的剧作，而是将徐訏的"爱的哲学"与他对人性、对文化的哲理性思考联系起来加以认识，进行了更为深入的挖掘与阐释。例如，有研究者指出，徐訏1940年代初前后对爱情与金钱的冲突表现中"多了一些人性思考的凝重和忧虑"，在

---

① 徐訏：《母亲的肖像》，《徐訏文集》第 16 卷，上海三联书店，2008，第 239 页。
② 徐訏：《母亲的肖像·后白》，上海夜窗书屋，1941，第 101 页。

"冰冷的讽刺"背后隐现着"寂寞的哀愁"。也就是说,徐訏深切地意识到金钱对社会、人性的扭曲和异化:"法律是神圣的,但一遇到金钱,法律就化为乌有;爱情是神圣的,但遇到金钱,爱情就化为乌有;天下有近真的真理,有近善的道德,有近美的时髦,但现在都隶属于金钱之下,因金钱之有而有,因金钱之无而无了。""世界到如今,全人类都在金钱之下喘气了。"① 在徐訏的《租押顶卖》《男婚女嫁》等剧作中,以金钱为代表的世俗观念"往往是纵横捭阖、鞭辟入里,乍一看是用诡辩手法设置一个使对方陷入被动的圈套,实际上却有一种真实、冷峻、不容回避的力量。"② 这些观念,源自徐訏对孤岛上海生活中弥漫的世俗功利心态、及时行乐观念的体验和观察。看似荒谬,却是源自当时的社会现实;虽与理想的人性相悖,却更符合现实的生存逻辑,因而别具冷峻的真实性。这种荒谬中的真实,真实中的荒谬,恰恰体现了徐訏喜剧的"笑中泪",流露出的是他对世俗功利观念扭曲健康人性的忧惧与哀愁,即徐訏自己所谓的"寂寞的哀愁"③。

二、"现代文明"的接受与反思

徐訏有着自觉的中西文化比较意识,并在1933年到1939年间成写下了《论中西的风景观》《谈中西艺术》《西洋的宗教情感与文化》《中西的电车轨道与文化》《印度的鼻叶与巴黎的小脚》《民族间的距离》《谈中西的人情》等大量讨论东西方文化的散文。而且徐訏有着北京大学哲学系毕业的学习背景,他在思考人性、文化时常常将问题抽象化、哲学化,放置

---

① 徐訏:《谈金钱》,《徐訏文集》第9卷,上海三联书店,2008,第224-226页。
② 赵建新:《寂寞的哀愁与冰冷的讽刺:徐訏喜剧艺术论》,《戏剧(中央戏剧学院学报)》2010年第2期。
③ 徐訏在《孤岛的狂笑》的后记中说:"《孤岛的狂笑》是一个笑剧,但是每个笑剧都有它的骨干;朋友也许会看到我里面冰冷的讽刺,但是我在里面的确还隐藏着寂寞的哀愁,不瞒您说,因为我是在寂寞的哀愁中,才看到这些笑料。那么就让我的冰冷的讽刺与寂寞的哀愁溶在我的笑声里,或者让我的笑声把我冰冷的讽刺与寂寞的哀愁保藏着吧。"(徐訏:《孤岛的狂笑·后记》,上海夜窗书屋,1941,第93页)

在哲学史、思想史的背景上加以观察和思考。

众所周知,从1920年代初梁启超的《欧游心影录》、梁漱溟的《东西文化及其哲学》、张君劢的《欧洲文化之危机及中国新文化之趋向》等文章发表以来,有关中国文化的发展应该是"全盘西化"还是坚守"中国文化本位"的论争一直延续至今。面对这一论争,徐訏认为不论是"全盘西化"论还是"中国文化本位论",都只是从"国界"的层面上思考文化发展的问题。这样争论下去,只能过多地纠缠于是应当学习英国、法国、德国、日本还是应当坚守本国文化上。他认为文化发展的关键在于是否接受普世性的"现代的文明"。"这现代文明是现代的时代精神"。中国的文化发展与其去模仿西洋的某一国家,不如"直接接受这时代的文明"[1]。在徐訏看来,"现代文明"的主要趋势便是"唯理"的"机械文明"的发展。他指出日本的明治维新对"物质文明的模仿与接受,在社会上产生了唯理的精神,于是其工作效率"成为其"精神文明挟进的保障",可见"东方的民族可以走唯理的道路是同西方民族一样的"[2]。显然,徐訏的文化意识超越了"东方化还是西方化"的问题视野,已然将文化的发展直接定位于"现代文明"的接受上,从而使相关的思考从"西化"问题推进到了"现代化"的问题上。

但是,徐訏在肯定中国文化的发展必须"直接接受"现代文明的同时,也对现代文明的弊端提出了反思。他在中西方文化的比较中认为,西洋文明是"论理"的,而中国文化是"伦理"的。"论理的文化反映在民族性则是唯理的""伦理的文化反映在民族性"则是"唯情"的。西方现代文明的"唯理主义"导致了"社会中,一分钱一分货,什么都是刻板的机械的买卖,没有一点点意趣与感情",弄得人人都感到孤独,"文明到了

---

[1] 徐訏:《西洋的宗教情感与文化》,《徐訏文集》第9卷,上海三联书店,2008,第18-20页。
[2] 徐訏:《中西的电车轨道与文化》,《徐訏文集》第9卷,上海三联书店,2008,第34页。

把人类再赶到'穴居'时代"①。他认为:"工业的发达,机械的发明,是人类常常自己骄傲的收获,但是人类能在这方面享受其益的,比享受其苦的是要少十万倍。"②

徐訏对"现代文明"的反思,与其自身的生活体验有关,更与近代以来西方现代哲学反思启蒙理性对人性、人情的异化的发展趋势有关。徐訏在讨论现代文明的"唯理主义"时,常常将其放置在哲学史、思想史的脉络中加以反思。这就使得他的文化观念具有了强烈的现代哲学意识。例如他反思近代"机械的科学观"和"独断的十九世纪唯物论":

> 科学把人类的狂妄鞭醒,觉得人不过也是一个动物,并不是有什么特权,但是这种机械的科学观发展到 Haeckel 到了顶峰,以为人是动物中之最高级者,赖科学的万能就可把世界解释控制得完完全全的。于是人类又骄傲狂妄起来,如尼采之辈的"超人"观念,对于劣等民族,主张淘汰。想有一种"超人"来将世界升华。可是新的不同的哲学,如柏格森,如罗素,如哲姆斯都从这种独断的十九世纪唯物论解放出来,这因为科学已不如以前这样的万能,开明的科学家,如麦克(Mack),如邦因加雷(Ppincare)都把科学的律令看作一种假说。所以人的自大狂又受了打击。③

因此,徐訏剧作中的爱情与金钱的冲突,所表现的其实是徐訏的自然人性理想与现代社会对人性的异化矛盾。其中所流露出的"寂寞的哀愁",也并不仅仅是对世俗功利观念扭曲健康人性的哀愁,更是对现代文明异化人情、人性的忧惧。也就是说,在徐訏剧作中的"寂寞的哀愁"背后,既

---

① 徐訏:《中西的电车轨道与文化》,《徐訏文集》第 9 卷,上海三联书店,2008,第 35 页。
② 徐訏:《和平与争》,《徐訏文集》第 9 卷,上海三联书店,2008,第 273 页。
③ 徐訏:《西洋的宗教情感与文化》,《徐訏文集》第 9 卷,上海三联书店,2008,第 21 页。

有着深深的人性隐忧，也有着强烈的文化忧惧。徐訏在《鬼戏》（1935）中正面表现了他对现代机械文明的这种复杂态度。在此剧中，徐訏将现代机械文明（也可以说是拥有现代机械文明的西方国家）塑造为"鬼"的形象，显示了徐訏对西方文化，特别是现代机械文明的反思的甚至是批判的立场。然而，在这三幕剧中，中国人拒绝西方机械文明的理由都是"我们先圣有言""我们先圣定下的方针"。从中可见徐訏同时也批判了中国人保守的文化观念和民族性格，从而体现出徐訏对中西方文化的双重批判态度。在诗剧《潮来的时候》（1940）中，徐訏用工程师的灯塔象征现代文明，在工程师与渔民们的冲突中，反思了现代文明在扩张过程中对民间海洋文化观念的强硬态度①。更重要的是，徐訏剧作中一些人物否定纯洁爱情的理由，也往往与现代科技观念有着种种关联。例如在《契约》中，律师不相信"虚无缥缈的恋爱"，认为婚姻只是契约的理由便是："爱情本来是诗人骗人的话。我相信生物学，因为这是真理，在生物之中，人类是有特殊秩序，维持这特殊的程序就是法律。"② 生物学与法律所代表的现代科学"真理"，全然删除了情感在人类精神世界中的重要性，否定了纯洁爱情的价值。同样，在诗剧《潮来的时候》中，工程师反对女儿缘茵与觉岸的爱情，一方面与其追求金钱与财产的世俗功利之心有关，另一方面也与其科技理性观念不可分割：他以"科学精神"告诉女儿"你应当知道什么是科学精神，知道科学的字典里，并没有年轻所幻想的爱情。"他仅仅将爱情理解为性欲和私欲，认为他的妻子在女儿六岁时和一个诗人私奔，完全是由于妻子"淫妇的性欲"和诗人"个人的私欲"③。

由此可见，徐訏的文化意识颇为复杂和矛盾。一方面他肯定现代文明的发展，认为中国的发展必须直接接受这一趋势；另一方面他又看到了现代文明的"唯理"社会对人情、人性的扭曲和异化。当他站在历史发展的

---

① 陈绪石：《同一片海域，两个不同海洋：论徐訏诗剧〈潮来的时候〉》，《华文文学》2016年第3期。
② 徐訏：《契约》，《徐訏文集》第16卷，上海三联书店，2008，第405页。
③ 徐訏：《潮来的时候》，《徐訏文集》第15卷，上海三联书店，2008，第341页。

角度来审视中国传统文化时,他认为西方的"唯理的文化是比我们的唯情的要进步";然而,当他从理想的人性视角去审视西方文化和社会生活时,又对其缺乏"意趣和情感"而深深地感到不满,认为只有在"中国与日本才有超越贫富、阶级、社会评价而结合的神圣而崇高的爱情"。如果将徐訏的这一思想矛盾,放在20世纪中国现代性追求的历程中加以考察就会发现,徐訏的矛盾与"隐忧"恰恰反映了后发展国家的现代性追求的困境:中国作为后发展国家,在工业文明还不发达的时候,必须接受现代文明的洗礼;然而,在接受现代工业文明的时候,却又不得不面对西方已经出现的机械文明对人类情感道德的异化现象。

面对这一矛盾,徐訏试图调和人性理想与机械文明,认为"人性与机械文明的结合调和,才是我们前面较幸福的社会"[1]。在《潮来的时候》中,缘茵在唱词中说"东方有一首诗,西方有一只故事,拿了东方的诗,配那西方的故事"[2],表达的正是东方唯情文化与西方唯理文化相交融、科技文明与人情人性相和谐的文化理想。徐訏一方面肯定中国的发展必须直接接受现代文明的洗礼,另一方面又追求健康自然的人性理想,接受了卢梭的回归自然的主张,认为"一个人心灵需要在山水之间冥想,等于一个人肉体需要洗澡一样,灵魂上的积垢浓污是同身体差不多,需要常常净化,而其与健康的关系,则比肉体还要重要"[3]。

正是由于徐訏对东西方文化的双重批判、对"现代"与"传统"的双重审视态度,使他反对简单地以国家民族的进步与落后来判定文化的野蛮与文明。认为文化与美都有其特殊性,落后国家的文化并不一定就野蛮,进步国家的文化并不一定就文明。各民族的文化习惯都有其"地理的历史的或者社会的根据","所以挂着五寸长的耳环而笑印度女子的鼻饰为野蛮,捧着巴黎的小脚而讥中国过去小脚为野蛮,这是件多么野蛮而不讲理

---

[1] 徐訏:《谈中西的人情》,《徐訏文集》第9卷,上海三联书店,2008,第112页。
[2] 徐訏:《潮来的时候》,《徐訏文集》第15卷,上海三联书店,2008,第326页。
[3] 徐訏:《论中西的风景观》,《徐訏文集》第9卷,上海三联书店,2008,第8页。

的事情呢!"① 因此,在《潮来的时候》中,徐訏并没有简单地肯定工程师的"什么祭潮不祭潮,这些都是迷信,月亮只是一个顽石,我所造的灯塔才是你们的光明。""我带给他们二十世纪的文明,扫除他们可怜的迷信"② 等观点,没有将民间的祭潮活动简单地视为愚昧的封建迷信而加以否定,而是借缘茵之口,肯定了祭潮节对于终年辛劳的渔民们的休息、娱乐意义。

三、左翼思想的影响与徐訏的女性观

众所周知,徐訏在北大求学及其登上文坛的1930年代,正是马克思主义在中国广泛传播、左翼思潮盛行的时期。徐訏后来在回忆中说,二十岁到二十七岁是他的"马克思主义时代"。在这一时期,徐訏曾狂热地阅读马克思主义理论创作,并在"左联"的影响下,试图参与组织"左翼心理学家同盟"③。

已有的研究成果,大都是从徐訏早期文学创作的题材选择、主题提炼、艺术方式与当时左翼文学的一致性,来论述徐訏与左翼思潮关系④。从题材选择来看,徐訏的剧作在婚恋题材之外,还创作了诸多切近时代现实、表现社会人生的剧作。例如,1931年"九一八事变"发生不久,徐訏便于9月30日创作了反映事变中普通民众抗日精神的独幕剧《旗帜》;创作于1935年的独幕剧《水中的人们》,更是直接反映了当时水灾中上层官员、地主阶级的自私腐败与普通民众的家园意识。《何洛甫之死》则在抗

---

① 徐訏:《印度的鼻叶与巴黎的小脚》,《徐訏文集》第9卷,上海三联书店,2008,第45-46页。
② 徐訏:《潮来的时候》,《徐訏文集》第15卷,上海三联书店,2008,第323-324页。
③ 徐訏:《我的马克思主义时代》,徐訏:《现代中国文学过眼录》,台北时报文化出版企业有限公司,1991,第375-376页。
④ 相关研究如李洪华的《从"马克思主义"到"自由主义"》(见李洪华:《上海文化与现代派文学》,江西人民出版社,2010,第192-196页)、陈旋波的《徐訏与左翼思潮》(见陈旋波:《时与光:20世纪中国文学史格局中的徐訏》,百花洲文艺出版社,2004,第23-35页)。

日题材中，通过日本侵略者秋田内心中的伦理亲情与军国主义观念、民族优劣思想之间的矛盾，表现了深刻的反战主题。徐訏甚至将左翼思想赋予了古人，在独幕剧《子谏盗跖》（1931）中，盗跖大义凛然地批判孔子虚伪的礼教，宣扬反抗、革命的思想，追求"个个人都平等，同样的做工，同样的吃饭"的社会理想。从剧情处理和人物设置来看，徐訏常常用马克思主义的阶级分析眼光来组织剧情和人物关系，反映社会生活中的阶级冲突。《纠纷》（1931）通过国民党公安局陈局长对工人暴动的残酷镇压，表现了现实社会中严重的阶级对立，表达了徐訏对统治阶级的强烈不满。《漏水》（1934）中二房东靠剥削房客过着不劳而获的腐糜生活；而工人赵二则遭受着工厂与二房东的重重盘剥，生活难以为继。在戏剧结尾，工厂的工人们联合起来，以罢工的方式反抗工厂，房客们则集体出头帮助赵二对付二房东。在揭示阶级不平等现象的同时，宣扬了阶级反抗思想。此外，李勋位与工人之间的劳资矛盾、阶级对立，更是五幕剧《月亮》中的重要戏剧冲突。不同于徐訏在其他题材剧作中的艺术探索，在这种左翼化的题材选择和戏剧处理中，徐訏大多采用了现实主义的创作方法[①]。

　　然而，可惜的是，很少有研究者论及左翼思潮对徐訏其他题材剧作及其思想的影响。仔细剖析徐訏表现爱情与金钱冲突题材的剧作就会发现，徐訏常常将金钱观念与现代文明联系起来加以讽刺、批判，认为世俗功利观念的盛行与现代文明的发展有着密切的关系。在他的剧作中，常常出现金钱观念与现代文明纠缠在一起的人物形象。《潮来的时候》中的工程师反对女儿缘茵与觉岸的爱情，理由中既有"科学精神"，也有世俗的金钱观念。他一方面以"科学精神"告诉女儿"科学的字典里，并没有年轻所幻想的爱情"，只有"性欲"和"私欲"；另一方面将女儿许配给富家子弟张福白，极力地赞美金钱的万能："钱可以使人疯，使人快乐，可以使人做你的奴隶，使人做最卑贱的劳役；钱可以使你永远年轻，永远美，永

[①] 当然也有例外，例如《人类史》就以"拟未来派戏剧"的艺术方式，表达了徐訏对人类不平等社会制度的批判，对"大家在做工"的平等社会制度的期许。是以未来主义的艺术方式，传达了左翼文学思想。

远在人世上,享受那天国的华贵。钱可以改变天时,可以使夏天里凉,冬天里暖和,钱还可以使鬼神为你推磨。"甚至认为"科学不过是钱的奴隶"①。同样,《母亲的肖像》中的李莫卿,一方面以机械的"理性"观念来认识人性、情感和艺术,认为男女之间根本没有所谓的爱情,有的只有生物本能。只要"你是女人,他是男人"就可以了,没有什么喜欢不喜欢;他无法从超功利的角度来理解艺术,认为"画像只要像就是了,还有什么成功不成功"。并批评《孤岛的狂笑》这一书名,"孤岛还有什么狂笑不狂笑",一定是"不三不四的书"。另一方面,他同样推崇金钱万能思想,逼迫女儿卓梅嫁给富家少爷沈可成,认为"人同狗也没有什么大分别?大家是生物。所不同的是人要花钱,所以人要赚钱,所以嫁人要嫁有钱的人。""人之所以异于禽兽,就是人发明了钱,所以谁会赚钱谁就是了不得。"②

徐訏将金钱观念与现代文明纠缠在一起批判,与他对现代资本主义社会的反思有关。他认为西方"唯理"社会虽然进步,但"在这道地的唯理的资本主义社会中,一分钱一分货,什么都是刻板的机械的买卖,没有一点点意趣与感情的。……在资本社会中,人与人永远没有接触,中间隔着金钱一条桥,永远永远的,不用说是朋友,甚至是父女,母子,爱人与夫妇,更无论萍水相逢的路人了"③。他批判金钱万能的丑恶社会现象,认为正是由于"文化的进步,科学的发达,它(金钱)已是水银落地般地无孔不入了"④。这种将金钱观念与现代资本主义社会联系起来批判的思路,与徐訏在大学时代狂热地阅读马克思主义理论,特别是阅读马克思的《资本论》有关。徐訏曾回忆自己阅读马克思《资本论》时的情形:"那时候马

---

① 徐訏:《潮来的时候》,《徐訏文集》第15卷,上海三联书店,2008,第342-343页。
② 徐訏:《母亲的肖像》,《徐訏文集》第16卷,上海三联书店,2008,第217-218页。
③ 徐訏:《中西的电车轨道与文化》,《徐訏文集》第9卷,上海三联书店,2008,第35-36页。
④ 徐訏:《谈金钱》,《徐訏文集》第9卷,上海三联书店,2008,第226页。

克思的《资本论》还没有中译本,我在上海买了一部《万人丛书》(EVERYMAN LIBERARY)英译本上下两册的本子,也勉强的一知半解把它读完。那时候我的经济学知识很差,我记得只读过一本普通经济学的教科书,同日本河上肇的《新经济学大纲》,就硬着头皮读了《资本论》,自以为可以傲视侪辈。"[1] 众所周知,马克思在其政治经济学中,批判了资本主义社会中血淋淋的金钱关系和货币崇拜、资本崇拜现象。徐訏对现代资本主义社会中金钱扭曲了男女情爱和家庭伦理的论述,显然是受了马克思的相关论述的影响。

左翼思潮对徐訏戏剧创作的影响,还体现在他的女性观上。已有的研究在论及徐訏早期的《青春》《心底的一星》等剧作时,一致认为这些作品在喜剧性氛围中表达了及时享受青春爱情的思想。然而细致辨析这些剧作,就会发现其中青春男女所认同的爱情观念,客观上有着值得反思之处。

《青春》中韩秉梅之所以与王斐君初次见面便热恋拥吻,正是由于认同了他的思想。而王斐君的思想主要有二:"快乐人生原则"——认为"人生的目的是快乐,快乐中最难得的是爱";女性最重要的是青春和美貌,认为女性不应该为了学问、金钱、名誉来牺牲青春和美貌。"你的'美'都牺牲了,求到了学问,求到了钱,求到了名誉……可是,你用什么来享受呢?学问无非是帮助美的,像你这样美,还求学问干什么呢?"徐訏别具匠心地为该剧设置了一个突转式的结尾:当两人相互热烈拥吻、决定明天就结婚之后,却忽然发现连对方的名字都不知道!这一结尾虽与丁西林的《压迫》相似,但《压迫》结尾的喜剧性反讽主要指向的是房东而不是男女房客自己,而徐訏的《青春》这一结尾,客观上却传达出了对韩秉梅、王斐君的反讽意味。如果说徐訏对仅仅从青春美貌来认定女性价值的观念的反讽,在《青春》中尚不明显的话,那么在《契约》中则更为明确了。在《契约》中本来是应聘男性律师助手的女子,最终却认同了律

---

[1] 徐訏:《我的马克思主义时代》,徐訏:《现代中国文学过眼录》,台北时报文化出版企业有限公司,1991,第375页。

师的女性观和婚姻思想，与其签订了婚姻契约。男律师貌似"同情女权"，并说"在法律上，我是一个提倡女权最烈的人"。然而他却认为"女子的生命普通都在十八到二十岁之间是最光耀夺目的时间，那一段时间里，女子雄心最大，人也最聪明，也最骄傲，对于前途想像也最光明。""女子应当在年轻时享乐，男子则当在年老时候享福。"并反对女子为社会服务，认为"女子本是最美的东西，最美的东西就不能实用，因为那就是文化！……女子自然要钱养，要大汽车装，要大洋楼藏"①。这种女性应当被男性"养起来"的思想，显然是一种陈旧的女性观。到了1940年代的《租押顶卖》《男婚女嫁》《母亲的肖像》等剧作中，徐訏更是直接讽刺了这种从青春和美貌来认识女性价值的思想。《租押顶卖》中房东张太太告诉自己的女儿张路影"女人不是红木家具，是沙发，弹簧一坏就没有人要了！嫁人要在年轻的时候，卖花要在将开的时候。"②《母亲的肖像》中李莫卿说服女儿卓梅嫁给富家子弟沈可成的理由也是"女人在二十岁以前什么都比男人行，比男人聪明，比男人好看，比男人有志气，有野心，也比男人肯用功努力。但是一过二十岁就慢慢不行了，慢慢不如男人起来了。……'女人不是红木家具，是沙发，弹簧一坏就没人要了。'这真是妙话"③。在这些讽刺剧中，徐訏明确地表达了对这种女性观的否定态度。

证之于徐訏的散文，就可发现，在《论看女人》《谈女人》《谈美丽病》《谈女子的婚姻与生育》等文章中，徐訏批评了都市女性以青春和美貌来"迎合男性的兴味"的思想观念。他说："我并不反对人要美，我也并不反对女子的装饰，不过如果用美来求依赖与一切的靠山，那这种美为男子所玩弄是必然的结果。"④ 正是在这样的女性观作用之下，1933年，徐訏创作了"拟未来派戏剧"《女性史》，批评了女性从古至今都是仅仅以自己的"窈窕美丽"依附于男性的"力"或财产的思想观念。与此同时，

---

① 徐訏：《契约》，《徐訏文集》第16卷，上海三联书店，2008，第403-405页。
② 徐訏：《租押顶卖》，《徐訏文集》第16卷，上海三联书店，2008，第408页。
③ 徐訏：《母亲的肖像》，《徐訏文集》第16卷，上海三联书店，2008，第217页。
④ 徐訏：《谈女人》，《徐訏文集》第9卷，上海三联书店，2008，第284-285页。

受左翼思潮的影响，徐訏极力肯定底层劳动妇女"坚强有力的美"和健康素朴的美。徐訏在农村中、工厂中的女性身上看到了"她们的勇气和责任"、坚强的个性与独立的精神，认为只有"她们的美丽是永久而神圣的"。

结语：终生探寻理想人性与诗意生存

徐訏之所以执着于在剧作中书写纯洁、高尚的"爱"，正是由于这"爱"背后体现了他所渴望的超越功利算计的人性理想；他怀着这人性理想，讽刺、批判现实社会中的世俗功利观念和金钱万能思想，却在批判中"哀愁"地感到了这理想人性在世俗社会中所受到的重重威胁。他肯定地指出中国文化的发展必须接受"现代文明"，因为他深深地明白，物质文明的丰富是精神文明发展的基础；然而，他又对"现代文明"中的理性主义、科学主义无视人的感性世界而深感忧惧。他接受左翼思潮的影响，在剧作中揭示现实社会中的阶级不平等现象，宣扬阶级反抗的革命思想，追求人人平等的理想社会制度；然而，在27岁之后，他却渐渐放弃了曾经狂热迷恋的马克思主义思想，走向了自由主义……。

徐訏曾在自己的剧作中塑造了陈素骐、李闻天、月亮、缘茵、朴羽等一系列体现了他所追求的理想人性的人物形象。他们大都反抗金钱观念的婚姻，珍视爱情，重视友谊。然而，也许是徐訏的现实意识作用的结果，在剧作中，这些理想人物大都走向了死亡的悲剧结局。更重要的是，徐訏在塑造这些人物时往往犹疑不决，流露出了自己内心的矛盾。例如，《月亮》中的李闻天追求纯洁的爱情，不满意因为他有钱才同他好的爱情，认为玉波"完全不是为爱我，她爱的倒是爸爸"。因此，他反而爱上了侍奉自己的下人月亮。他写白话诗，"爱一切""也可怜一切"。这一形象显然是徐訏之前剧作中代表理想人性的人物形象的延续。然而，徐訏却在剧作中让李闻天和他忙碌于帮助工人罢工的弟弟李闻道之间发生了一场辩难：闻道批评闻天的超越性追求是不切实际的，是空虚的："你看一切东西都是抬头看的，你没有看见树，没有看见工厂，没有看见摩天大楼、烟囱、房子、汽车、火车,你只看见遥远遥远的天,那空虚的天";而闻天则批评闻道只关心现实,认为如果没有理想的向度,会导致视野的狭窄:"总是直线的看一切,碰到什么,就想穿过什么。实际上的环境把你限在一个狭窄的洞里。你自己不晓得。"① 这种理想维度与现实维度的思想碰撞,显然是徐訏思想矛盾的体现。此外,他还借月亮的视角审视闻天,认为闻天"过的是诗的生活,你把我想得太好,我是一个乡下人,一个现实的人"。认为闻天爱诗、爱月亮都是"对现实世界的一种逃避"。闻天病逝后,月亮说闻天"像一朵花,一朵极美的花",然而"他病得这样美丽",是"垂死的花朵",需要她的爱做"泥土"和"水"才可以存活。在这种种辩难与质疑中,表现出了徐訏的犹豫:在一个战火四起、民族危亡的时代追求理想人性、诗意生存,是否真如闻道、月亮所言,是不切实际的,是空虚的,是对现实世界的一种逃避?

然而,思想的矛盾也罢,内心的犹豫也罢,徐訏终生都没有放弃对理想人性、诗意生存的追寻。1965年,离开大陆的徐訏重新开始了戏剧创作。在歌剧《鹊桥的想象》中,山神肯定、赞美人间的青春爱情、文明进步、"艺文灿烂,科学昌明";花神则批判人间"充满了罪恶,满街污秽,遍地灰尘,众暴寡,强凌弱,不分真伪,没有和平",认为"人间的进步,产生苦闷;人间的发明,产生战争;人间的爱情,产生仇恨"②。花神与山神对人间的评价分歧体现了徐訏文化意识中赞美、渴望现代文明与反思现代文明进程中理性压抑情感、机械压抑人性、金钱腐蚀人心等现象的思想矛盾。然而,他最终通过牛郎织女的爱情神话,肯定了"爱情"的伟大。1976年,在独幕剧《客从他乡来》中,徐訏描绘了"一个自由自在,没有是非,没有真伪,没有善恶,没有麻烦,没有爱恨,不分贵贱,不分彼此,不分智愚,不分你我,人人平等,个个自由"的"灵的世界"。那里没有争执、吵闹、斗争、倾轧,"只有爱与和谐"。人只有抛弃了"臭皮囊"等累赘的身外之物,洗脱了灵魂上的欲望和罪恶,才能进入这一"灵

---

① 徐訏:《月亮》,《徐訏文集》第16卷,上海三联书店,2008,第91页。
② 徐訏:《鹊桥的想象》,《徐訏文集》第15卷,上海三联书店,2008,第286页。

的世界"①。徐訏对人死后的灵魂世界的这种设想,显然体现了他的人性理想和生存理想,带有强烈的乌托邦色彩。尽管这种把理想人性、诗意生存放置在人死后的灵魂世界中的做法,细细想来,仍然隐含着他的"寂寞和哀愁"。但可以肯定的是,徐訏在终其一生的戏剧创作中,一直都没有放弃对理想人性、诗意生存的追寻。②

---

① 徐訏:《客从他乡来》,《徐訏文集》第16卷,上海三联书店,2008,第515页。
② 本章曾删节后公开发表。见张慎:《理想人性与诗意生存的探寻:徐訏剧作思想新探》,《文化艺术研究》2018年第2期。

第十三章

丰富多样的审美奇遇：毕飞宇中短篇小说的文体意蕴

作家在素材中发现怎样的"意味"，与他的生活体验、思想认识密切相关；他对素材、切入角度、处理方式的选择，也体现着他面向世界的立场和方式。而这一切，最终都呈现为作品的叙事和文体。"文体的基础是动笔写作之前对思想的组织和安排，文体的实际呈现是作品对所言之事（题材）的组织"，"文体——对题材、内容的处理组织方式与作者精神世界和个性具有密切的关系"[①]。作家的经验态度、"意味"发现与文体策略密切关联。由此，可以更深入地认识作家的精神与文体之间的动态关系。

感性与理性、具象与抽象交织，是毕飞宇小说创作的突出特点。随着他的创作逐渐"面向现实"，这种交织日渐浑融。而且，这种"感性的形而上"[②]追求，也形成了他的题材处理方式和叙事方式：在具体叙述中，他一面对叙事表现出很强的理性控制意识，通过对感性经验的理性清理、选择、提炼，使小说叙事向着深层哲理意蕴聚合；另一方面，小说丰富传神的细节和感性意象，往往能挣脱预定的理性预期，使小说获得丰盈的意蕴。从而使他的小说既具有思想的纵深度，也获得了意蕴的丰富性。联系毕飞宇的精神探索，分析他中短篇小说的叙事独特性和文体独特性，是本章的主要思路。

一、个体生命存在的形而上拷问

毕飞宇的小说创作，经历了从历史虚构到现实关切的题材转变。他的

[①] 陶东风：《文体演变及其文化意味》，云南人民出版社，1994，第95-96页。
[②] 吴义勤：《感性的形而上主义者》，《当代作家评论》2000年第6期。

形而上思考，也由历史、文化的理性玄思，转向了对个体存在困境的社会、文化、心理根源的拷问。本质上说，这是作者面向世界的态度、视角和方式的转变。转向的过程正是毕飞宇逐渐贴近现实经验，获得面对、处理现实经验的方式、能力的过程，是他逐渐找到创作自我，成为"这一个"毕飞宇的过程。

早在《孤岛》《楚水》《叙事》等小说中，毕飞宇已经表现出"感性的形而上"的创作思维取向。然而，此时的形而上拷问主要指向宏大的"历史"，而且在叙事策略上，也更多是由"煞有介事"的议论表现出来。但是，如果剔除这些先锋叙事，可以看到，他后期小说的诸多命题、意蕴，已经在这些小说的感性书写中呈现出来，后期小说的许多"种子"和"这一个"毕飞宇的面影，已见端倪。

在《孤岛》中，原住民所体现出来的文化封闭性、认识局限性，在后来"王家庄"人的思想世界中，得到了正面表现。不同在于，在《孤岛》中，掌握"外面"文明越多，就越可能拥有战胜性力量。而在1994年的《枸杞子》中，科学文明给王家庄人带来一阵憧憬之后，很快成了令人生疑的东西，最终归于失败。王家庄人封闭、原始的民间意识世界，似乎难以更改。但是，这与其说是作家"文明悲观主义"，毋宁说是他现实经验中对农民精神世界的警惕：乌托邦地想象乡村和农民，"其实是很幼稚的"①。另外，《孤岛》中由于个人自身意识的局限，造成悲剧命运，也成为他后期省察个体生命困境的一个重要角度；对人性中争夺、欺诈、残忍等阴暗面的关注，也是他后来省思人性的经常性视角。

《叙事》在毕飞宇创作历程中意义重大。除了确立了明确的"叙事"②和语言③等文体意识外，其叙事中许多感性细节所展现出来的意蕴，在后来的小说中成为表现的核心主题。例如，"我"与林康婚姻状态展现出来

---

① 毕飞宇、周文慧：《内心的表情：毕飞宇访谈录》，《长江文艺》2003年第12期。
② 贺仲明、毕飞宇：《关于新时期文学现象以及创作的对话》，《西湖》2006年第7期。
③ 张均、毕飞宇：《通向"中国"的写作道路：毕飞宇访谈录》，《小说评论》2006年第2期。

的都市物质欲望所造成的爱情与婚姻、婚姻与性的"错位",在后来的小说中得到了更深入的挖掘;母亲偶然丢了准备去医院打胎的钱,便回来拼命地大把吃药、跳绳,甚至用碾子碾,以对自己身体的非理性虐待来惩罚自己,"忘记了堕胎的初衷,只留下了一种心理愤恨"。人物这种背离了自我生命意图,最终导向对自己身体、生命的虐待、摧残、弃掷的让人心悸的行为状态,在《青衣》中筱燕秋"抠"自己身体减肥、雪地上舍命表演,《玉米》中玉米与彭国良的婚姻失败后,在深夜厨房中"了断"自己、并选择嫁给郭家兴的行为和场面中都再度被集中表现。甚至可以说,生命意图与实现手段的错位,最终导致个体生命自身的异化,正是这两部小说的主题意蕴之一。

在1994年的《雨天的棉花糖》中,个体生命的存在困境成了毕飞宇关切的核心。它"其实不是战争小说,而是篇关于生命的小说……我在这篇小说里始终要说的就是生命,我唱的是一曲生命的挽歌"[1]。在这部小说里,我们再次读到了文化"吃人"的悲剧:人们宁愿接受一个死去了的烈士,也不能宽容活着归来的红豆。个体生命角色被集体文化无意识所给定,个体生命的自由意志被集体文化无意识所轻视、压制。甚至迫使个体质疑自己作为"人"的生命:"我想做一只老鼠,红豆说,是别人把我生成一个人了。"红豆只有杀死那个被集体文化无意识所规定的作为"人"红豆,才能获得个人生命的自主和自由:"杀了他我就是我了。"而这种个体生命无奈的自由追求,又被指认为"疯"。文化压迫下的"狂人"最终不得不回到"坟"才能获得生命自主。毕飞宇将鲁迅笔下的"狂人"悲剧,由启蒙觉醒者的悲剧发展为个体生命自由遭遇集体文化毁灭的悲剧。

此后,毕飞宇明确了自己的美学趣味在于"发生在内心,不声不响,外人看不见"的"内心的悲剧"[2],对个体生命的悲剧性存在的关注成了毕飞宇面向现实世界的独特视角。"在我的心中,第一重要的是'人',

---

[1] 张均、毕飞宇:《通向"中国"的写作道路:毕飞宇访谈录》,《小说评论》2006年第2期。

[2] 毕飞宇、周文慧:《内心的表情:毕飞宇访谈录》,《长江文艺》2003年第12期。

'人'的舒展，'人'的自由，'人'的神圣不可侵犯的尊严，'人'的欲望。"① 这里的"人"不是群体意义上的，而是个体生命，"'个人'是第一位的"②。但他发现，个体生命对舒展、自由、尊严、欲望的追求所面临的往往是"伤害"③。这"伤害"既来自历史、政治、文化无意识等外在于个体的强大力量（《蛐蛐，蛐蛐》《怀念妹妹小青》《玉米》），也来自人与人之间非理性的愤恨、冷漠、嫉妒、贪婪等人性残忍（《写字》《白夜》《玉米》），还来自个体自身的缺乏理性控制的欲望（《唱西皮二黄的一朵》《青衣》）。生命在种种伤害中，或不甘而挣扎，或麻木而顺应，或受欲望推动而不能自觉，最终都失去自我，落得被扭曲、被异化的结局。因此，毕飞宇的小说人物的生命状态总是让我们感到焦虑、压抑和疼痛。他小说的"泛悲剧气质"也正源于此。

可以说，对生命存在的拷问，是毕飞宇基于现实体验和思考所形成的切入现实的视角和方式。这是他的小说成为"毕飞宇的小说"的根本前提。

二、严密的叙事结构与理性的节奏控制

小说结构是情节的编织、展开过程。然而，小说结构的内在力量，却把事件、场景、细节等因素聚拢、拉紧，形成了有机的结构整体。传统情节小说的结构力量主要来自情节发展的矛盾关系和因果关系。而现代小说凝聚事件、场面、细节的力量除了来自因果关系外，更来自作者强劲的叙事意图。在毕飞宇的小说情节背后，作者的形而上思考是更深层的聚合性力量。

首先，随着对生命的存在悲剧，特别是个体"内心悲剧"的关注，毕飞宇越来越重视展现人物精神状态。这使他在处理《青衣》《玉米》这样

---

① 毕飞宇、汪政：《语言的宿命》，《南方文坛》2002 年第 4 期。
② 张均、毕飞宇：《通向"中国"的写作道路：毕飞宇访谈录》，《小说评论》2006 年第 2 期。
③ 毕飞宇、汪政：《语言的宿命》，《南方文坛》2002 年第 4 期。

的人物命运小说时,运用了心理小说结构和处理方式①。小说中除了人物命运、人物之间的紧张关系所形成的矛盾性张力外,人物精神世界的矛盾、挣扎过程,成了更深层的结构线索。事件、场景、细节都凝聚于展露人物内心状态的叙事意图。

值得指出的是,他对人物内心的展露,既不是纯客观的心理分析,也不是主观的心理独白。而是先"按第一人称的心态去创作",贴着人物的内心,去体验人物的内心精神状态,然后用"第三人称的口吻去写作",把人物的心理情感客观地表现出来。既是第三人称的,是客观的;也是深入人物内心的,是抒情的。这就是他独特的"第二人称"写作所要达到的"客观的主观形态"②。

第二,他常常将几个故事并置交织,形成故事空间组合结构。这种结构,使小说的意义超越了一个故事、一个人物、一个时代,得到了形而上提升。《生活边缘》中,小苏和夏末的故事、耿师傅一家的故事、博士毕业的汪老板的故事并置交错。三个现代家庭生活的苦涩图景,形成对照,意义就不仅是对某一家庭生活悲剧的揭露,而是通过对不同身份、地位的人的家庭生活悲剧的展示,发出对现代生活中普遍的人性处境、生命处境的责问和反思,是对现代人生命状态、生存状态的形而上思考。

而且,让几个人物的生命状态相互映照,有时也是毕飞宇小说的构思方式。《彩虹》先是多年前产生了对虞积藻这个退休老人生命状态的直觉感受,而后在商店橱窗边偶遇到一个透着现代"孤独"气质的小男孩,两相碰撞,形成了构思:

> 橱窗边的小男孩,还有那个叫虞积藻的姓名。我吃惊地发现,当它们联系在一起的时候,它们的关系是推波助澜的。推波助澜的关系一旦形成,你的心中平白无故地就产生了内驱动。(虚拟的)生活就

---

① 王春林:《从心灵出发的日常化叙事:对毕飞宇小说文体的一种理解》,《天津师范大学学报(社会科学版)》2009年第2期。
② 毕飞宇、周文慧:《内心的表情:毕飞宇访谈录》,《长江文艺》2003年第12期。

这样呈现出来了。①

第三，毕飞宇对小说结构、场景安排、细节选取强劲的理性控制，是他小说结构力量的主要来源。他小说的细节、场景大都有清晰的理性指向。《哺乳期的女人》对旺旺的不锈钢用具和惠嫂的乳房、乳香不断进行渲染和刻画，分别指向的是冷漠、精神关怀缺失的现代物化生活与母爱、自然人性的形而上对立。这种基于叙事意图对小说的理性控制，使他的小说文体呈现出缜密、精致之感。

此外，毕飞宇还有自觉的叙事节奏意识。他的早期小说主要依靠不同情节的穿插，打散单调的线性顺序，调节叙事节奏。这种方式，在后来仍有延续。《青衣》就是将筱燕秋的故事与对他人的叙述互相交织，以放缓故事速度，调节叙事节奏。在着重于关注人物的心理状态之后，他除了依靠情节的穿插来调节小说的叙事节奏外，还"依循着小说中人物的心理变化节奏而展开"，"故事的发展速度主要由人物心理的变化所决定"②。

他还依靠对叙事内容的独特处理来控制叙事节奏。他的小说，注重对人物内心的矛盾挣扎、人物间心理碰撞的挖掘。但他并不从正面展开，而是避重就轻地刻画人物日常言行，将人物强烈的心理冲突潜伏在平静的叙事背后，将人物的情感矛盾始终控制在心灵内部的紧张状态和隐蔽状态。只用人物的言行细节，暗示出矛盾的存在和发展。这样，他的人物高度压抑、焦虑而又不爆发，叙事的节奏也维持在这种张力状态中。《五月九日和十日》中妻子前夫的到来所造成的风波，不是外在的，而是压抑在"我"和林康内心深处的。小说的叙事外表平静，内部却奔腾着人物的情感洪流。矛盾似乎一触即发，但作者却让其引而不发，让故事节奏平静舒缓。人物间的情绪克制着，一点点酝酿、积累，然后以无关紧要的缘由为引子，"整体爆发"，让潜藏的波澜霎时汹涌翻滚起来，节奏达到高潮。结

---

① 毕飞宇：《写一个好玩的作品》，《北京文学·精彩阅读》2005年第5期，第44页。
② 王春林：《从心灵出发的日常化叙事：对毕飞宇小说文体的一种理解》，《天津师范大学学报（社会科学版）》2009年第2期。

尾前夫不期而去，人物的生活恢复正常，情感波澜恢复平静，叙事节奏回复舒缓，故事戛然而止。

三、在理性与感性之间的细节与意象

细节是"毕飞宇小说的魂"①，他对小说苛刻的认真，正是对细节的苛刻。毕飞宇对细节的精心选择，达到了苦心推敲的地步，给人以一当十之感。他的细节不仅使小说生气灌注，通体透亮，而且由于理性的控制，达到了不枝不蔓、干练、集中的纯度。毕飞宇正是通过对细节的精选和处理，来实现他在有限中追求无限，在狭小中追求阔大的审美理想的。

他出色的细节刻画功夫，主要出于他对细致微妙人事的敏锐捕捉、洞察和展现能力。如《驾纸飞机飞行》对女儿幼儿园教师的细腻特写：

> 她坐在一张绿色儿童椅上折纸飞机。一叠白色的纸飞机停放在字篓里。她的指尖长而柔弱，在折到飞机的关键部位时下唇就启开来了，那样张着。她低头时短发的尾部弧状地晃动在腮边。她抬起头来，看见我，笑起来。她的笑把四周弄得很漂亮很干净。……我的目光让她脸红了，两只瞳孔也惊惊慌慌地沉下去。（着重号引者所加）②

除敏锐细腻的细节捕捉和表现能力之外，毕飞宇还能把细节写得"活起来"。《生活边缘》中描写耿师傅的女儿小铃铛"一对黑眼珠对着两个生人伶牙俐齿。她咧开嘴，翘着两颗小兔牙"。儿童的活泼劲儿一下子就出来了。

更重要的是，毕飞宇的细节表现方式，已不仅是再现式白描，而是对细节做感觉性渲染和理性评价、分析。前一情况如："日本汽艇驶过的水面留下一道长长的水疤，使清凉变成一种视觉性的灼痛。""林康一吵架身

---

① 晓华、汪政：《〈彩虹〉与毕飞宇的短篇小说》，《名作欣赏·文学鉴赏》2005年第21期。
② 毕飞宇：《祖宗》，中国华侨出版社，1996，第221页。

体四周便散发出金属光芒和生命气息。"(《叙事》)细节的感觉性渲染，在他小说中运用的特别频繁，显露出他对气味、声响等的敏锐感觉。如果他刻画人物时体现出一种"贴着人物的叙事"①的话，那么这种对细节的感觉性贴近，则可以说是"贴近细节的叙事"。

对细节做理性分析和评价，则是以精简的分析，一针见血地点出日常细节背后所蕴含的深层心理内蕴。"林康一吵架便热情澎湃，目光里透视出世俗冲动与破坏激情。""焦躁的喇叭声宣泄了司机的内心烦闷，反映出人类对自身目的过于热切与缺乏节制。"(《叙事》)这在他后来的小说中有更好的运用，并发展为一种"分析性叙事"方式②。这种处理，透露出作者"狠、准、冷"的敏锐眼光和叙事手段，特别准确到位。不仅使他的小说细节耐人咀嚼，也增强了细节叙事的内在力度感③。

他的细节，主要为呈现人物内心状态而服务，是人物心理的具体化、戏剧化。《生活边缘》的开端，对小苏铺床单的细节刻画："小苏跪在床上，她的十只指头一起用上了，又专心有耐心的样子，她铺的很慢，一举一动都是新感觉。才九月底，完全是草席的季节，但小苏坚持要用床单。床单的颜色是纯粹的海水蓝。小苏吧这块海蓝色的纺织平面弄得平整熨帖，像晴朗海面的假想瞬间，在阳光普照下面风静浪止……"小苏深情的动作、对床单的执意、对床单的颜色的选择，满是刚毕业的大学生开始婚姻新生活时的渴望、憧憬，是初涉社会对生活的急切与蠢蠢欲动。对床单"晴朗海面"的比喻，展露了人物内心的生活光明幸福的感觉。而小说结尾，梦破碎了，在夏末的眼里："那张海蓝色平面没有半点液体感了，到处是褶皱，有了风的痕迹。"毕飞宇很会抓住这样的细节来展现人物的内心情绪变化。

他的对话处理，则是人物间潜在的思想、情感冲突和碰撞的戏剧化。

---

① 王彬彬:《毕飞宇小说修辞艺术片论》,《文学评论》2006年第6期。
② 王彬彬:《毕飞宇小说修辞艺术片论》,《文学评论》2006年第6期。
③ 洪治纲、葛丽君:《用卑微的心灵照亮世界：论毕飞宇的长篇小说〈推拿〉》,《当代作家评论》2009年第2期。

简洁的、克制的对话背后，有着激烈的情感、思想碰撞。《雨天的棉花糖》中红豆与"我"关于他杀死自己和自己是否是疯子的对话，有思想辩论性质。前者意在揭示出红豆的生命困境，后者则是红豆对"我"所代表的"你们"世界的质问，揭示出世俗世界的荒谬性。

毕飞宇常将细节意象化，使细节隐喻着深层的形而上内涵。《雨天的棉花糖》中的乳房、坟，《生活边缘》中医院中的不锈钢器皿和阿娟的乳香，都隐含着形而上意味。乳房、镜子、不锈钢等意象在他的几个作品中都有出现。甚至在一些短篇中，意象本身就是小说构思的核心。《哺乳期的女人》就是围绕着"乳房"这一意象结构小说的：对于儿童旺旺和"哺乳期女人"惠嫂来说，乳房所象征的是母爱，是自然人性；而对于断桥镇其他人来说，只是性。《是谁在深夜说话》则"以'城墙'作为结构的中心"①，把象征现实世俗世界的妓女小云和象征历史的"城墙"联结起来，达到历史寓言效果。

对叙事、细节的过度理性控制和选择，难免会使小说过于纯粹，对表现生活的复杂性可能带来损害。毕飞宇对此有所警惕，提出了"写实与'混沌'结合"的写作策略②。他的一部分细节与意象，就是他"想不怎么清楚的，或剪不断理还乱的"③。如《驾纸飞机飞行》中"我"想恋爱的突然想法，《青衣》20年前筱燕秋对老师李雪芬的行为，往往无法用理性解释清楚，任何解释都嫌单薄。人物对自己的行为没有清醒的自觉，行为本身也是非理性的，无法说清的。这些细节丰富了他的小说世界，弥补了理性可能对小说世界复杂性带来的损害。

四、丰富多样的话语创造

毕飞宇的小说"难以定位于现实主义"④。他所理解的"现实主义"

---

① 吴义勤：《感性的形而上主义者》，《当代作家评论》2000年第6期。
② 张均、毕飞宇：《通向"中国"的写作道路：毕飞宇访谈录》，《小说评论》2006年第2期。
③ 施战军：《爱与痛惜》，山东文艺出版社，2004，第8-19页。
④ 姜广平：《"我们是一条船上的"：毕飞宇访谈录》，《花城》2001年第4期。

不是对现实的客观再现，而是一种"精神向度"与现实贴近的写作立场，是对现实的"关注和情怀"①。传统的现实主义更多是"白描"式再现，而毕飞宇的小说主要是"叙事"。他的"现实主义"与传统的现实主义的重要区别，正在于叙事意识的觉醒。这在早期小说中就有突出表现，后来与他的现实精神逐渐融合，形成了独特的现实主义小说文体。

早期的《叙事》"我"一边叙述自己的出生，一边指出这种叙述的话语建构性质："我这样叙述是自私的，把自己的降生弄得这样诗情画意，实在不厚道。"故意突显小说的叙事性。后来，随着叙事者议论的逐渐减少，叙事者的话语主要融合在感性叙述中。他对细节的感性渲染和理性分析，就显示着叙事者敏锐的感觉和眼光。在《青衣》《玉米》中，叙事者一边鬼精鬼灵地叙事，一边评头论足。这样的叙事方式，打破了传统小说大篇描写的沉闷，加快了文体的节奏感。叙事者的插科打诨、戏拟反讽也使小说世界多出一双审视的眼睛：一方面，叙事人与小说人物之间形成思想碰撞；另一方面，读者审视人物的同时，也在审视叙事人。读者与小说之间形成了复杂的审视关系，造成了文体的丰富复杂。

他不仅让叙事者打量人物，还常常转入人物视角，让人物互相审视，既表现被看人物的行为心理，也显示看者自己的思想意识。《唱西皮二黄的一朵》中，李玉华卖回西瓜，和一朵说完话后，"谁都听得出刘玉华说这些话骨子里头是在巴结一朵，一朵和团长的关系大伙儿都有数，有团长撑着，用不了几天她肯定会红上半边天的。"既借"大伙儿"分析了刘玉华的心理动机，又是对"大伙儿"语色语调的模拟，呈现出"大伙儿"的心理情感、思想意识，表现了人物之间心理、精神和思想的碰撞。而这种思想、命运的碰撞冲突，正是他所关注的"人与人的关系"。这种叙事方式，使看似简单的场面复杂了，达到"无风也有三尺浪"的场面调度效果。

他小说的叙事声调、叙事话语也灵活多样，有大量对历史、哲学、世

---

① 张均、毕飞宇：《通向"中国"的写作道路：毕飞宇访谈录》，《小说评论》2006年第2期。

俗话语的"语义、语气、语态"的戏拟。只不过,早期《叙事》中用"我"与马克思、太阳神、老子、爱因斯坦、斯大林的哲学、政治话语对话来实现小说的哲理追寻。后来,历史、政治、哲学、民间世俗话语融合进小说的感性叙事中,得到了更巧妙的运用。《玉米》中描写王连方和郭家兴、《平原》中描写顾先生时,对"文革"话语和政治哲学话语的反讽性运用,贴切而巧妙,既把小说与时代政治语境联系起来,又形成一种幽默、反讽的多样叙事效果,显示出作者叙事的敏慧灵活。

多样的文体,还体现在丰富多样的语言追求上。他前期的语言带有先锋小说的典雅庄重,大多是长句子,重视语言的思辨性。随着他面向现实之后,他的语言逐渐口语化、多样化,开始重视语言的可感性。不同的语言风格追求,体现着作者面对世界的不同方式。毕飞宇清醒地意识到自己"是通过语言来完成"自己与世界所构成的关系的①。他正是通过对语言的"洞察力"和"质感"②的追求,来实现他的现实主义"关注和情怀"。他对细节的选择、提炼和刻画过程,正是将对细节深层意蕴的洞察用具有"质感"的语言呈现出来的过程。因而,在他小说叙事过程中不时闪现对生活、生命的理性洞见,对人物深层情感心理准确把握的分析性语言。这些具有"洞察力"的语言,往往干净利落,警句一样迅速、准确,形成语言的深刻、内敛、短促而又富有弹力的独特审美特质。

他还追求语言"模糊的精确,开阔的精微,飞动的静穆,斑斓的单纯"③的诗性特质。此外,在他的小说中,我们还经常发现那些言不及义,却非常贴切的语言。《唱西皮二黄的一朵》中"一朵瞪大了眼睛,很亮的眼睛里头有了崇敬,有了蜡烛柔嫩的反光。""'回头我请你'这五个字像一些古怪的鸟,无头,无尾。只有翅膀与羽毛,扑啦啦乱拍。"全然是感觉性的联想,文字脱离了字面的实在所指,凌空蹈虚,自由超脱感,难以

---

① 张均、毕飞宇:《通向"中国"的写作道路:毕飞宇访谈录》,《小说评论》2006年第2期。
② 姜广平:《"我们是一条船上的":毕飞宇访谈录》,《花城》2001年第4期。
③ 毕飞宇、汪政:《语言的宿命》,《南方文坛》2002年第4期。

把握，而又妙不可言。如果说，分析性语言带来了他语言的洞察深度，那么这种诗性韵致语言，则使他的小说充满了灵性和活力。

结　语

毕飞宇是1990年代以来的一个独特小说家，这种独特性不仅来自他对现实世界的认识和思考，还来自他传达自己思考和认识的文体方式。他在小说中对深度意蕴的执着追求，以及由此形成的多样叙事探索和文体探索，使他的小说不仅在意蕴上打动我们、震撼我们，而且在小说的叙事过程中为我们带来了丰富多样的审美感受。可以说，阅读毕飞宇的过程，是一个奇特的审美"奇遇"的过程。我们期待着这位独特的作家，为我们带来更多丰富的审美"奇遇"。①

---

① 本章曾删节后公开发表。见张慎：《体贴与审视个体生命的"泛悲剧"处境：毕飞宇中短篇小说文体论》，《石河子大学学报》2017年第3期。

第十四章

葛亮小说论：兼论葛亮小说与海派文学传统的关联

在评价葛亮的创作历程时，王德威曾指出葛亮小说呈现出两种写作风貌：《谜鸦》集是都市怪谈、神秘奇情，是"对都会和人性的幽微曲折充满好奇"；《七声》集则是规规矩矩的人生即景，是练达而诚恳地"对现实人生作出有情观察"①。葛亮自己也曾对自己的创作进行类似的划分："《谜鸦》里的人物，相对抽象，戏剧性些，虚构的成分也大些。后来的《七声》里的人物大多有原型。这个集子大概表达了我在审美取向上的转变，开始更注重生活中砥实和日常的东西。"②

从《七声》集开始，葛亮的确对世俗人生有了自觉的审美追求。然而，他对"戏剧性"都市男女奇情的创作偏好却未因此而中止。这不仅是指《浣熊》集中的香港故事，大部分延续了《谜鸦》集的题材与艺术路径，而且即如《朱雀》这样立意"为南京城的过去与现在造像"的长篇，也是以叶毓芝与日本人芥川、程忆楚与马来西亚侨生陆一纬、程囡与泰勒、许廷迈、雅可等三代女性的情爱传奇为纬。特别是程囡与雅可的"虐恋"，其色调之晦暗不输于《谜鸦》《初雪》诸篇。短篇小说《罐子》更是在小镇街铺日常生活背后，隐伏着一个触目惊心的冤魂复仇的故事。因此，更确切地说，男女奇情与日常叙事是葛亮小说的两个重要元素。在他的创作中，或二水分流，或两相纠缠，既呈现了他小说观念、人生理解的延续与变更，也可窥见其小说创作与海派小说传统的关联。

---

① 王德威：《归去未见朱雀航：葛亮的〈朱雀〉》，《文艺争鸣》2009年第8期。
② 葛亮、马季：《一均之中，间有七声》，《大家》2009年第3期。

一、都市奇情中的孤寂虚无

男女情爱是贯穿葛亮创作历程的主题，也是"海派小说最具特色的主题"①。简单梳理葛亮的创作历程就可见出，以三代女性的情爱传奇为纬的《朱雀》而外，《谜鸦》集②中的《谜鸦》《物质·生活》《初雪》《37楼的爱情故事》《私人岛屿》，《浣熊》集中的《浣熊》《猴子》《龙舟》《杀鱼》《街童》《退潮》《德律风》《竹夫人》，以及2015年以来发表的《不见》③《冬至》④等作品，都是以男女情爱为叙事内容。在分析海派小说的情爱模式时，吴福辉曾指出，有别于传统小说的"捆绑式婚姻"和"一见钟情式的恋爱"，"海派文学提出的新的两性关系模式，是所谓的'邂逅型男女'"⑤。葛亮小说的男女也多呈现为萍水相逢式的情爱关系：《初雪》是他在雪夜里醉倒于洗头房外，被洗头房中操持皮肉生涯的女人搭救，收容了一夜；《37楼的爱情故事》中的她仅仅因曾给他送过一次咖啡外卖，便在雨夜来到他这里；《浣熊》是身为卧底警察的"他"与假借星探之名骗人钱财的"她"之间的邂逅；《街童》是女孩儿买牛仔裤时把皮夹遗落在店里，促成了店员林布德与其相识相交；《德律风》则是一对打工男女借"德律风"（telephone）来相互慰藉，从未谋面；《不见》中杜雨洁与聂传庆的交往，也"实在是个偶然"。而在《朱雀》中的三代男女身上，这种萍水相逢更因了南京城的"空间的辐辏力量"，具有了国际化特点：与叶毓芝、程忆楚、程囡发生情爱纠缠的芥川、陆一纬、泰勒、许廷迈、雅可等五位男性，都是寄居南京的外国人……。这些萍水邂逅的男女之间的关系，很少有纯洁、执着的浪漫蒂克式的情感。

---

① 吴福辉：《都市漩流中的海派小说》，湖南教育出版社，1995，第168页。
② 该书2006年由台北联合出版社有限公司出版，2013年，南京大学出版社抽出台版中的《退潮》一篇后再版。本文使用的是后一版本。
③ 葛亮：《不见》，《作家》2015年第2期。
④ 葛亮：《冬至》，《天涯》2016年第2期。
⑤ 吴福辉：《都市漩流中的海派小说》，湖南教育出版社，1995，第174页。

葛亮书写男女情爱的方式，也颇见海派小说的影响。例如《龙舟》中于野撞见父亲与那女人的性爱场景之后：

> 夜里，于野梦见自己骑在一头白海豚身上，白海豚平稳地游动，忽而在空中翻腾了一下，他也跟着它旋转，翻越，在茫茫然的海浪中穿梭，起落。然而，就在他们缘着最高大的浪峰攀登的时候，他感到背上一阵锐利的痛。他回过头，看到父亲手中的匕首，滴着血。他虚弱地在空中抓了一下，击打了一下海面，慢慢地，慢慢地跌落在阴冷湿滑的海底。①

这梦境中的意象里，满是于野乱伦的情欲和对父权的恐惧等潜意识。不久之后，于野便哀求着与那女人发生了关系，并使其怀上了孩子。与此相似，《杀鱼》同样以阿佑两次梦到"鱼"来展现其性意识的萌动与勃发。这种弗洛伊德式地剖示人物性意识、性心理的写法，可以见出1930年代新感觉派作家施蛰存的影响。

此外，张爱玲的小说也给葛亮提供了不少艺术营养。这不仅是指在创作策略上，张爱玲是在都市男女中剖视人性的幽微，而葛亮也将男女情爱与都市空间作为"人性的实验场"②。而是更细密地体现在葛亮的小说叙述中：张爱玲常常通过对月亮、屏风等物象的感性描摹来隐喻人物的生命状态。葛亮也擅于此道：《朱雀》中写忠叔家的那面镜子："角上描着鸳鸯戏水。一对鸟一只齐整，一只只剩下了半个身子，成了个无头鸳鸯。"③ 是对忠叔婚姻状态的隐喻。再如《朱雀》写程忆楚与陆一纬经历了数十年的人事倥偬之后，于"文革"后重逢，在动物园里看天鹅：这些天鹅之所以不飞走，是因为"捉它们进来的时候，翅膀里的筋都给抽掉了，飞不起来了"。"楚楚凝神地看着一只白天鹅，扑扇了一下翅膀，姿态仍然优雅。这

---

① 葛亮：《浣熊》，南京大学出版社，2013，第68页。
② 葛亮：《小说说小》，《青年文学》2008年第11期，第58页。
③ 葛亮：《朱雀》，作家出版社，2010，第57页。

优雅的底下,却是有个破败的底子。"① 这天鹅的意象,也是对他们情爱命运的隐喻。《北鸢》借仁桢的视角写言秋凰的手袋:"她手袋上的一粒水钻,已经剥落,拖拉下一个很长的线头。于是整个人,似乎也有些黯淡了。"② 也是借物象的破败来暗示人物落魄的处境。此外,葛亮在《私人岛屿》中对男女交往时欲擒故纵、欲迎还拒的心理行为的细腻剖示,又可见出张爱玲《倾城之恋》中范柳原与白流苏交往的影子。《浣熊》中女主人公Vivian逼仄的家庭生活、弟弟与后父对她肉体的窥视觊觎,《猴子》中女明星的父亲在夜里掀开她被子,"带着哭腔喊,为什么别人动得,我自己……"③,这种充满乱伦情欲的阴暗家庭氛围,更是容易让人想到张爱玲作品。而张爱玲式的对物象细节敏锐的感觉性描写,在葛亮的小说中更是俯拾皆是:"照片上的青年男子,穿着簇新的马褂,浆得挺硬的领子,无端使得他的脖子僵硬地引着。"④ 叶楚生"眼神里带了一点狠,这'狠'是没有对象的,作为一个生意人,却是放之四海而皆准"⑤。程囡的身世与经历"对她而言,日积月累地缠绕胀大成一个茧,硬化为了一只核。这核带着锐利的角,腐败的味道被她诞出来。"⑥

葛亮仿佛特别偏爱情爱故事的传奇性。《37楼的爱情故事》中他与她的情爱交往背后,隐伏的是她父亲在"文革"中打死了老族长唯一儿子的遗腹子,她必须履践母亲当年偿还命债的誓言,给族长过继的长孙生个孩子。她之所以在那个雨夜贸然与他开始情爱交往,不过是为腹中的孩子找个"冤大头"罢了。《竹夫人》中江一川知青下乡时的妻子筠姐,默默前来悉心照料身患老年痴呆症的江一川。这本是一个暖心的故事,葛亮却不仅有意采用了侦探小说的叙述结构,先写筠姐悉心照料江一川,俨然超越了保姆的职业身份;又写其子开着豪车送母亲做保姆,更是令人疑窦丛

---

① 葛亮:《朱雀》,作家出版社,2010,第349页。
② 葛亮:《北鸢》,人民文学出版社,2016,第128页。
③ 葛亮:《浣熊》,南京大学出版社,2013,第41页。
④ 葛亮:《朱雀》,作家出版社,2010,第90页。
⑤ 葛亮:《朱雀》,作家出版社,2010,第91页。
⑥ 葛亮:《朱雀》,作家出版社,2010,第155页。

生,然后才揭开谜底,交代了前事。而且小说结尾突转:筠姐与江一川的儿子居然与其同父异母的妹妹江若燕成了男女朋友,故事再起波澜,却戛然而止,只见江一川怀里的"竹夫人"滚落在地。不论是从小说的叙述方式来看,还是其突转式的情节内容,都可见出葛亮"作意好奇"的叙述用心。这种"作意好奇",还常常表现在情爱故事的惨烈结局上。《街童》中的女孩儿二夏不仅操持皮肉生涯,而且因卖粉失利,被灌粉囚禁。林布德为了为其筹钱还债,出卖器官,倒在了血泊里;《不见》中与杜雨洁交往的文质彬彬的聂传庆,居然是连连导致少女失踪的杀人凶手。

不仅如此,葛亮还有意在男女情爱中加入神秘、怪异的因素,以增强故事的传奇效果。《谜鸦》中男女饲养了一只名叫"谜"的神秘乌鸦:买回乌鸦后不久,卖鸟的老头便死在了花鸟市场的铺子里。男孩深觉这乌鸦的不祥,怀孕的女孩却对其偏执地宠爱,导致二人冲突不断。最终胎儿因传染了弓形虫病而胎死腹中,男孩愤怒地将乌鸦杀死。女孩失去了心爱的胎儿和乌鸦,提着空空的鸟笼跳楼自杀。小说力图以阴森神秘的"谜"鸦,氤氲出人物情绪和人生命运"谜"一样地神秘难解。王德威认为这些作品,颇类1930年代新感觉派作家如施蛰存的"《魔道》一类作品"[①]。事实上,葛亮笔下的一些神秘的情爱故事,更接近于叶灵凤的小说。在海派小说中,叶灵凤以善写神秘怪异的男女奇情而著称。他的《落雁》写男子与少女落雁在影院门口邂逅,乘车至少女家中与其父彻夜谈诗。但落雁却趁父亲离开的间隙,催促男子逾墙离开,并送他一元钱来乘车。男子后来才发现落雁送她的一元纸币竟然是冥币。无独有偶,在葛亮的《龙舟》中,于野在端午节的傍晚偶遇一位白衣女孩,并在旅馆里与其再次相遇时发生性关系而殒命。翌日,警察在瓦砾堆下发现了半年前便已失踪、骨殖业已腐烂的女孩尸体,却在这尸体里发现了男子新鲜的体液。原来昨夜与于野交合的白衣女孩竟然是殒命多时的女鬼。葛亮与叶灵凤的相似,除了这种以《聊斋志异》的笔调来叙写怪异的男女奇情之外,还在于其笔下的

---

① 王德威:《归去未见朱雀航:葛亮的〈朱雀〉》,《文艺争鸣》2009年第8期。

男女情爱时或弥漫出阴森的病态：叶灵凤《鸠绿媚》中青年小说家春野与波斯国公主鸠绿媚的骷髅日夜相对、同床而眠。而葛亮的《37楼的爱情故事》中的"他"则是在那女孩儿死后，将其骨粒一粒粒全部吞到了肚里，认为"他在身体里，装下了她"。

　　总而言之，葛亮的许多男女奇情故事，不仅在情节内容上"作意好奇"，远离了日常生活形态，而且在叙述上也有意运用悬念、闪回、补叙等方法，加入宿命、神秘等叙述元素，增强了小说的戏剧性。在这类作品中，葛亮以这些萍水相逢的情爱故事，呈示了现代都市男女情爱的率意。这种率意，在显示了人性面对情欲时的脆弱而外，还隐含着现代都市男女的精神孤寂与空虚。正是因为这孤寂与空虚，这些男女希冀在瞬息的情欲中捕捉到恒定的情感。《初雪》里的他竟然对与其相拥一夜的洗头房女人有了留恋与不舍，希冀在那女人对他的搭救、自己冻得瑟瑟却将仅有的大衣盖在他身上、翌日早晨为其煮牛奶等行为细节中，捕捉到非功利的、日常而恒定的情感关系。于是，他不仅在离去时"突然攥住了她的手"，而且还再次前来偷偷地观察她，为其悬心。《德律风》中的一对底层打工男女借"德律风"（telephone）来相互慰藉孤寂的心灵。那男孩甚至在被捕时还在想着再给她打一个电话，而女孩也一直期待着他的电话。他们所守护的，恰恰是"德律风"（telephone）制造出来的一种"不即不离"的情感关系：因为"不即"，免却了人际交往的现实烦恼；"不离"，却实现了孤寂心灵的相互慰藉。葛亮笔下的男女，有时还会呈现为同生共死的结局。《街童》中林布德甘愿为宁夏筹钱还债，不惜出卖器官，最终倒在了血泊里；《37楼的爱情故事》中的"他"明知女孩与他发生性关系不过是为腹中的胎儿找个"冤大头"，却仍在其死后吞下了她的全部骨粒，服安眠药而殉情。然而，他们的这种坚执、惨烈的情爱行为，失却了罗密欧与朱丽叶式的爱的浪漫、浓烈与悲壮，更多的是孤寂的现代男女为了守护虚幻的情感希冀而决绝地孤注一掷。

二、日常叙事中的价值选择

从《七声》开始，葛亮的创作呈现出自觉地书写世俗人生的审美取向，庸常生活中平凡人物的悲喜人生成为他观察、书写的主要对象。即使写男女情爱，也极注意为其提供砥实的日常生活土壤。例如，《街童》便在叙述林布德与宁夏的情爱故事的同时，详细呈现了香港长洲本土居民的民间宗族生活，以及岛东为种植"有机菜"而征地、长洲的观光旅游业对本土居民传统生活的冲击和影响。正是这些看似闲笔的日常生活画面，为那些情爱故事提供了丰厚砥实的生活根基。

在访谈中，葛亮也曾多次诠释自己的日常生活创作取向："我虽然没有着意要书写底层的想法。但正是这些人物的存在，让我体会到了时代的砖瓦的构成。他们的声音尽管微薄，却是这丰厚的时代，最为直接和真实的见证。……这些人，正是'行走于街巷的平凡英雄'，他们的伤痛与欢乐，都是这时代的根基，汇集起来，便是滚滚洪流。"[①] "平凡本身有着独立的审美价值。我们身边，当下微小的生活，有很多可书写的东西。……最动人肺腑的，是人之常情。"[②] "生活的强大与薄弱处，皆有了人之常情作底，人于是学会不奢望，只保留了本能的执着。"[③] 有意思的是，对庸常世俗的日常人生的重视，也是海派小说的重要传统。张爱玲曾为自己的世俗化创作取向而分辨："好的作品，还是在于它是以人生的安稳做底子来描写人生的飞扬的。没有这底子，飞扬只能是泡沫。"[④] 因此她着意"在传奇里寻找普通人，在普通人里寻找传奇"。经历了近半个世纪的蛰伏和断裂之后，日常生活叙事于1990年代形成了"一道越来越壮阔的流水，横贯了90年代的小说创作，而且，它从表面的漫流转入深层的渗透，成为支

---

① 葛亮，马季：《一均之中，间有七声》，《大家》2009年第3期。
② 葛亮：《小说说小》，《青年文学》2008年第11期，第58页。
③ 葛亮：《七声》，作家出版社，2011，第Ⅳ页。
④ 张爱玲：《流言》，中国文联出版公司，1998，第16页。

配作家的习焉不察的审美旨趣"①。在这一时期，被视为"海派"文学传人的王安忆，同样日益推崇市井生活的文学价值，认为"历史的面目不是由若干重大事件构成的，历史是日复一日，点点滴滴的生活的演变"。而小说所要表现的，恰恰是这种点点滴滴的"真实、具体的日常生活"②。"传奇中人度的也是平常日月，还须格外地将这日月夯得结实，才可有心力体力演绎变故"③。可以看出，葛亮所谓的"生活中砥实和日常的东西"与张爱玲的"人生安稳的底子"、王安忆的"结实的平凡日月"，可谓是异曲同工，一脉相承。

　　文学创作对"日常人生"的推重，并非仅仅是题材领域的转移，而且是强烈的价值观念选择。近代以来，从梁启超强调小说与群治的关系、五四启蒙思潮强化小说"揭出病苦，引起疗救的注意"的启蒙责任，到左翼思潮以及新中国成立以来革命意识形态对小说的阶级革命、阶级斗争作用的重视，都在强化小说创作与启蒙、救亡、革命等时代主潮、历史使命的密切关系，形成了强劲的宏大叙事潮流。与此相反，个人化的日常生活不仅常常遭到忽视，甚至被视为庸俗、卑琐的部分而遭到了贬抑。张爱玲、王安忆、葛亮等人的创作观念中对"日常人生"的宣谕，恰恰是对20世纪中国小说的这种宏大叙事传统的反拨。然而，正如陈思和先生在论述"民间"概念时所指出的那样，民间日常生活既提供了时代主流意识形态之外的可能性空间，在一定程度上呈现出自由自在的价值观念形态，又因其"民主性的精华和封建性的糟粕杂交"而具有"藏污纳垢"的特点④。因此，面对"日常生活"这一复杂的场域，张爱玲、王安忆、葛亮尽管都表现出相似的重视个人化世俗生活的创作取向，却又呈现出了不同的价值选择和思想立场。

---

① 黄发有：《准个体时代的写作：20世纪90年代中国小说研究》，上海三联书店，2002，第254页。
② 王安忆：《王安忆说》，湖南文艺出版社，2003，第155页。
③ 王安忆：《窗外与窗里》，中国文联出版社，2008，第110页。
④ 陈思和：《民间的浮沉：对抗战到文革文学史的一个尝试性解释》，《上海文学》1994年第1期。

张爱玲的世俗化创作取向，与她对人性、社会、文明的看法密切相关。张爱玲认为"人类的文明努力想跳出单纯的兽性生活的圈子，几千年来的努力竟是枉费精神么？事实是如此"。在她看来，人生"素朴的底子"就是有着"永恒的意味"的"饮食男女"，是人挥之不去的"兽的性质"①。因此，她的小说着力书写人的本性在外界力量冲击下所形成的种种反应，剖示着现代人挣扎、猥琐、无奈的尴尬境地。张爱玲对人生、人性的世俗化理解，透露出悲观的历史文化意识："她极易发现人性中的丑恶，人与人之间的一切关系都是冷酷无情的；然而人又都同在不可避免的时代沉落中挣扎，都逃不了那'惘惘的威胁'"②。王安忆则强调自己的世界观与张爱玲不同：张爱玲是"自我主义者"，"是非常虚无的人，所以她必须抓住生活当中的细节，老房子、亲人、日常生活的触动。她知道只有抓住这些才不会使自己坠入虚无，才不会孤独。"而自己则"有一种对大众的关怀的人道主义的东西"，并且"情感范围要比张爱玲大一些"③。因此，同样是面对世俗性的日常生活，张爱玲习惯于揭示人生、人性"华丽袍子"下面的"蚤虱"，而王安忆则是要将日常生活理想化、精神化、审美化④。王安忆在书写弄堂世界、市民阶层的柴米油盐、琐细平凡的日常生活时，又极力捕捉这市井社会在经历了历史洪流的冲击之后，特别是经历了那"颠三倒四"的时代之后，却依然还能形神不散的"人"的品格⑤。她积极地从庸常世俗的日常生活和普通平凡的人物身上，发掘出一种顽强的生命力量，赋予了民间日常生活一种"恒常柔韧"的意义。因此，王安忆并不是向世俗价值彻底地妥协退让，而是表现出了超越、审视

---

① 张爱玲：《流言》，中国文联出版公司，1998，第 50 页。
② 宋家宏：《张爱玲的"失落者"心态及创作》，见子通，亦清主编：《张爱玲评说六十年》，中国华侨出版社，2001，第 418 页。
③ 周新民、王安忆：《好的故事本身就是好的形式》，《小说评论》2003 年第 3 期。
④ 王安忆指出："小说是以和日常生活极其相似的面目表现出来的另一种日常生活。这种日常生活肯定和我们知道的日常生活不同，首先它是理想化的精神化的……"见周新民，王安忆：《好的故事本身就是好的形式》，《小说评论》2003 年第 3 期。
⑤ 郭冰茹：《市井与文学书写的世俗性：浅析王安忆小说的文学史意义》，《中国文学批评》2016 年第 3 期。

日常生活的价值立场。

葛亮强调世俗生活的文学价值，同样是意在肯定被"宏大叙事"所忽视的平凡卑微的个体生命、世俗生活的意义。然而，不同于张爱玲以阴鸷、苛刻的目光审视人性与人生，葛亮对日常生活投去的是温和、宽厚的目光。他细腻地展现了"历史的车轮滚滚而过"给平凡的个体生命留下的深深"辙印"：《泥人尹》中尹师傅去世后留下的那一箱子塑像，便呈现了"文革"给他内心留下的深深辙痕。他被那位曾经的革命小将欺辱时，只是赤红着脸一遍遍地说："你这个人，你这个人……""得饶人处且饶人"①，这种与人无争、克制隐忍的行事方式，显然与这历史经历有关。而《洪才》中的拆迁，无疑又是另一种"滚滚而过"的"历史车轮"，在洪才一家的生活和生命里留下了深深的"辙印"：那种潜藏在都市缝隙里的乡土生活再也难以为继，阿婆也因之而早早过世。葛亮在书写这些平凡人物的事业起落与人生悲喜时，也对这些人物的个性性格投去了审视的目光：《于叔叔传》正是由于依凤阿姨的目光短视、生活苛刻，导致了于叔叔的家庭离散、事业败落。《老陶》中的老陶，恰恰是因其嗜赌的本性，将辛辛苦苦挣来的家庭、事业败落得干干净净，最终家破人亡。《安的故事》中的安，则是由于其"性格中的锐利"②，注定了她不同寻常的命运。

更重要的是，与王安忆相似，葛亮从庸常平凡的人物身上，发掘出了一种顽强坚韧的生命力量。《金婚》中的外婆，面对突来的疾病，一开始内心慌乱、情绪低落，最终心平气和地接受了这事实，默默地与疾病相抗争。写出了平凡人物面对灾难时的精神蜕变，呈现出一种面临大变而终能安之如常的宁静顽韧的力量。《英珠》中的藏女英珠经历了太多的家庭不幸与生活灾难，却依然葆有强韧的精神力量，当游客们因黑暗与飓风而焦躁慌乱之时，她却以细弱、宁静的歌声抵挡了黑暗与飓风所带来的恐惧，让游客们安静了下来。《洪才》中的阿婆虽年届九旬，却能够处事清明，

---

① 葛亮：《七声》，作家出版社，2011，第48页。
② 葛亮、马季：《一均之中，间有七声》，《大家》2009年第3期。

待人接物"自然、耐心、通达、深明事理,不执不固"①。毛果与洪才摘桑叶时被狗咬伤后,母亲禁止毛果与洪才的来往,理由是"都是些什么朋友,近朱者赤,近墨者黑",体现出一种现代都市功利化的人际原则。而阿婆则说:"羊圈里圈不出赤兔驹。……他一个人,没有兄弟姐妹,是很可怜的。你不应该关着他。"②是一种乡土人际交往中对自然人性的体恤和关切。正是基于对自然人性的体恤和关切,阿婆并不固执于传统伦理观念,当成洪芸和叶志国的私情败露后,阿婆极力体恤、维护他们,将他们私奔的责任包揽了过来。阿婆对人性的宽厚体恤、对人事的清明通达,是市井民间在经历了近百年的历史风云、时代递变、人事倥偬之后,依然留存下来的可贵的精神品格。葛亮在塑造人物时,常常让不同道德品性的人物形象互相映照。《泥人尹》中尹师傅的克制隐忍与那位红卫兵小将的暴戾残忍,尹师傅的简约散淡与儿媳刘娟的功利世俗,在两相对照中,褒贬寓于其中。《阿霞》以"缺根筋"的阿霞对规矩、道义的坚守,映照出了这个圆滑世故的"正常人"世界的不合理。这种写法,颇能让人想到艾·辛格的《傻瓜吉姆佩尔》。与吉姆佩尔相似,阿霞以其性格中的木讷、不谙世故而成为"正常人"世界的闯入者。她的存在让"正常人"显出了自身的不合理本相,让他们感到"不自在",最终难以容忍阿霞这样的异质存在。在《北鸢》中,葛亮更是处处将卢家睦、孟昭如夫妇与卢家逸、张荣芝夫妇,将冯家四房冯明焕、慧容夫妇与三房冯明耀、冯辛氏夫妇对照着来写,前者的宽厚仁义、散淡温和与后者的心机刻薄、功利钻营形成了鲜明的对比。在两相对照中,自可见出葛亮的精神人格理想。

王安忆小说给葛亮所提供的艺术营养,显然并不限于这种面向"日常人生"的价值态度,而是更细密地体现在葛亮小说的叙述中。如果说张爱玲善于通过对月亮、屏风等物象的感性渲染来隐喻人物的生命状态的话,王安忆则常常通过对日常物象的理性分析,表露其对平凡人物、世俗生活

---

① 张学昕:《光景里的声音是怎样流淌出来的:读葛亮的短篇小说》,《当代作家评论》2013年第1期。

② 葛亮:《七声》,作家出版社,2011,第32页。

的敏锐洞察与把握。而这种细节处理方式，在葛亮的小说中同样是俯拾皆是。例如，王安忆写收废品的老太："总是将秤压得很低，或者算错账，明明七八五十六，她算成七八四十六。待你指出，她便愁苦着脸说：我们穷，不识字，真不是有意的。可在她缩皱成一堆的褶子里，你分明看到一双冷静的眼睛，狡黠地看人。"① 是以叙述人对人物言行神情的分析性点染，来揭示人物的精神世界。而葛亮以同样的方式写阿霞的父亲："黑瘦的一个人，不是健康的黑，很晦暗的颜色，从皮肤底下渗透出来。身形是佝偻着，他本不算矮小，这样却也要抬起头来看人。脸上带着笑，是一成不变的，或者说是以不变应万变的，讨好的笑。这大概也是他在磨难中历练出来的。"② 王安忆写发廊中的老板："颜色很黑、发质很硬的头发，鬓角喜欢略长一些，修平了尖，带着乡下人的时髦，多少有点流气，但是让脸面的质朴给纠正了。"③ 是通过描写、分析人物的发式来展现人物的性格品行。无独有偶，葛亮写阿霞的弟弟："长得很文气，原本是个好孩子的模样。但是他又挑染了很黄的头发，身上穿着时髦却廉价的衣服，这就使他多少显得不很本分。他说起话来，目光游离，又有些和年龄不相称的世故神情。"④ 王安忆写顾莲华的配音："她说'哈罗'的时候，就好像获得了某种权力，趾高气扬的。她的薄利的尖啸的声音在此特别夸张，特别'哈罗'，别人不能'哈罗'，就她可以'哈罗'，'哈罗'是什么光荣似的。"⑤ 是通过对人物声音的分析来展现其内心状态。同样，葛亮写程囡初做导游时应时地讲了几个笑话："这笑话不知是背了几番的，认认真真讲出来，声音是壮的，心里露着怯。"⑥ 王安忆写渡轮上两个男子的目光：

---

① 王安忆：《黑弄堂：王安忆短篇小说编年：2001—2007》，人民文学出版社，2008，第14页。
② 葛亮：《七声》，作家出版社，2011，第135页。
③ 王安忆：《黑弄堂：王安忆短篇小说编年：2001—2007》，人民文学出版社，2008，第133页。
④ 葛亮：《七声》，作家出版社，2011，第142页。
⑤ 王安忆：《天仙配：王安忆短篇小说编年：1997—2000》，人民文学出版社，2008，第31页。
⑥ 葛亮：《朱雀》，作家出版社，2010，第77页。

"包在这厚重的单眼皮里的小眼珠,你几乎看不见它们的转动,也没有光芒。可正因为此,它们就具有了一种分外锐利的,鹰隼般的视力。"① 而葛亮写陆一苇初见程忆楚:"她的身量算小,却不是小鸟依人的样子。疏淡的眉目里头,倒有些深沉的东西,甚至可说是冷峻,也是少见的。"② 王安忆以理性分析的方式揭出杭州的"城格":"杭州就是这样升平的气。它是嵌在动乱年头里的安谧时分,享乐时分。"③ 而葛亮也时常以同样的方式写南京的"城格":"中国人的性情,总是细水长流的。激烈与突变,更不在这座城市的血液里头。"④ 所不同的是,王安忆有时会频繁而细密地运用这种"分析性叙述",导致小说文体的密不透风;而葛亮则是在快速的情节演进中偶尔插入,不减小说的疏朗风致。

三、历史想象中的传统精神风骨

葛亮曾自述他们这代作家与历史经验的"隔膜":历史对于上辈作家而言是"重现"(representation),而"对我们这代,更近似'想象'(imagination)"⑤。然而葛亮想象历史的方式却并不是如 1990 年代初期苏童、格非等人那样,采用新历史主义的策略而不再去再现历史真实,从而"巧妙地回避了十分艰苦烦难的史料搜集工作,获得了更大的自由度和虚构色彩"⑥。在《朱雀》《北鸢》中,不仅民国历史的骨架脉络大体不差,而且历史上南京、天津、上海等城市的街衢格局也大体不虚(如《北鸢》中对抗日战争时期天津租界区的书写),显然是花费了不少历史考据与实地勘察的功夫。此外,诸多散落在小说中的文化风俗、市井节庆、饮食服

---

① 王安忆:《天仙配:王安忆短篇小说编年:1997-2000》,人民文学出版社,2008,第 57 页。
② 葛亮:《朱雀》,作家出版社,2010,第 184 页。
③ 王安忆:《天仙配:王安忆短篇小说编年:1997-2000》,人民文学出版社,2008,第 44 页。
④ 葛亮:《朱雀》,作家出版社,2010,第 67 页。
⑤ 葛亮、马季:《一均之中,间有七声》,《大家》2009 年第 3 期。
⑥ 吴秀明:《长篇历史小说的文化阐释》,文化艺术出版社,2007,第 40 页。

饰也大都是有板有眼（如《朱雀》中对1950年代凭票供应副食以及饥饿年代日常饮食的书写），显然也是花了不少考据落实的功夫。正因此，葛亮"想象历史的方式"实际上是历史真实与文学虚构的统一：以历史考据，建构起了大体真实的历史骨架与血肉；以对人事情感、命运悲喜的文学虚构，赋予了这骨架血肉以跳动的脉搏和灵魂。

  然而，尽管在《朱雀》中，新生活运动、抗日战争、南京大屠杀、"反右"运动、"文革"以及北约轰炸中国驻南联盟大使馆等重大历史事件构成了小说的历史骨架；《北鸢》更是"从1926年写起，到1947年戛然而止，应该说是以半部民国史为背景"①。但是这些"大历史"不过是葛亮笔下男女情爱、庸常人生的背景。在《朱雀》中，1937年中日战争的发生，是叶毓芝与日本人芥川情爱悲剧的历史因由；1957年的"反右"运动，则导致了程忆楚与马来西亚侨生陆一纬的爱情悲剧；1999年北约轰炸中国驻南联盟大使馆，又给程囡与英国留学生许廷迈的情爱交往画上了暂时的句点。很显然，葛亮并不是要正面书写这些"大历史"，而是立意去呈现平凡人物在这"大历史"事件所造成的特殊境遇中的去取抉择与悲喜人生："时代是背景，最终写的仍然是人。"② 正因此，《朱雀》《北鸢》这种将"大历史"个人化、民间化、日常化的想象历史的方式，"呼应了张爱玲《倾城之恋》到王安忆《长恨歌》的传统"③。

  所不同的是，在葛亮的历史书写中，时时留意对中国传统文化的体察与呈现。在《朱雀》《北鸢》中，对中国美食、茶艺、中医、鱼鸟、花卉、绘画、书法、金石、陶瓷、音乐、话剧、戏曲的品鉴俯拾皆是。这些细腻的文化品鉴，不仅给葛亮的历史"想象"平添了浓厚的文化底蕴，也体现出葛亮与中国传统文人在艺术趣味上的联系。在访谈、随笔文字中，葛亮曾多次表露自己对《世说新语》《阅微草堂笔记》《浮生六记》等中国传统笔记小说的阅读兴趣。而沈复在《浮生六记》中便多有对花卉、金石、

---

① 陈思和：《此情可待成追忆》，见葛亮：《北鸢》，人民文学出版社，2016，第Ⅱ页。
② 葛亮、马季：《一均之中，间有七声》，《大家》2009年第3期。
③ 王德威：《归去未见朱雀航：葛亮的〈朱雀〉》，《文艺争鸣》2009年第8期。

书法、茶艺的品鉴。葛亮在塑造人物时，还常常以艺术品鉴能力和传统文化修养，来提升人物的精神境界：《泥人尹》中的尹师傅到毛果家里，"瞥见了茶几前的一幅山水，脱口而出：倪鸿宝。"并说"翰墨笔意略知一二，'刺菱翻筋斗'的落款，是最仿不得的。"喝茶时"捧起茶杯，信手抚了一周"，便说："先生家里是有根基的。"① 尹师傅对书画、瓷器的敏锐品鉴，自可见出其深厚的文化修养。《阿德与史蒂夫》中的哑女曲曲、《罐子》中的女孩都是一手隽秀的欧体楷书，《竹夫人》中的筠姐对中药医理的熟稔，同样都昭示了她们不俗的文化修养，提升了人物的精神境界。

更重要的是，传统笔记小说在人物品评、谈狐说鬼、艺术品鉴之际，往往寄寓着作者对人物道德行为的褒贬去取。襟怀散朗、随顺和易而不胶柱于名利，却又并不放弃"披裘御雪，墐户避风"地尽人力去争取等人格修养，是这些笔记小说所推重期许的理想精神品格。在葛亮的文化品鉴之中，时常也流露出类似的精神追求。例如，《北鸢》中卢文笙与叶雅各谈论放风筝时说："放风筝，其实就是顺势而为，总不能拧着它的性子。"② 然而，经历了多年的人事倥偬之后，叶雅各选择了放弃底线、与世沉浮的行事方式，并以"记得那年，我们在青晏山上放风筝。你告诉我，放风筝的要诀，是顺势而为"来为自己开脱。文笙则冷冷地告诉他："顺势的'势'，还有自己的一份。风筝也有主心骨。"③ 在这风筝的要诀里，显然寄寓着时代移易中精神去取的道德原则。事实上，这种传统文化精神更弥散在《朱雀》《北鸢》的人物书写中。中国儒家文化讲究"义利之辩"，在"义/利"抉择中重视前者。《北鸢》中的卢家睦、孟昭如夫妇，虽是商人家庭出身，却并不重利忘义，而是体现出宽厚仁义、散淡温和的"儒商精神"④。此外，中国传统士大夫在时代的穷达之变中，往往会有退守独善与进取兼济的去取选择。《北鸢》中的吴清舫、毛克俞、冯明焕皆埋首于

---

① 葛亮：《七声》，作家出版社，2011，第50-51页。
② 葛亮：《北鸢》，人民文学出版社，2016，第201页。
③ 葛亮：《北鸢》，人民文学出版社，2016，第480页。
④ 陈思和：《此情可待成追忆》，见葛亮：《北鸢》，人民文学出版社，2016，第Ⅶ页。

艺术之中，期待通过以疏离时势的方式来坚守自己的精神品格。而孟养辉则在家国之变中选择了实业救国的进取路径。当然，儒家文化的重义，并非仅指个人精神品格的独善，更有民族"大义"在焉。因此，《北鸢》中的毛克俞虽然寄情于绘画茶茗之中，却毅然在日人眼目之下向学生展示了自己创作的控诉日本侵华的画作："这幅亲善主题的版画，乾坤颠倒后，是另一幅图景。一个面目狰狞的日本兵，正举着刺刀，站在中国的地图上。他的脚下，是无数愤怒的拳头。而那跃飞而起的凤凰，是一句用花体写成的英文：Get out of China！"① 冯明焕虽然看似散淡木讷，沉溺于曲艺世界而难以自拔，却也在暗自关注地下抗日话剧的演出活动。而且，这种"贫贱不能移，威武不能屈"的传统文化精神，积淀在民间日常人物身上，成了宝贵的民族精神遗产。《朱雀》中身为妓女的程云和，为救助躲在教堂里的抗日士兵，毅然同意和日兵一起离开。受尽凌辱折磨后归来时，却"形象依然齐整"，"从车上走下来，有着万方的仪态"②，坚毅地维持着做人的尊严。《北鸢》中的名伶言秋凰，不仅参与地下抗日演剧活动，而且在关键时刻毅然抛弃了个人志节，忍辱含垢，以舍生取义的方式完成了刺杀日本军官的任务。这些人物，"重诚信，施仁义，待人以忠，交友以信"，宽厚超脱而又有所笃定坚执，在家国之变中以平和散淡来独善其身，却又能在危难之际舍生取义，捍卫民族大义，做出惊天地泣鬼神的抗争，所体现的恰恰是中国传统文化所结晶出来的精神风骨。应该说，葛亮对这些散落于民间的传统文化精神的打捞与挖掘，是其日常生活叙述中最为独特的精神内核。③

---

① 葛亮：《北鸢》，人民文学出版社，2016，第301页。
② 葛亮：《北鸢》，人民文学出版社，2016，第149页。
③ 本章曾删节后公开发表。见谢小萌，张慎：《葛亮小说创作与海派文学传统的关联》，《齐鲁学刊》2020年第5期。

第十五章

借传统艺术 写现代思想：李应该戏曲创作的艺术成就

1950年出生于山东日照的李应该，书画、雕塑、小说，诸艺皆善，颇获好评。但戏剧创作才是其倾注心血最多、成果最为丰富的本色行当。从1978年创作第一部吕剧《半个小时》始，迄今四十余年，李应该创作了《石龙湾》（1991）《状元与师父》（1996）《〈金瓶梅〉与笑笑生》（2000）《逐夜》（2005）《王祥卧鱼》（2007）《借头》（2008）《貂蝉遗恨》（2007）《换魂传奇》（2007）《雪飞六月天》（2009）等三十余部剧作。其不少剧作不仅屡获大奖，而且多次晋京演出、参加全国巡演，获得了不少肯定和赞誉。

李应该的戏曲创作的艺术风格多样：或者冲突纷繁复杂而又安排得缜密妥帖（如《石龙湾》）；或者善于从潜在的戏剧冲突中开掘出深沉的思想主题（如《状元与师父》《借头》）；或者以滑稽、荒诞、谐谑的艺术方式，传达强烈的社会批判主题（如《〈金瓶梅〉与笑笑生》《换魂传奇》）；或者在荡气回肠的生死哀叹中，展现人物丰富复杂的情感世界（如《貂蝉传奇》）。更重要的是，李应该的戏剧在结构安排、场面营构、人物塑造、气氛调节、语言运用等方面，继承了中国戏曲丰富的艺术经验，从民间生活、现代戏剧中汲取了多样的艺术手段，在融会中有创造，为弘扬中国戏曲艺术，做出了成功的探索。

一、缜密妥帖的戏剧结构

创作于1991年的《石龙湾》，为李应该赢得了诸多荣誉①，可谓实至名归。《石龙湾》最让人惊叹的，是其匠心独运的戏剧结构。该剧以山东滨海渔乡的妇女彩螺为中心，以彩螺接受抗日武工队成员大脚嫂的"托孤"，设法将孩子转移出去为剧情主线，将彩螺、马五爷等渔乡民众与日军、伪军、汉奸之间的家国仇恨，牛大壮、马邪子与彩螺之间的情爱纠葛，"寡妇失节，投海祭祖"等宗族伦理所引发的矛盾等戏剧冲突，纷繁复杂地纠缠在一起。其中，彩螺等渔村民众的家仇国恨，既为彩螺在抗日武工队遭受伪军围剿时接受大脚嫂的"托孤"，提供了情感支撑，也为剧末马五爷让彩螺、马邪子带着孩子投奔沂蒙山，埋下了伏笔；牛大壮、马邪子对彩螺的爱慕和追求，时而成为完成"托孤"的阻力，时而又是完成"托孤"的助力，使剧情越发枝节横生，波澜起伏；"寡妇失节，投海祭祖"这一"族规家法"，既给彩螺等渔乡女性带来了悲苦命运，又与"托孤"主线纠缠在一起，给剧情发展平添了诸多波澜。

可以说，家仇国恨、男女情爱、伦理规范所引发的矛盾，贯穿于《石龙湾》的每一场，与"托孤"主线巧妙地交织在一起，形成了纷繁严密的冲突之网，给彩螺造成了无情的考验。然而，戏剧冲突虽然如此纷繁，整出戏却调度有致，安排得缜密妥帖。这些冲突相互纠缠、相互碰撞，或横生枝节，或推波助澜，或引爆矛盾，不断地生发出紧张的剧情，使得整出

---

① 《石龙湾》完成于1991年3月，1991年6月由日照市吕剧团首演。山东省吕剧院《石龙湾》剧组复排，1992年3月26日应文化部（现为文化和旅游部）邀请晋京演出。1992年9月中旬至10月中旬，山东省吕剧院推出现代吕剧《石龙湾》，参加京、津、沪、苏、鲁舞台艺术优秀剧目全国巡回展演。1993年4月16日，吕剧《石龙湾》获第三届文华奖新剧目奖、文华奖剧作奖等多项奖。1993年5月吕剧《石龙湾》获得全国"五个一工程奖"。1995年山东省京剧院复排《石龙湾》，参加中国首届京剧艺术节获铜奖。1999年《石龙湾》入编由马少波主编的《中国京剧史》。2000年中央电视台、山东电视剧制作中心拍摄的电视戏曲艺术片《石龙湾》，获得2000年度"飞天奖"二等奖。2002年12月，入编由郭汉城总主编的《中国戏曲精品》《中国戏曲经典》。

戏一波未平一波又起，波澜不断，情节紧张。直到戏剧结尾，家国仇恨压倒了伦理规范，马五爷惩罚了汉奸八带鲉，让彩螺、马邪子带着孩子投奔沂蒙山武工队，"托孤"任务得以完成，伦理矛盾、情爱矛盾也都得到了解决。

李应该善于精选人物、提炼冲突、结构剧情，"深得编剧三昧"[1]。《石龙湾》中的人物不仅各有个性，而且在纷繁复杂的戏剧冲突中，承担着各自的戏剧功能：马五爷是宗族势力的代表；伪军司令黑头鲨则牵连着渔乡人民的家仇国恨；牛大壮、马邪子不仅与彩螺构成了"三角"情爱关系，而且面临危险时，牛大壮选择了退缩，马邪子则挺身而出，显示了二人或软弱、或勇毅的不同性格；即便是匆匆上场两次的彩螺娘，也展现了"寡妇失节，投海祭祖"这一伦理规范对渔村民众的影响。

这种既重视人物性格刻画，又注重提炼人物之间戏剧冲突的艺术经验，在其改编自张炜的长篇小说《古船》的话剧《逐夜》[2]、改编自《窦娥冤》的戏曲《雪飞六月天》中都有体现。话剧《逐夜》既细腻地展现了《古船》中隋抱朴、隋见素、隋含章、赵炳、赵多多等人物形象的性格特征，又对小说的情节矛盾、人物冲突做了细微的调整、集中和强化：《逐夜》将剧情集中在粉丝厂承包大会前后，将《古船》中的隋不召与李知常两个人物形象合并，并将赵多多的死因改写为他与隋见素的冲突……，较之于原著，人物精简、情节集中，更便于舞台表演。而在塑造人物时，则极力挖掘人物之间更为丰富的戏剧冲突：在隋、赵两家的矛盾之外，又着力挖掘了赵炳、赵多多与干部李玉明之间的潜在矛盾，赵多多与诸多女工之间的矛盾；在隋、赵两家之内，又展现了赵炳与赵多多之间的微妙关系，隋抱朴与隋见素之间的思想差异……。这些人物各有个性，又代表着不同的思想力量；人物冲突，是不同思想力量的碰撞，增强了剧作的思想意蕴。《雪飞六月天》一方面不满意于元杂剧《窦娥冤》以及明传奇《金锁记》、京

---

① 马少波：《吕剧艺术的新发展》，《人民日报》1992年4月15日。
② 《逐夜》2006年获"田汉剧作奖"。见李应该、马丽丽：《逐夜》，《戏剧丛刊》2005年第6期。

剧《六月雪》等作品"吉庆团圆"的结尾，删掉了原作"平反昭雪"的第四折，强化了作品的悲剧性；另一方面更不满意于原作对窦娥之外的其他人物缺乏塑造，不仅对神医卢、张驴儿父子、县令陶杌的性格都有刻画，而且增加了神医卢的妻子梅大姑形象，使得整出戏的人物塑造不再如《窦娥冤》那样集中在旦角身上。而是人物各有个性，承担着各自的戏剧功能。

二、从小冲突发掘大思想

敏于发现人物之间蕴含着丰富意蕴的矛盾冲突，善于从中开掘出重要的思想主题，是李应该剧作的又一特色。

创作于1996年的《状元与师父》[①] 以禀性耿直、无私无畏、誓要为民请命的李道理与无法无天、嚣张跋扈的阉党爪牙吴路之间的冲突展开剧情，传达了批判性主题。然而，李应该更重视"状元与师父"之间的思想差异，敏锐地从中开掘出了深刻的思想意蕴。赵鹏程也曾如师傅李道理那样，有一腔慷慨激昂的理想抱负。剧作巧借赵鹏程进京赶考时送给师傅的折扇题诗，展现他当年的胸襟："秋雨沥沥秋凄惶，似见百姓泪千行。它年若登龙虎榜，喝令四时同炎凉。"但是，与师傅不同的是，赵鹏程中状元后，做了魏阉的干儿子，获得了官职和权力。一方面，他虽然依附阉党，却举荐师傅为官，处处为师傅周旋，时时安排花豹照顾师傅，为师傅修筑新居，展现了他对师傅的感恩。另一方面，正如李道理所言，赵鹏程"对师傅不薄情，薄了天下众苍生"。为了展现师徒二人的思想差异，剧作第三场让他们展开了思想交锋：赵鹏程认为"读书不为前程远，师傅啊！何必教我苦用功？"李道理则指出："读书志在明事理，读书志在壮心胸。读书志在怀德义，读书志在救众生。"面对魏阉结党、民不聊生的社会现

[①] 李应该：《状元与师父》，《新剧本》1997年第6期。1998年，《状元与师父》在山东省第七届优秀剧本评选中获一等奖。2001年5月由日照市艺术团上演，获山东省第六届精品工程奖。2001年4月，日照有线电视台全剧录制，山东文化音像出版社出品光碟全国统一发行。

实，赵鹏程认为："天塌下来，自有高人擎天，何须咱们操心？"面对恶霸欺男霸女的行径，赵鹏程"一看心惊，二看心静，三看也就见怪不怪了！"李道理则批评他"不是缺少辨明是非的慧眼，而是缺少挺身而出的道德勇气！"认为如果都如赵鹏程那样"弯腰低眉"，只求个人太平，"你我师徒太平了，百姓的太平，又在哪里？"师徒二人的差异在于：师傅胸怀读书明志的理想，敢于不顾个人安危而为民请命，与恶势力作斗争；徒弟却因"宦海游，怎容得，角尖棱锋？……为官道，须圆滑，熟谙中庸"等现实原因，为了个人名利，放弃了读书人的志节理想、为官的责任担当。正因此，李道理对状元徒弟赵鹏程十分失望，剧作借第六场《风竹图》上的题诗："翠竹虽有节，可叹也随风，老夫终生爱，枉付一片情。"将师傅对徒弟曾经的期待与现在的失望，表达得淋漓尽致。

更妙的是剧作的第七场，阉党覆灭，李道理以为徒弟已被正法，河岸设祭，呼唤徒弟"魂兮归来"。不料赵鹏程在魏阉覆灭之后，再次攀附权贵，获得高升。赵鹏程虽未身死，却丧失了"魂魄"；肉身归来，却没有了精神人格。李道理连连哀叹："我的徒弟哪里去了？我的徒弟哪里去了？"这一场戏，以呼唤"魂兮归来"始，以呼唤"我的徒弟哪里去了"终，揭露了官场潜规则对人才的压抑、扭曲和异化，上演了一部人性被扭曲、异化的悲剧，表达了李应该呼唤知识分子"魂兮归来"的痛切之声！

与《状元与师父》具有异曲同工之妙的，是创作于 2008 年的《借头》①。《借头》由《三国演义》第十七回中不足四百字的"借头"故事，创作了一部剧情跌宕、思想深刻的悲剧。王垕对曹操忠心耿耿，护送军粮时更是严守军纪，没有动用一粒军粮来救助几近饿死的母亲和妻子。他施计送军粮、献策烧寿春，两立战功。在曹操需要"借头"之际，更是"为救国，旷古冤，甘愿担承。……一颗头，何足惜，献于曹公"。不料曹操出尔反尔，虚伪无情，阴险狡诈。直到化作冤魂，王垕才幡然醒悟，自己不过是曹操手中的一枚棋子。剧作的第七场，王垕的冤魂于觉醒之后痛骂

---

① 《借头》完成于 2008 年。2009 年发表于《中国剧本》。2009 年 6 月获第六届中国戏剧文学奖金奖。

227

曹操："除董卓，你比董卓更残暴；灭袁术，你比袁术更荒淫。……你张口救国救民，闭口天下百姓，却把百姓当做献祭的羔羊，……阴险狡诈，背信弃义，你是乱世的奸雄，祸国殃民的汉贼！"这一段唱词，堪比徐渭的《狂鼓史》（京剧《击鼓骂曹》）中的祢衡击鼓骂曹。剧作借王垕的悲剧，批判了"封建"统治者视民命如草芥、无视人的生命价值。正因此，李应该让王垕、王母、众兵卒的鬼魂在第七场纷纷上场，向曹操发出了"还我头来"的悲壮怒号。

《借头》的故事写到第七场，本已可以结束。但李应该却有意增加了蒋干与鲍虎对话的第八场，写出了权力之下人性异化的悲哀，再一次深化了主题：鲍虎、蒋干为了"活着第一"，不得不言不由衷，放弃道义。明知王垕有冤，却不得不声称其有罪；明知曹操阴险毒辣、出尔反尔，却不得不高呼"英明"。由此，剧作由王垕被借头，引向了众人都已经被借头；由王垕之身死，引向了众人精神人格之死亡。正因此，鲍虎说："王垕死了，我们虽说还活着，也是一群没有头颅的僵尸。"由此，剧中的蒋干也不再是《三国演义》中那个成事不足、败事有余的腐儒，也与《群英会》中的那个丑角全然不同，而是一个表面上见风使舵、毫无志节，实际上世事洞明、深谙伴君之道的人物形象，具有了现实批判意义和人性反思价值。

三、以荒诞、滑稽传达批判性主题

李应该的剧作常常通过人物之间的打趣、谐谑逗趣的诨语，来调节剧情和氛围，让观众在捧腹而笑中，缓解剧情带来的紧张情绪。例如《状元与师父》中，李道理的官印包裹被吴路抢走，李道理说："空囊装日月，无官一身轻。"李夫人打趣道："装日月？装你的糠菜去吧！"再如李道理栖身破庙，夫人到山后挖野菜，十五娘问及夫人何在，李道理打诨道："她啊……视察民情去了！"让人忍俊不禁。王骥德曾在《曲律》中指出，

"大略曲冷不闹场处,得净、丑间插一科,可博人哄堂,亦是戏剧眼目。"①李渔在《闲情偶寄》中也说:"插科打诨,填词之末技也。然欲雅俗同欢,智愚共赏,则当全在此处留神。……科诨,乃看戏之人参汤也。养精益神,使人不倦,全在于此。"② 李应该显然深谙此中三昧,其《〈金瓶梅〉与笑笑生》《换魂传奇》等作品,更是以荒诞、滑稽的艺术形式传达了社会批判主题。

《〈金瓶梅〉与笑笑生》③ 叙写嘉靖年间进士丁惟宁被罢官后,隐居九仙山,著作《金瓶梅》,刺贪刺邪,批判社会。其子丁耀亢,继承父志,著作《续金瓶梅》,触犯了清廷文字狱,被捕入狱。剧作借父子两代读书人与以西门庆、太师为象征的恶霸、贪官之间的冲突斗争,表达了社会批判主题。剧作有意打破了历史时空界限,让宋朝的西门庆、明朝的丁惟宁、清朝的丁耀亢同台,以"关公战秦琼"式的有意时空错乱和剧情设计,使剧作具有了滑稽、谐谑、荒诞的喜剧效果:年近七旬的丁耀亢因完成了《续金瓶梅》,被大清的官兵满山追捕,却遇到了年方二八的母亲田玉娘和刚刚进士及第的父亲丁惟宁;在明朝嘉靖年间做官的丁惟宁,却要为宋朝的武大郎申冤,治西门庆的罪……。此外,剧中人物还常常插科打诨,例如兵卒们在查捕笑笑生时抢功夺赏,兵卒甲说:"西门大官人是什么人?家财万贯,出手大方,说不就还能奖给我一套140平四室两卫的新房呢!"这些逗趣性的诨话、古今杂糅的语言,让观众闻之哄堂而笑,幽默轻松。

剧作虽然尽显滑稽、荒诞之风,但丁惟宁斩杀西门庆、参劾太师,两代读书人"著书立说,刺鬼刺贪,骇世警人"等剧情,传达了强烈的社会批判主题。特别是剧末丁惟宁审判西门庆,其慷慨激昂、气贯长虹的唱

---

① [明] 王骥德:《王骥德〈曲律〉·论插科第三十五》,陈多、叶长海注释,湖南人民出版社,1983,第165页。
② [清] 李渔:《闲情偶寄·科诨第五》,江巨荣、卢寿荣校注,上海古籍出版社,2000,第73页。
③ 剧作完成于2000年,2001年以《拉拉的金瓶梅》为题,发表于《剧本》杂志第2期。

词，尽显疾恶如仇的悲壮豪情："我是暴雨，我是狂风，……我是愤怒的活雷公。……左手执楔，右手持锥，霹雳闪电鬼神惊。惊雷滚滚除恶豪，闪电道道斩奸佞。除恶豪，斩奸佞，朗朗乾坤得太平。……上天派我索你命，……今日里，敲响你的丧命钟。"

《换魂传奇》[①]同样是以滑稽、谐谑的艺术方式，传达讽刺批判的主题。剧作借"仗势欺民"的土地爷形象，批判了基层官员倚仗权势、欺压乡民的社会现象。然而，剧作有意采用滑稽戏的艺术形式，展现了不少富有民间趣味的闹剧场面。在剧中，土地爷虽然小有权势、欺压乡里，却并没有得到手下的敬畏，而是成了被打趣、嘲笑、捉弄的对象。戏一开场，两个抬轿的小鬼连连用歇后语打趣、嘲弄土地爷："土地爷闻了个蚂蚁屁——鬼鼻子真尖！""土地老爷的胡子——老鬼毛！""土地老爷坐轿——鬼抬着鬼。"还故意抬轿、颠轿、拽轿，将土地爷摔下了轿子。这一场面，既幽默风趣，又极具表演性，可以取得非常好的舞台效果。第三场秋菊请求钟馗为其嫂嫂添寿，不断要求"再添添""再添添"，仿佛是民间菜市场上的讨价还价，令人发噱。第四场秋菊出嫁在即，却与神仙张错换了魂魄，形成阴差阳错的闹剧，更是令人捧腹。除了喜剧性场面之外，剧作还通过人物的诨语来增强谐谑逗趣的特点。例如，慢脚鬼劝土地爷"肚里能撑船"，不必和秋菊计较。土地爷说："能撑船？我还能撑他娘的塑料大棚！"让古代神话中的角色说出了当代生活语言，古今杂糅，增强了谐谑滑稽的特点。

《换魂传奇》正是借着荒诞离奇的故事、滑稽谐谑的艺术形式，传达了批判性主题。特别是戏剧结尾，既以钟馗"苍蝇老虎一起打"，惩治土地爷，呼应了反腐败的时代主题；又让急脚鬼、慢脚鬼公开演讲，竞选土地，表达了执政为民的理想。

四、荡气回肠地展现人物的情感心理

李应该善于通过本色化的曲白，塑造性格鲜明的人物形象。《状元与

---

① 剧作完成于2007年10月，2017年以《双换魂》为题，发表于《艺海》第2期。

师父》中的吴路一上场，便说："小美人儿啊！小美人儿！天是我家的天，地是我家的地，半悬空的空气也归我管着，你打算逃到那里去啊？"无法无天的恶霸形象便确立下来。《换魂传奇》中哥哥阻止秋菊去土地庙，秋菊说："要去！要去！偏要去！"一个活泼伶俐、快人快嘴的女孩儿形象便呼之欲出。《雪飞六月天》第三场中梅大姑与张驴儿对骂的唱词："四两棉花你纺（访）一纺（访），老娘骂人压四乡。骂上三天三黑夜，不吃不喝不断腔。骂得老驴闭了气，骂得老牛撞南墙。骂得黑狗绕道走，骂得母鸡钻水缸。骂得东邻搬了家，骂得西邻逃了荒。骂得花草耷拉头，骂得河水不敢淌。可笑你，臭要饭的不自量，竟敢上门惹老娘。"语言尽显其泼辣蛮横，颇有民间趣味。

此外，通过荡气回肠的抒情性曲白，细致入微、淋漓尽致地展现人物丰富的内心活动和情感思绪，是中国戏曲重要的艺术传统。李应该对此多有继承和发扬：《石龙湾》中彩螺的唱白，细腻地展现了"寡妇失节，投海祭祖"的伦理约束，给她造成的无尽悲苦。创作于2007年的《貂蝉遗恨》更是通过一段段慷慨激昂、荡气回肠的唱词，塑造了一个有情有义、胸襟高远，而又向往美好爱情、渴望自由的貂蝉形象。

剧作一开始，吕布兵败，貂蝉唱道："白门楼，火光闪，心惊胆寒。屏壁摘下龙泉剑，素手粉面，怎杀得虎退狼潜？恨不生身男儿汉，持青锋，跨雕鞍，扶危局，扫狼烟，争一个天朗气清六合安。凭栏远眺把温侯惦念，"既对吕布怀有一腔深情，又有不让须眉的志节，可谓有情有义。听闻曹操要将其配给仰慕已久的关羽后，剧作借伴唱展现貂蝉的内心："悲哉？喜哉？悲喜哉？宝剑脱手落尘埃。女儿心藏一点爱，生死不舍何苦来？"展现了貂蝉对美好爱情的向往。在曹操军帐中，貂蝉看到出卖吕布的陈登，"见陈登，不由得，七窍生烟，恨奸佞，害温侯，再害貂蝉。"挥剑刺向陈登，可见其刚烈。特别是听到张飞劝其嫁给曹操、除掉曹操的计划之后，貂蝉不愿再作政治斗争工具："貂蝉不羡万古扬，平常人儿求平常。……但只求，男耕女织，夫随妇唱，但只求，儿孙承欢，笑语满堂。弱女子，难自救，无力救亡，再不会，卖笑逐欢自残自伤。"正是由

231

于看清了自己不过是别人手中的棋子，毫无自由和尊严，貂蝉从曹营中逃出："扬长鞭，纵青骢，直奔深山。看够了，尔虞我诈血飞溅，听够了，仁义道德慷慨言。狼群盘桓几多年，心力交瘁苦难言。笑面欢颜抛撒尽，惟余满腹泪斑斑。笑累了，哭累了，从今后，草庵青灯心半闲。"貂蝉不仅对关羽情深义重，而且见识高远，尽管关羽将其斥为"鬻欢卖笑的下贱女人"，但她凤眼如炬，深明大义："战火起，山河崩，鲜血淌，尸骨横。关将军，怀万众，救苦救难真英雄。将军不恋美人色，更添几分敬慕情。将军如若遭劫难，怎能安心对青灯？"不计前嫌，助关羽脱困。嫁关羽时，关羽以"三更衣"的要求羞辱她。貂蝉受辱时的唱词，既唱尽了她一生的悲苦命运，更怒斥了横刀立马的男儿，却让一介女流的她承担除贼救国的大任。其唱词慷慨激昂，满腔悲愤，令曹操、关羽无言以对，羞愧难当：

貂　蝉　（唱）貂蝉女，知恩图报，识顾大义，
除国贼，赴汤蹈火，万死不辞。
弱女子，绣花手，力不缚鸡，
惟有这，卖笑鬻姿，欢颜嬉皮。
休夸说，大英雄，忠勇大义，
仗弱女，赴国难，你们堂堂男儿耻也不耻？
休夸说，大英雄，英名盖世，
貂蝉女，除国贼，功压群雄，你们哪个比及？
休笑我，人下贱，狐仙妖女，
我有爱，我有恨，义重情痴。
原只想，配将军，有了傍依，
不曾想，却受到，冷慢藐欺。
三更衣，三重门，伤透心志，
不由人，泪滚滚，湿了锦衣。

在《貂蝉遗恨》中，那个作为"美人计"中牺牲工具的貂蝉，变得情

感丰富，血肉饱满，第一次获得了"人"的地位。她不仅厌倦战争，向往美好的爱情和男耕女织的日常生活，而且深明大义，见识高远，能够不计前嫌帮助张飞、关羽脱困。最重要的是，独立人格的觉醒，让她无法忍受做"棋子"的命运，"再不要，卖笑鬻姿，自残自伤。再不作，玩物儿，入尔股掌，再不作，玲珑骰子，任尔掷扬。厌倦了，人世间，尔虞我诈，尸横血淌"，最终选择以自杀来反抗命运，"一把宝剑横秀项，……一腔血，化朱蛾，自由飞翔"。

五、语言创造与场面调度功夫

剧作家提炼戏剧冲突、塑造人物形象、开掘剧作主题，都需要通过丰富传神、雅俗共赏的戏曲语言来实现。不同于现代话剧，戏曲语言既要生活化、本色化，又要符合戏曲的音乐规范，具有丰富的艺术表现力。这就要求剧作家要有丰厚的古典诗词修养，却又不卖弄学问，堆砌辞藻；还要能汲取民间日常生活中的语言，却又不粗陋村野，满纸打油。正因此，王骥德指出：

> 词曲虽小道哉，然非多读书以博其见闻，发其旨趣，终非大雅。须自《国风》《离骚》、古乐府及汉、魏、六朝、三唐诸诗，下迨《花间》《草堂》诸词，金、元杂剧诸曲，又至古今诸部类书，俱博搜精采，蓄之胸中。于抽毫时掇其精神标韵，写之律吕……。①

李应该的戏曲语言，滑稽幽默时令人捧腹，慷慨激昂时裂石穿云、惊天动地，荡气回肠时令人不禁动容，可谓具有丰富多样的语言表现功夫。在李应该的戏曲中，巧用、化用、改写古典诗词的语言俯拾皆是，展现了他广博丰厚的古典文学修养。例如《状元与师父》巧借折扇上的题诗，展

---

① [明]王骥德：《王骥德〈曲律〉·论须读书第十三》，陈多、叶长海注释，湖南人民出版社，1983，第116页。

现了赵鹏程曾经的志向。而《风竹图》上的题诗："翠竹虽有节，可叹也随风，老夫终生爱，枉付一片情。"则将师傅对徒弟的期待与失望表达得淋漓尽致。再如《〈金瓶梅〉与笑笑生》将《金瓶梅词话》的引首词《行香子》化作田玉娘的唱词，其"官奴覆青绫，破屋任飞霜"一语则化用自陈师道的《秋怀》诗；丁惟宁醉酒后的唱词"东园听曲儿，西园饮酒"化自戴复古《初夏游张园》中的"东园载酒西园醉"。

李应该更善于从民间日常生活中汲取新鲜活泼的语言。例如《换魂传奇》中运用大量的民间歇后语，嘲弄欺压乡民的土地爷。《雪飞六月天》中梅大姑给窦娥婆媳说媒的唱词："张家小哥儿心肠好，人物头长得也不差。张大爷虽说年岁有点儿老，配你这老丑正对茬。光棍儿俩得配寡妇俩，凑巴凑巴合一家。芝麻掉进针鼻儿里，巧她爹碰上了巧她妈。"语言干脆爽利，富有民间趣味。《貂蝉遗恨》中春柳责问张飞，为何还没有请他，他便闯了进来。张飞答道："这就叫，实落亲戚不用请，自己上炕吃烙饼。"粗野风趣，符合张飞粗莽的性格。

此外，戏曲创作还要考虑演出时的现场效果和观众感受，要求剧作家在推进剧情、刻画人物的同时，注意营构戏剧场景、渲染戏剧氛围、调控剧情节奏。李应该善于通过场景调度、唱词节奏来渲染氛围。例如《石龙湾》第四场，马邪子误会孩子是彩螺与牛大壮的私生子，要向马五爷告发。彩螺追逐马邪子，又被汉奸八带鲉尾随。"托孤"的事即将暴露，剧情到达高潮。为了营造紧张的气氛，剧作一方面风云突变，"闪电雷鸣"，场景切换为"雨夜"。另一方面，人物的唱词越来越急促，将紧张的剧情渲染到了极点。从而上演了一场急促、紧张的"雨夜奔逐"。再如《貂蝉遗恨》本是一出以抒情为主的悲剧，但其第五场张飞劝貂蝉，汲取了张飞戏的滑稽传统，有意展现张飞的鲁莽急躁，谐谑风趣。李应该还善于采用一些闹剧性的场面，增强剧作的表演性。例如《〈金瓶梅〉与笑笑生》中西门庆迎娶潘金莲，众轿夫一边抬着轿子在舞台上颠颠狂狂地走，一边与西门庆、潘金莲、武大郎诸人轮番演唱，舞台上热闹非凡，颇具观赏性。

总而言之，李应该的戏曲创作在提炼冲突、安排结构、塑造人物、开掘思想、编撰曲白、营构场面、调节气氛等诸多方面，从中国传统戏曲中继承了丰富的艺术经验，又能够从民间生活、现代戏剧中汲取多样的艺术手段，在融会中有创造，为弘扬中国戏曲艺术，做出了成功的探索。①

---

① 本章曾删节后公开发表。见张慎，钟义荣：《借传统艺术 写现代思想：李应该戏曲创作的艺术成就》，《关东学刊》2021 年第 2 期。

后 记

从 2012 年 9 月到 2016 年 7 月，我有幸在李新宇老师指导下，在南开大学进行博士阶段的学习。这四年，对我而言有着极为重要的意义。因此，当年我在博士毕业论文《致谢》中说：

> 不论从改变人生命运而言还是从学术淬炼来说，能够获得在南开大学攻读博士学位的机会都是我最大的幸运。因此，我一直对乔以钢、李瑞山、李新宇三位老师曾经为我争取这一机会而心存感激。每每想起其情其景，心中都倍感温暖。
>
> 使我内心倍感温暖的，还有恩师李新宇先生和师母张老师四年来对我学术上、生活上的督促、关心和帮助。正是在先生和师母的督促、关心之下，我渐渐改变了对人生下一角色的张望心态，开始积极地迎纳成长所必然要面对的责任、担当与改变，从中获得了许多幸福与欣喜。先生四年来在思想上、学术方法上对我的思想启蒙与方法训练，使我这一"清浅"的"文学青年"开始自觉地向着独立的思想意识和学术立场的方向努力。特别是在我博士学位论文的写作与修改中，先生从大到论题的选择、章节的安排、"论"与"述"关系的处理，小到语言的错误、文字的错漏、注释的缺陷，花费了大量的精力与心血。正是在先生的指导、帮助之下，论文才一点点地蜕变为现在的样子。因此，如果我的论文有些许成绩的话，很大一部分是来自于先生的指导与帮助。

后　记

在李新宇老师的指导下，我选择了以1980年代文学批评为自己的研究对象，撰写了近40万字的博士论文《1976－1989：文学批评的转型》。2016年6月博士毕业之后，我一边删改、修订博士论文书稿，一边将修订后的文稿投寄给全国各地的学术期刊，共计有10篇文章先后发表。今年4月，我试图将博士论文中的10余篇文章结集出版，向李新宇老师请序。李老师欣然同意，很快撰写了近4000字的序言。李老师在序中说："作者对1980年代的文学批评进行了系统考察，选取十几个论题进行了深入研究，不仅为我们认识1980年代文学发展的历史打开了一扇窗户，而且带来了许多启迪。"而要"写好这本书，需要对1980年代文学批评有全面的了解和准确的把握，需要有见识。面对角角落落的一地散珠，将最有价值的拿给人看，这是非常可贵的。与此同时，书的质地还取决于作者的见解。因为无论资料多么翔实，如果见解是平庸的，或者人云亦云而没有独到之处，最终就只能令人惋惜。张慎的这本书令人欣慰，就在于不乏独到的见解。张慎很勤奋，很刻苦，学风严谨，很少露锋芒，但这并不影响他对问题的认识，不影响他在价值立场上的坚定。"并且特别强调，该书"有一个可贵的特点，就是作者常常于遮蔽之处揭开一角，让我们看到一些被遗忘的材料。这就不仅保卫了记忆，丰富了历史，而且对我这样的过来人而言，读起来感觉特别亲切。"可惜的是，由于种种原因，该书一时无法面世了。

本书分为上、下两编，共计15章。上编8章，是对新时期以来中国现当代文学批评与研究的理论方法的剖析和透视。梳理了近40年来文学批评研究的历程，剖析了朦胧诗、人道主义、主体论、寻根文学、女性主义文学等文学现象讨论中的理论观念和方法，并对传统谱系学、后现代谱系学在21世纪以来的中国现当代文学研究中的运用进行了透视分析。其中第一到六章，是由博士论文中的部分内容修改而成，曾分别发表在《学术探索》《现代中国文化与文学》《内蒙古大学学报》《中国石油大学学报》《中国文化研究》《汉语言文学研究》等刊物上。第七、八章，写于2018年到2019年间，是对"谱系学"研究方法在21世纪以来的中国现当代文学研究中的运用的分析、思考、审视和反思。原文近6万字,后来将"谱系学"的讨论分为"传统谱系学""后现代谱系学"两个论题,压缩后分别刊发在《西南大学学报》《西南民族大学学报》上。其中《传统谱系学与新世纪以来的中国现当代文学研究》一文还被《高等学校文科学术文摘》2020年第4期的"学术卡片"论点摘编。下编的7章,是我在博士毕业之后对钱玄同、王国维、鲁迅、徐訏、毕飞宇、葛亮、李应该等7位中国现当代作家的编辑生涯、人事交往、文学作品的思想艺术成就的考证、研究和评价。这些文章,曾删减后发表在《中国书法》《社会科学论坛》《文化艺术研究》《石河子大学学报》《齐鲁学刊》《关东学刊》等刊物上。其中《王国维与清华学人往来书信考释》一文,还曾获得《中国书法》杂志2018年度推优文章提名奖。

　　这些文章在发表的过程中,大多得到过未曾谋面的刊物编辑、匿名审稿专家的指点和建议。因此,在此深深地感谢曾经为这些文章付出了辛勤汗水的编辑老师和审稿专家们。此外,在撰写李应该先生小说、戏曲评论的过程中,因文字因缘与李先生建立了交往。李先生小说、戏曲、书法、绘画、雕塑诸艺皆精,虽年逾古稀,生活、工作却积极乐观,近两年来一直忙于试验烧制陶瓷工艺,还为其家乡的中学捐助了奖学金。在微信中,李先生常常与我做忘年之谈,讨论戏剧冲突问题、关心我家孩子的情况。不久前却突然传来李先生于6月9日逝世的消息,让我惊愕不已,悲痛莫名。本书收入我评论李先生戏曲的文章,既想展现李先生的戏剧创作成就,更想以之作为纪念。

　　2016年,我出版的第一本学术著作《思想情怀与审美趣味:20世纪中国文学研究》,收入的是我从2006年在兰州大学攻读硕士学位到2016年南开大学博士毕业期间的文字。我在书的后记中说,"十年中的这些零散篇章,是我学术思考之路的歪歪斜斜的足迹"。而本书所收集的,则是从2012年到南开大学攻读博士学位到现在的文字,迄今恰恰也是一个十年!这些文字,同样是这十年来我的学术思考之路的歪歪斜斜的足迹!当年我在后记中说:"那理想的火种不仅没有熄灭,而且越燃越旺、越燃越亮。

惠泽他人的暖世情怀，照亮人世的理想之心，这是我十年来从师友们身上所得到的最珍贵的收获。"现在年近不惑，尽管依旧坚守着自我的理想立场，却时时不得不在学生们的追问中顾左右而言他，甚至于不得不感叹"希望照亮他人者，忽然发现手上没有了光！"不过，在本书的结尾，我还是想再次强调"惠泽他人的暖世情怀、照亮人世的理想之心"。只要朋友们坚守着这样的共同理想，互相扶持、相互温暖、相濡以沫地走下去，未来仍在期许之中。

2022年6月28日于大同云上居